장미나무
식장

장미나무 식기장

이현수 소설

문학동네

차례

녹 … 007

추풍령 … 035

장미나무 식기장 … 067

남의 정원에 함부로 발 들이지 마라 … 105

태중의 기억 … 141

남은 해도 되지만 내가 하면 안 되는 것들의 목록 … 177

난징의 아침 … 213

해설 _ 정여울(문학평론가)
초인의 윤리 vs 세속의 절망 … 249

작가의 말 … 283

녹

그는 자신이 만진 것들은 무엇 하나 잊지 않고
낱낱이 기억한다.
그의 손등과 손바닥은 아득한 시간의 저편,
음습하고 소소한 기억의 작은 편린조차도 그냥 지나치는 법이 없다.

어제 산 여자는 닭살 피부였다. 옷을 벗겨보니 생각보다 훨씬 오돌토돌했다. 드물게도 운이 좋은 날이었다.

1

면장갑에 싸인 열 개의 손가락이 허공으로 쑤욱 솟아오른다. 깍지를 낀 후 양손을 뒤로 젖혀 손가락을 와르륵 꺾는다. 손가락 마디들이 내지르는 소리가 경쾌하다. 짧은 들숨과 날숨. 흰 면장갑에 밴 새물내와 좀약 냄새가 갈근갈근 콧속으로 감겨든다. 그가 피아노 건반을 두드리듯이 손가락을 아래위로 움직이기 시작한다. 손놀림이 점차 빨라지면서 면장갑에서 나던 새물내와 좀약 냄새가 사방으로 퍼져나간다. 다행히 오늘은 손이 가볍다.

  이윽고 그가 한지에 솜을 넣어 만든 길쭉한 솜 포대기 두 장을 열십자로 펼친다. 다시 솜 포대기 두 장을 처음 것과 겹치지 않게 엑스 자로 펼쳐놓는다. 위에서 내려다보면 넉 장의 솜 포대기가 여덟 송이의 꽃잎으로 활짝 피어난 것 같다. 이어서 직사각형의 얇은 중성지를 내려놓자마자 사라락, 잔바람을 일으키며 꽃잎 위로 사뿐히 가라앉는다. 겉싸개에 속싸개까지 깔았으니 이만하면 포장 준비는 끝난 셈이다.

  숨소리마저 죽인 그가 옆에 있던 청자매병을 조심스레 들어올린다. 착 달라붙은 면장갑 밖으로 손등의 정맥이 또렷하게 도드라진다. 아…… 그는 도도록하게 부푼 매병의 하단을 천천히 쓰다듬으며 마른침을 삼킨다. 대담한 연꽃무늬에 기가 눌린다. 이슬을 머금은 연꽃 두어 송이, 금세라도 매병을 뚫고 밖으로 뛰쳐나올 기세다. 일체의 사념이 매병 안으로 빨려들고 청자가 뿜어내는 비색만 수장고 안에 자옥하다. 그의 눈자위를 푸르게 물들인 비색이 자객의 칼보다도 빠르게 살결 속으로 스민다. 얼마나 많은 생이 이 청자매병에 홀려 헛된 꿈을 꾸었을까.

  청자매병을 사람들의 안광으로부터 휴식시키기로 한 것은 적당한 시기에 내린 결정이었다. 관람객들에게 오래 노출된 탓에, 그간 청자매병에는 피로한 기색이 역력했다. 박물관 전시실에 조금만 더 방치해두었더라면 청자의 비색은 서서히 사그라지고 도자기의 청청한 기운 또한 알게 모르게 대기중으로 새어나갔을 것이다. 유물을 돌보고 파손을 사전에 방지하는 보존과학실 직원조차 집어낼 수 없는, 눈에는 보이지 않으나 도자기의 내부에서는 실제로 진행되고 있을 은밀하고 고요한 균열. 그래서 범인에게는 와닿을 리 없는 도자기의 안식년이 국립중앙박물관에는 엄연히 존재한다.

바닥에 깔린 넉 장의 솜 포대기로 매병을 한 겹씩 포장하기 시작한다. 굴곡이 심한 매병의 주둥이 부분을 감싸던 손이 잠깐 멈칫거린다. 이끼가 낀 바위 밑동을 문지를 때처럼 차고 매끈매끈한 느낌? 그의 손이 번개처럼 기억해낸 건 엉뚱하게도 어제 샀던 여자의 허리였다. 여자의 극점은 허리였다. 옆구리에 손등을 대기도 전에 따뜻한 체온을 감지한 여자의 허리는 제풀에 녹아 둥글게 휘어졌다. 한껏 쳐들린 여자의 엉덩이가 팽팽하게 잡아당긴 활줄처럼 긴장하며 신호를 보냈어도 그는 들어가지 않았다. 아니, 들어갈 수가 없었다. 그의 손이 한동안 허공에서 머뭇거린다.

2

속옷도 마저 벗을까요?

여자의 입에서 오이피클 냄새가 희미하게 났다. 그에게 등을 보이고 돌아선 여자는 어깨끈을 내린 뒤 손을 뒤로 돌려 브래지어 고리를 풀었다. 고작 몇 분이 지나면 온몸을 보여줄 게 뻔한데도 여자들은 왜 돌아서서 옷을 벗는지 궁금했지만 초면인 여자에게 그런 걸 물어볼 수는 없었다. 여자의 속옷이 바닥에 떨어지는 소리를 들으며 창가로 다가가 닫힌 문을 반쯤 열었다. 방 안의 무거운 공기가 밖에서 불어온 바람에 밀려 비틀어졌다가 서로 섞여드는 게 등줄기로 감지되었다. 방에서 나는 퀴퀴한 냄새가 조금 가신 것도 같다. 괜한 헛기침이 나온다.

한 달에 한 번꼴로 여자를 사지만 그는 늘 허둥댄다. 자신이 산 여자와 나란히 모텔에 들어서는 순간부터 침대에 들기 전까지의 짧은 시간이 불편하고 어색하기 때문이다. 여러 가지 야채가 섞인 잡채를 한입 먹으면 자신이 싫어하는 버섯만 입속에 남아 성가시게 하듯 그 시간은 습관화되거나 익숙해지지 않고 매번 새롭게 버성겼다. 이불을 들치는 기척이 느껴지자 창가에 서 있던 그가 몸을 돌렸다. 차라리 벗은 여자를 대하는 게 자연스럽다.

엎드리지.

잘못 알아듣고 후배위 자세를 취한 여자의 엉치뼈를 손등으로 툭 건드렸다. 사무실의 집기를 건드리듯 아무런 감정도 실리지 않은 동작이었다.

그냥 침대에 편하게 엎드려 있으라구.

난 또 바로 시작하는 줄 알고 성격 급한 사람이네, 속으로 그랬죠.

여자가 입꼬리를 끌어올리며 웃었다. 보조개가 패었지만 귀염성 있는 얼굴은 아니었다. 얼굴보다는 몸이 좋은 여자였다. 가무숙숙한 피부는 야생의 승냥이를 연상케 할 만큼 질겼고 탄력이 좋았고 흡착력이 있었다. 그는 여자에게 손바닥을 쓰지 않았다. 손등으로 모든 일을 해결했다. 신경종말이 많이 분포된 손바닥은 유물을 다루는 용도로만 사용하게 아껴둬야 한다. 여자의 나신을 바라보는 그의 눈은 한 점 흔들림이 없다. 욕망이나 열기도 느껴지지 않는다. 자신의 의지와 상관없이 발기하는 페니스만 아니라면 가능한 한 이 탐험을 길게 끌고 싶다.

주먹을 가볍게 쥐고 노크하는 것처럼, 중지 가운뎃마디를 내밀어 여자의 벗은 등을 두어 번 두드렸다. 올록볼록하게 튀어나온 피부의 돌기가 선명하게 느껴졌다. 손가락 마디도 예민한 감각을 익혀야 한다. 손바닥의 감각만으로 버티는 데엔 곧 한계가 올 것이다. 이 바닥에서 살아남으려면 손목, 손등, 손끝, 손가락 마디도 사물의 고유한 촉감을 느낄 수 있게끔 훈련을 받아야만 한다. 녹슬거나 무뎌지면 끝장이다. 닭살은 손의 감각을 일깨우는 데는 더할나위없이 좋은 학습장이다.

그는 자신이 만졌던 석제유물과 목제유물, 직물유물의 감촉을 일일이 되새기며 침대에 엎드린 여자의 등을 중지 가운뎃마디로 더듬어나가기 시작했다. 겨드랑이 부분은 물먹은 점토처럼 습하고 말랑말랑하다. 허리에서 엉덩이로 이어지는 곡선이 기가 막히다. 민틋하게 마른 여자는 목제유물을 만지는 것처럼 건조하고 딱딱해서 손이 긴장되지 않는다. 무릇 여자의 몸이란 적당히 풍만해서 나올 데는 나오고 들어갈 데는 들어가야 한다.

잠시 후, 중지 가운뎃마디를 거두고 검지 가운뎃마디를 앞으로 내밀었다. 옆구리에 검지 가운뎃마디가 닿자 불에 덴 듯 여자가 비명을 지르며 허리를 꼬았다. 탄력이 좋지 못한 매트리스가 위로 솟았다가 주저앉는다. 손안 가득 이불을 움켜쥔 여자가 엉덩이를 들어올린 자세로 숨을 가쁘게 몰아쉬었다. 등줄기는 보송보송한데 겨드랑이와 옆구리는 땀으로 흥건하게 젖어 있다. 쾌감에 반응하는 속도가 몸의 각 부위마다 다른 모양이다. 여자의 몸에서 열기가 식을 때까지 기다려야 할 시점이다. 그는 담배를 피워물고 창으로 눈을 돌린다. 이번엔 반듯하게 누운 여자의 배꼽 근처로 손등을 가져갔다. 배꼽을 지나니 바람을 품은 치맛단처럼 넓게 퍼진 아랫배가 손등을 포근하게 감싸준다. 몽클한 아랫배를 약간 세게 문지르자 쿨렁쿨렁, 물소리가 들리는 것 같기도 하다. 중심을 잃고 제자리에서 맴도는 배를 탄 것처럼 그의 손목이 배를 따라 흔들린다. 여자 역시 중심을 잃고 몸을 마구 뒤튼다. 한번 끓인 물은 완전히 식히지 않으면 조그만 불기에도 다시 끓어오르기 십상이다. 여자의 교성에 붙들리지 말아야 한다. 이미 그의 귀는 막힌 상태다.

 허벅다리 안쪽 살은 부드러우면서도 차지다. 느리고 살핏하게 짠 명주를 건드리는 느낌이다. 수장고 제12실에 있는 교지보관함을 열면 조선시대 역대 왕들의 교지가 들어 있다. 교지를 둘러싼 두루마리 천이 명주다. 명주에 밴 배릿하고 해묵은 먹냄새. 그 가운데 여섯번째 서랍에 들어 있는 철종의 교지가 가장 마음에 든다. 철종시대 교지의 서체가 눈앞에 지나가는 듯해서, 교지에서 퍼지는 배릿한 먹냄새를 좀더 가까이 맡아보고자 가랑이 안으로 얼굴을 들이밀었던가.

여자의 사타구니 안쪽은 젖어 있었고 허벅지가 부르르 떨리는 게 보였다. 온몸으로 진저리를 치던 여자가 더는 못 견디겠는지 날쌔게 다리를 뻗어 그의 목을 휘어감았다. 발회목이 가는 여자였다. 발목으로 그의 목을 조이는 중에도 허벅지의 경련은 계속되었다. 아랫도리가 뻐근한가 싶더니 기어이 중심에 힘이 들어간다. 낙지처럼 목에 찰싹 달라붙은 여자의 다리를 어렵게 뜯어낸 그가 두어 발짝 뒤로 물러섰다.

미친놈. 안 하려면 꺼져!

여자의 무자비한 발길질에 걷어차여 모텔 밖으로 나온 게 새벽 두시였다. 아직 뒤꿈치도 만져보질 못했는데. 입안이 썼다. 두꺼운 피부에 주름이 깊게 잡힌 뒤꿈치보다 도톰하게 솟은 발뒤축이 아쉬웠다. 닭살 여자의 몸 중 제일 새침하게 보이던 부위. 그걸 진작 느껴봤어야만 했다. 닭살 피부를 가진 여자를 만나는 건 가뭄에 콩 나듯 드문 일이기 때문이다. 그가 만약 손등이 아니라 손바닥을 썼다면 여자는 참지 못하고 먼저 덤볐을 것이다. 그건 손을 푸는 그의 방식이 아니다.

3

그는 손을 믿는다. 눈속임은 할 수 있어도 손을 속이기는 쉽지 않다는 게 그의 생각이다. 그는 자신이 만진 것들은 무엇 하나 잊지 않고 낱낱이 기억한다. 그의 손등과 손바닥은 아득한 시간의 저편, 음습하고 소소한 기억의 작은 편린조차도 그냥 지나치는 법이 없다. 아무리 오랜 시간이 지나도 손이 닿았던 사물의 질감과 두께와 넓이, 그 성질까지 오롯이 되새김질해낼 수가 있다. 눈으로 본 것은 시간이 지나면 희미하게 바래거나 잊혀지기도 하지만 손으로 스친 것들은 그 자리에서 불도장이 찍혀 머릿속에 고스란히 저장된다. 무생물이 이러할진대 하물며 생물체야 말해 무엇하랴. 그의 손바닥을 이루는 다섯 개의 중수골과 열네 개의 손가락뼈에는 남보다 몇십 배 예민한 더듬이와 센서가 달려 있다. 그가 그런 손을 유지하기 위해 얼마큼 정성을 들였는지는 오직 그 자신만이 알고 있다.

아주 오래 전, 새앙쥐의 배(腹)처럼 여리고 꼽꼽한 손을 가졌던 유년기에도, 해질 녘이 되어야만 사양의 붉은빛이 두꺼운 유리문을 쥐꼬리만큼 적시던 어두컴컴한 골마루에 웅크리고 앉아 하루가 다르게 길어지는 손가락을 물끄러미 바라보며 지내던 날들이 다반사였던 청소년기에도, 그는 자신이 그 손으로 특별한 일을 하며 살게 될 줄은 몰랐다.

그 시절, 그의 꿈은 무엇이었을까. 돌이켜보면 꿈에 관련된 어떠한 기억도 뚜렷하게 생각나는 게 없다. 탁하고 어두운 색조의 불분명한 영상이 끈질기게 달라붙어 머릿속을 들쑤시는 바람에 되도록이면 유년기와 청소년기를 돌아보지 않는다. 그가 기억하지 못하는 숨은그림이 있긴 한데 머리에 쥐가 날 정도로 쥐어짜도 생각이 나질 않는다. 브라운 레드와 비리디언, 프러시안블루, 샙그린 따위의 수채물감을 듬뿍 짜내어 한데 섞다가 그림 위에 마구 덧칠을 한 것만 같다.

 덧칠된 여러 색깔의 수채물감을 조금씩 걷어내면 잃어버린 기억을 찾을 수가 있을까. 되돌아갈 수 없는 한 시절, 기억의 일부분을 날린 일은 결코 유쾌하지 않다. 기억을 잃게 되면서부터 그는 손을 더욱 믿게 되었는지도 모른다. 손으로 만질 수 있는 것이면 그처럼 말끔히 사라지지는 않았을 텐데. 생각이 여기까지 미치면 아득해진다. 나락으로 떨어진다. 기억이나 생각까지도 만질 수 있는 손을 가졌으면. 그건 천 개의 손을 가진 마술사에게도 불가능한 일일 것이다. 이렇듯 가닿을 수도 없고 어찌해볼 수도 없는 열망 때문에 그는 늘 목이 탔다. 뜨겁게 달궈진 다리미가 목젖 밑을 잔뜩 누르고 있는 것만 같다.

4

 청자를 이해하시오?
 찢길세라, 중성지의 귀퉁이를 조심스레 잡아올려 청자주전자 안으로 밀어넣는 작업에만 신경이 쏠렸기 때문에 해강의 목소리는 귀 밖으로 멀찌막이 물러나 있었다. 언제 들어왔는지 해강이 허리를 구부리고 옆에 서 있다. 그는 해강이 여자를 이해하냐고 묻는 줄 알았다.

　청자를 이해하느냐고 물었소.

　다시금 묻는 목소리에 힘이 잔뜩 실려 있다. 평생을 청자와 더불어 늙어온 사내. 그는 해강의 질문을 제대로 헤아릴 수가 없다. 어찌 들으면 청자를 아느냐고 두루뭉술하게 묻는 것 같기도 하고 또 어찌 들으면 청자의 본질이나 성질을 이해하느냐고 깐깐하게 묻는 것 같기도 해서였다.

　청자를 이해한다고까진 못해도 느끼기는 합니다. 거기까지 가는 데만도 많은 시간이 걸렸지요.

　그의 말은 입속에서 맴돈다. 문화재를 포장할 때는 벙어리가 되는 게 그의 오랜 버릇이다. 특히 도자기는 언제 깨어질지 모르기 때문에 오르가슴을 모르는 여자의 문을 열 때처럼 정신을 한곳에 모아야만 한다.

　요즘은 청자를 포장하는 일이 부쩍 많아졌다. 작년에는 근 한 달 동안 금속유물만 포장한 적도 있다. 석제유물이나 서책유물, 회화유물에 비해 금속유물은 포장과정이 까다롭고 손이 많이 간다. 청자 또한 까다롭기가 금속유물 못지않다. 외피상자 바닥에 잘게 썬 스티로폼을 넉넉히 깐 후 애벌포장한 청자주전자를 나부죽이 앉힌다. 밖으로 떠돌던 장돌뱅이 사내가 모처럼 제집에 들어와 다리 뻗고 앉은 것처럼 보인다. 남은 스티로폼으로 빈 공간을 한 치의 틈도 없이 메운다.

　다음은 이번 포장의 복병인 뚜껑이다. 아름답고 섬세한 것일수록 망가지기 쉬운 속성을 지니고 있다. 뚜껑을 노려보던 그는 지체 없이 칸막이식 포장법을 선택한다. 칸막이식 포장은 띄우기식 포장의 변형으로 외피상자 안을 몇 개로 나눠 칸막이를 설치하고 각 칸마다 유물을 집어넣는 방법이다. 크기가 다른 유물이 칸 속에서 흔들리지 않게끔 조정하는 것이 기술이다. 청자주전자가 든 오동나무 외피상자를 끈으로 두 번 묶을 때까지 손의 긴장을 풀지 않는다. 이제 해강의 청자는 돌밭에 던져져도 무사할 것이다. 면장갑을 한 짝씩 벗는 그의 얼굴에 슬며시 미소가 번진다. 두꺼운 안경 너머로 보이는 해강의 눈빛은 여전히 꼿꼿하다. 그는 빈 담뱃갑을 구기며 마지못해 대답을 한다.

쇠에 난 녹이 그 쇠를 먹는다는 건 알고 있습니다만, 청자는 아직……

이 말은 언젠가 그녀가 한 말이다. 당신 알아? 쇠에 난 녹이 쇠를 먹어치운다는 것. 빈정거리듯 말하던 그녀. 그때 그녀의 심중을 찬찬히 살폈어야 했다. 청자를 느끼기는 하지만 이해하지 못하듯, 편지 한 장 남기지 않고 가버린 그녀를 도저히 이해할 수가 없다. 식만 올리지 않았을 뿐이지 부부와 다름없이 한 이불을 덮고 사 년이나 살았던 사람이다. 다른 여자들처럼 면사포를 쓰고 싶으면 식을 올리자고도 했었다. 그 말은 평생을 같이하자는 뜻이라는 걸 그녀도 알았을 것이다. 두 달 동안 살다 떠난 첫 여자나 일주일 만에 달아난 두번째 여자도 최소한 편지는 남겼었다. 암만 생각해도 당신이라는 사람은 알 수가 없고 이해도 되질 않아요, 그래서 떠나는 거니까 나무라지는 마세요, 그 동안 고마웠어요, 행운을 빌어요, 따위의 내용이 담긴 편지를 깨끗하게 치운 식탁 위에 두고 갔었다. 그런데 그녀는 아무런 기미도 없이 지내다가 어느 날 갑자기 사라져버렸다.

그녀는 지난 일 년간 꼬박꼬박 부은 적금으로 여고동창 셋과 터키행 비행기를 타기로 되어 있었다. 보름 남짓 걸리는 여행이라고 했다. 벌써 티켓을 구입했고, 여행에 필요한 옷가지와 물건들도 사서 가방에 넣어둔 상태였다. 그랬는데 여행가방은 안방에 그대로 놔두고 다른 가방을 들고 훌쩍 떠나버렸다. 갈 만한 곳은 전부 뒤져봤지만 그녀는 아무 곳에도, 어디에도 없었다.

그 손을 보니 인간문화재는 내가 아니라 자네인 것 같구먼.

해강은 그의 대답을 미리 알고 있었던 것 같다. 재빨리 손을 뒤로 감추는 그를 힐끗 보곤 안채로 들어가며 하는 말이, 내려가다가 사무실에서 도자기 인수증이나 쓰고 가란다. 수고했으니 밥 먹고 가라는 빈말 한마디가 없다. 괴팍한 노인네. 다른 사람 같으면 입이 벌어져 댓바람에 청자를 안고 달려왔을 것이다. 한데 해강은 전시를 못 하겠다고 버티다가 학예실장이 나서서 사정했더니 가까스로 허락을 하며 그를 걸고 넘어졌다. 그가 해강도자원에 내려와 자신의 도자기를 포장하고 해포(解包)해야만 몇 점 내줄 수가 있다고 했다. 겨우 몇 점? 학예실장은 기운이 빠졌다고 한다. 특별전을 하고 나면 도자기 값이 천정부지로 뛸 텐데 해강은 끄떡도 하지 않더란다.

요샌 사이비가 많아 그런지 도리어 해강이 돋보여. 혹 해강이 그 점을 노렸다면? 에이, 설마 아니겠지. 학예실장은 입맛을 다시며 덧붙였다. 해강이 사라진 안채의 담이 약간 이상하다. 언뜻 봐서는 돌담처럼 생겼는데 자세히 들여다보니 기와를 얹은 나직한 토담에 돌 대신 깨진 청자 조각이 촘촘하게 박혀 있다. 얼마나 깨고 부수어야 제대로 된 청자를 얻는 걸까. 해강도자원을 나와 주차장까지 걸었다. 뜨거운 햇살이 머리 위에서 지글지글 끓는다. 차가 잘 빠진다고 해도 서울까지 세 시간은 족히 걸릴 것이다. 경사진 언덕을 내려오는데 그만 눈앞이 꺼무레하게 내려앉는다.

5

일주일에 두 번 정도 그의 손등과 손바닥에 팩을 바르는 게 그녀의 일 중 하나였다. 털이나 멜라닌 색소, 피지선은 없지만 땀구멍이 막히지 않도록 손바닥에도 자주 팩을 해야 한다. 그는 손에 팩 하는 걸 좋아했다. 그녀의 따뜻한 숨결을 느끼며 팩이 꾸덕꾸덕 말라가는 손을 보면 마음이 느긋해지곤 했다. 팩을 바르면 맨손일 때보다 손의 표정이 한층 풍부해졌다. 처음에는 단단한 손등에 불거진 힘줄과 두꺼운 손마디, 손바닥에 팬 가늘고 굵은 손금들이 생생하게 보이다가 시간이 지나면서 팽팽하게 조여지고 마지막엔 얇은 막에 싸여 시침 뚝 뗀 모양으로 변하는 손. 장맛비가 내리던 초여름 밤이었다. 그의 손등과 손바닥에 팩을 고루 펴바르던 그녀가 한숨을 포옥 내쉬었다.

대체 언제까지 이 짓을 하며 살아야 하는 거지?

팩만 열심히 해줘. 밥이나 빨래는 대충 해도 돼. 내게 손이 얼마나 중요한지는 당신도 잘 알잖아.

말이 끝나기도 전에 그녀가 손에 들고 있던 숯팩을 힘껏 집어던졌다. 순식간의 일이었다. 튜브에 든 숯팩은 무서운 속도로 날아키 낮은 장식장의 유리를 들이받고는 핑그르르 허공을 돌다 바닥으로 떨어졌다.

손, 손, 그놈의 손! 할 수만 있다면 당신의 손목을 분질러놓고 싶어.

그녀의 눈에 불이 붙는 줄 알았다. 그녀가 그토록 표독한 얼굴로 덤빈 적은 처음이었다.

내가 이렇게 사는 줄은 아무도 모를 거야.

혼잣말처럼 중얼거리더니 발코니로 나갔다. 열린 문으로 창밖을 내다보는 그녀가 보였다. 창틀에 낀 때가 빗물을 타고 발코니 안으로 검고 탁하게 흘러내렸다. 사방에서 곰팡내가 코를 찔렀다. 한쪽으로 기울어진 그녀의 등을 망연히 바라보고 있으려니, 그녀와 처음 만나던 날이 떠올랐다.

이백 년 전의 먼지가 묻은 손입니다. 보실래요?

그가 더러운 손을 활짝 펴서 코앞에 들이밀었을 때 다른 여자들처럼 발딱 일어서서 나갔더라면 그녀와 엮이지는 않았을 것이다.

어머나, 크고 힘찬 손이네요. 이백 년이라구요?

이백 년이 아니라 이천 년을 묵었어도 먼지는 한낱 먼지일 뿐인데 그녀는 경이로운 눈으로 그의 손을 바라보았다. 그녀의 눈동자가 심하게 출렁거리는 걸 보는 순간, 그는 이 여자와 같이 살게 되리라는 걸 알았다. 그날, 그녀는 순전히 손 때문에 그와 같이 살기로 결정했는지도 모르겠다. 그렇지만 그가 그녀를 속인 건 아니다. 실제로 박물관 지하 수장고에서 이백 년 전의 유물을 정리하다 손 씻을 틈이 없어 그냥 나왔으니, 이백 년 전의 먼지가 묻었을지도 모르는 일이다. 그녀가 손만 보고 결정했건 그의 전부를 보고 같이 살기로 작정을 했건 어쨌거나 그건 그가 상관할 바는 아니다.

그를 만나는 사람들은 그의 얼굴이나 그가 내미는 명함보다 손을 먼저 본다. 역시 짐작한 대로 믿음직한 손을 가졌군요, 찬사를 보낸다. 그들은 그의 숨겨진 손바닥을 모른다. 씹힐 것처럼 야들야들한 손바닥을 보았다면 또 한번 찬사를 보내는 수고를 해야 할 것이다. 그는 집안에서 남자로서의 역할을 충실히 이행했다. 바깥에서의 위치도 확고하다. 그는 국립중앙박물관 포장 전문 학예사다. 그가 없으면 우리나라 국보는 움직이지 못한다. 모든 유물은 그의 손을 거쳐야만 국내외로 안전하게 이동할 수 있다. 그는 그 분야에서 명실공히 독보적인 존재다. 그러니 적어도 그가 그녀를 속인 건 아니라는 얘기다. 느닷없이 그의 뒤통수를 치며 그렇게 떠나서는 안 되는 거였다.

녹 23

이런 식으로 반격을 당한 게, 내 인생에 몇 번이나 있었나.
일순 그의 얼굴이 컴컴하게 변한다. 검붉은 핏발이 그의 흰자위에 성에처럼 끼었고 벌에 쏘인 사람처럼 안면근육이 심하게 일그러진다.

6

오늘따라 수장고로 내려가는 계단이 길고 지루하게 느껴진다. 여드레나 아흐레쯤 굶은 심해상어의 뱃속을 지나는 것처럼 어둡고 아슬아슬하다. 자칫 손이나 발을 잘못 놀리면 상어의 복잡한 내장 어딘가로 빨려들어가 흔적도 없이 녹을 것 같다. 다리가 후들거린다. 평소보다 몇 계단쯤 많아진 것 같기도 하다. 그는 이 길을 천만 번은 지나다녔다. 봄이 오고 가을이 오고 겨울이 와도 변함없이 계단을 오르내렸다.
화강암으로 만들어진 지하 수장고가 보이자 그의 미간에 주름이 잡힌다. 유물들이 속삭이는 소리. 천차만별의 복색을 한 각 시대의 미라들이 저벅저벅 걸어나올 것만 같다. 출입카드를 입구에 대자 모터가 돌아가는 소리와 함께 안에서 강력한 바람이 새어나왔다. 몸에 묻은 먼지를 말끔히 털어내야만 수장고 안으로 들어갈 수가 있다. 바람에 흔들리지 않도록 다리에 힘을 주다보니 저절로 주먹이 쥐어졌다.

수장고 낭하에 깔린 리놀륨 바닥재는 스펀지처럼 그의 발소리를 빨아들인다. 뒷짐을 지고 좌우에 진열된 알루미늄 밀폐보관장들을 사열하며 낭하의 끝까지 걸어간다. 밀폐보관장에 든 각종 유물은 오늘도 무사하다. 사철 적당한 온도와 습도가 유지되고 청정한 공기가 수시로 유입되는 수장고는 지상보다 쾌적하다. 가끔 위층에서 들리는 웅웅거리는 소리나 미미한 진동 소리를 제외하면 고요하기 그지없다. 누구라도 이곳에 발을 들이게 되면 봄날 어두운 헛간의 짚북데기 속에 들어앉은 기분이 된다. 자연광에 가까운 전등이 항시 켜져 있는데도 코끝으론 어김없이 마른 짚 냄새를 맡는다. 그는 그것을 세월의 냄새라고 명명한 바 있다. 오래된 유물일수록 짚냄새를 진하게 풍기는 법이다.

벽 윗면, 천장에 닿을 듯이 뚫린 작은 창으로 들어온 햇빛이 그의 정수리 부근에서 어른거린다. 블라인드를 통과하면서 한 차례 풀기가 빠진 볕인데도 눈이 부셔 연방 눈을 깜박거린다. 끈끈한 땀이 이마 위로 솟구친다. 다시 한번 알루미늄 보관장을 쳐다본다. 사리함은 가운데 선반에 모셔져 있다. 국보 제126호 석가탑 출토 사리함. 사리함에 붙은 작은 영락(구슬 등을 꿴 장식물)은 바람이 조금만 세게 불어도 떨어질 것처럼 위태로워 보인다. 포장에 들어가기 전에 저 영락부터 고정시켜야 할 것이다. 박물관에 출근하자마자 수장고로 내려와 틀어박힌 지 일주일째다. 그의 주변에는 일회용 도시락 껍데기와 음료수 캔이 어지럽게 널려 있다.

여태 사리함엔 손도 못 댄 눈치네.

미술부 김이 뒤에서 목을 빼고 들여다보고 있다.
헝클어진 실뭉치가 머릿속을 콱 틀어막고 있는 것 같아. 어떻게 포장을 할지 감도 잡히질 않아.
띄우기식 포장은 어떨까?
쿠션물질에 눌려 영락의 고리가 끊어지거나 휘어지고 말 거야.
자네가 이렇게 쩔쩔매는 건 처음 봐.
이상도 하지. 힘들면 힘든 대로 일할 맛은 더 나. 마치 옷 벗기기 힘든 여자를 보는 것 같거든. 지나치게 고귀해서 옆에 다가가지도 못하는 그런 심정 말야. 포장할 대상이 정해지면 나는 우선 그걸 가만히 들여다보기만 해. 한 시간이든 두 시간이든. 그러고 있으면 유물들이 내쉬는 숨결이 조금씩 느껴져. 어떤 것은 숨이 가쁘기도 하고 또 어떤 것들은 지나치게 느리기도 하지. 대상을 충분히 이해하고 나면 유물과 온전히 일체가 되는 순간이 있어. 극히 짧은 찰나야. 그때를 놓치지 말고 재빨리 포장을 해야 돼. 유물이 가장 편안해하는 상태로, 털끝 하나 다치지 않게 감싼 뒤의 기분을 자네는 알까? 한 여자의 정신과 육체를 몽땅 정복한 것 같다고나 할까.
야, 남들이 들으면 변탠 줄 알겠다. 그나저나 무슨 일이 있어도 사리함이 내일까지는 제주공항에 도착해야 하는 거 알지? 공항에서 제주박물관까지 사리함을 운송할 차량도 맞춰놨어. 뜸들일 시간이 없다구. 지금 정복해도 늦어.
알고 있으니까 보채지 좀 말아.

오늘 몇 시에 나왔어?

새벽 네시.

고생이 말이 아니구만. 실장님께는 뭐라고 보고를 하지?

사실대로 말해야지 별수 있어?

씨이, 또 나만 피보게 생겼네.

김의 말에 온몸의 피가 머리로 몰린다. 김의 발소리가 멀어지자 그가 정수리를 두 손으로 감싸더니 몸을 동그랗게 말았다. 누군가 뭉툭한 식칼로 정수리를 내리치는 것만 같다. 단단한 두개골에 홈 집만 남길 뿐 식칼은 번번이 튕겨나간다. 그때마다 두개골이 엄청난 파장으로 흔들린다. 불안을 동반한 짧은 침묵. 뒤이어 들리는 기합소리. 마침내 그의 두개골이 정확히 두 쪽으로 갈라진다. 어마어마한 통증이 파도처럼 전신을 덮쳐왔을 때, 물마루 위로 둥실 떠오른 희끄무레한 물체가 보였다. 넘실거리는 파도에 밀려 보일 듯 말 듯 애태우던 그것은 이내 물속으로 사라져 형체도 보이지 않는다. 다시 밀려온 파도에 휩쓸려 물속으로 들어간 그는 기어이 두 눈으로 그것을 보고야 만다. 여치집! 그가 차렷 자세로 벌떡 일어선다. 다리에 걸린 의자가 우당탕 뒤로 넘어갔다.

이제야 길이 보인다. 영락 옆에 음료수용 굵은 빨대로 기둥을 세우고 요구르트용 가는 빨대로 여치집을 엮으면 영락은 자연히 여치집 안으로 들어오게 된다. 영락에 뚫린 작은 구멍에 돌돌 만 한지를 끼운 다음 그 끝을 여치집의 가장자리에 묶으면 고리가 흔들리지 않는다. 그런 다음 여치집째 사리함을 포장하면 어떤 충격에도 영락은 떨어지지 않을 것이다. 외부에서 오는 충격은 여치집이 일차로 흡수할 테니.

빨대를 자르고 기둥을 세우고 여치집을 엮는 손길은 한 치의 오차도 없다. 금세 여치집이 만들어지고 영락은 흡사 작은 종처럼 여치집의 한가운데 달려 있다. 화룡점정. 한지를 최대한 가늘게 말아 영락의 작은 구멍에 바늘처럼 끼워넣어야 한다. 대롱대롱 매달린 영락이 흔들리기 때문에 한지를 구멍 속으로 밀어넣는 작업이 그리 쉽지만은 않다. 다리미풀을 뿜어 빳빳하게 만든 한지의 끝을 여치집 속으로 밀어넣는다. 여러 번의 실패 끝에 한지의 뾰족한 끝이 영락의 작은 구멍에 꿰어지는 순간, 머리를 누르고 있던 불분명한 영상이 걷히면서 머릿속이 환해진다.

7

사리함 포장을 끝내고 집으로 돌아온 그는 거실에 서서 숨을 깊게 들이쉰다. 일주일 동안 갇혔던 공기가 콧속으로 스며든다. 환기를 자주 시키지 않은 탓에 그녀의 체취는 집 안 곳곳에 남아 있다. 천으로 덧댄 소파 등받이와 베개, 옷걸이에 거꾸로 걸린 그녀의 티셔츠에도 체취가 배어 있다. 무심코 옷장을 열었더니 그녀가 즐겨 쓰던 플로럴 시트러스 계열의 향수 냄새가 훅 밀려나온다. 주방세제나 파를 사러 잠깐 아파트 상가에 내려간 게 아닐까. 슬리퍼가 시멘트 바닥에 끌리는 소리가 들리고 금방이라도 현관문이 벌컥 열릴 것만 같다.

　잘 가.

　묵은 빚문서처럼 남은 그녀의 냄새를 지우기 위해 창문이란 창문은 전부 열어젖힌다. 작별인사를 하듯 창마다 쳐진 커튼들이 일제히 펄럭였다. 아래층에서 김치찌개를 끓이는 냄새가 바람을 타고 올라왔다. 그녀도 김치찌개를 자주 끓였다. 아침이면 냄비에서 찌개가 끓는 소리에 눈을 뜨곤 했다. 술 마신 다음날이면 찌개 냄새를 맡는 것만으로도 밤새 부대끼던 속이 가라앉았다. 그녀가 끓인 김치찌개를 다시는 먹을 수 없으리라. 입맛은 때때로 인간을 치사하게 만든다. 두 손으로 얼굴을 비비던 그가 갑자기 자신의 손바닥을 뚫어지게 바라본다. 서쪽 창으로 들어온 노을이 그의 손바닥을 붉게 물들이고 있다. 그는 눈을 감고 성전의 제사장처럼 두 손을 머리 위로 천천히 들어올린다. 꾸역꾸역 밀려든 노을이 그의 다리와 가슴과 머리를 적시고 높이 쳐든 두 손까지 적신다. 삽시간에 붉은빛에 휩싸인 그는 거실 천장을 뚫고 하늘로 날아오를 듯한 자세로 서 있다. 배배종 배배종, 어디선가 새 우는 소리가 들려왔다.

　정말이지 이제는 멈추고 싶다. 손은 단지 손일 뿐이다. 그 동안의 사역만으로도 충분하다. 손을 신의 경지까지 끌어올리겠다는 맹세는 처음부터 하는 게 아니었다. 설령 손을 신의 경지까지 끌어올린다고 한들…… 그는 포장을 할 적마다 자신의 몸뚱어리를 비틀어 핀 방울의 피와 땀, 눈물까지 짜 바쳤다. 유물을 포장하고 있으면 잊고 싶은 기억까지 포장이 되었다. 그러면 그의 본색은 서서히 사라지고 마지막엔 두 손만, 손만이 하얗게 남았다. 다른 사람들과 달리 오른손과 왼손을 자유자재로 쓸 수 있는 양손잡이인 그는 그때야 비로소 편안해졌다. 불쾌한 과거는 묻히고, 찝찝한 기억은 머릿속에서 자연스레 소실된다. 유물을 포장할 적마다 거듭나는 것이다. 그 혹은 전혀 다른 그로.

8

간밤에 바람 한 점 없더니만 기어이 시꺼먼 먹장구름이 몰려와 새벽하늘을 덮었다. 시원하게 퍼부을 것 같던 장대비는 내리질 않고 끊길 듯 이어지는 가랑비에 도로가 질척하게 젖어들었다. 가로등이 비추는 반경만큼만 주홍 불빛으로 번들거리는 도로엔 이따금 지나는 차량이 눈에 띌 뿐 행인은 없었다. 시동을 걸면서 바라본 새벽거리는 관공서 한쪽 벽에 먼지를 덮어쓴 채 붙어 있는 풍경화 속 거리처럼 침침하고 아련했다.

하필이면 앞차 운전자가 그녀 또래 여자였다. 여자는 이런 일이 처음인 듯했다. 엄지와 검지로 쉴새없이 손톱 주위의 거스러미를 잡아뜯었다. 아까부터 여자의 눈동자는 허공에 건성으로 놓여 있었다. 초점이 풀린 눈동자가 이리저리 흔들렸지만, 그렇다고 뭘 보고 있는 것 같지는 않았다. 입술이 타는지 혀끝으로 자주 윗입

술을 훑었다.

  가랑비가 내리는데다 안개까지 껴서 시야가 좁았어요. 지하 터널을 빠져나오자마자 흰 물체가 차 앞으로 날아오길래 브레이크를 밟았지만 아시다시피 거긴 내리막이고 빗길이어서 제동거리가 길었어요. 제 눈엔 큰 새처럼 보이데요. 정말이에요. 흰 날개를 펄럭이며 차 앞유리 쪽으로 날아오는 것 같았다니까요.

  여자는 잘잘못을 가리려 하기보다는, 사람이 아니라 새처럼 보였다고 자꾸만 우겼다. 뒤따라오던 그의 차가 없었다면 여자의 입장이 상당히 불리해졌을 것이다.

  여자였어요. 흰 잠옷을 입은 여자가 앞차 쪽으로 뛰어들었습니다.

  그의 말이 아니더라도 자살을 의심할 여지가 없었다. 잠옷을 입은 중년 여자가 앞차 옆에 엎어져 있었던 것이다. 새벽에 잠옷바람으로 밖에 나오는 여자는 없을 테니 더이상 무슨 설명이 필요할까. 그는 본의 아니게 경찰서에 출두하게 되었다. 금속유물 포장을 마치고 대형 석제유물 포장에 들어간 터였다. 잦은 야근으로 눈이 뻑뻑했다.

  내 차에 사람이 받혀 죽다니 믿을 수가 없어요.

  여자는 정신이 나간 얼굴이었다. 그는 자신이 뒤차 운전자라는 사실도, 귀찮은 일에 말려들었다는 것도 잠시 잊었다. 일차 조사를 받고 풀려났어도 여자는 집에 갈 생각을 하지 않았다. 여자에겐 경찰서로 달려와줄 변변한 가족도 없는 눈치였다. 누가 누구를 위로해야 하는 건지 모르겠다는 얼굴로 그가 자판기 커피를 뽑아 왔을 때도 여자는 경찰서 본관 건물 앞에 부동자세로 서 있었다. 커피를 마시면서 여자에게서 눈을 떼지 않았다. 별안간 울음을 터뜨릴까봐 조마조마했다. 여자와 단둘이 있는 마당에 그녀가 큰 소리로 울어버리기라도 한다면 자신의 입장만 난처해질 게 분명했다. 다 마신 종이컵을 한 손으로 구겨 버리고 다짜고짜 여자를 주차장 쪽으로 끌고 갔다. 그 바람에 여자가 쥐고 있던 종이컵에서 커피가 쏟아졌다. 옷에 옆으로 퍼진 사각 모양의 얼룩이 묻었어도 여잔 개의치 않았다.

경찰서를 빠져나와 가까운 지하철역 앞에 여자를 내려주었다. 그러고는 곧장 차를 돌려 사고 현장으로 갔다. 앞차가 멈춘 지점에 바퀴 위치대로 흰색 스프레이가 뿌려져 있었고, 차에 치인 여자의 시체가 있던 곳 주변엔 노란색 폴리스라인이 두 줄로 쳐져 있었다. 미처 지우지 못한 길바닥의 핏자국은 여전히 붉었다. 그가 죽은 사람의 몸을 만지는 걸 앞차 운전자인 여자가 봤을까. 브레이크를 급하게 밟고 난 후 여자는 줄곧 핸들에 머리를 박고 있었다. 새벽거리엔 행인도 없었다. 경찰이 오기 전까지 사체를 느끼기엔 더없이 좋은 시간이었다. 사체는 금방 식지 않았다. 그가 손등을 갖다대자 미지근한 체온이 고스란히 전해졌다. 얇고 투명한데다가 살집이 좋아 그런지, 깜짝 놀랄 만큼 부드럽고 촉촉한 피부였다. 불현듯 잠사박물관에서 누에를 만진 기억이 났다. 뽕잎 위로 곰실곰실 기어다니던 누에를 집어들 때의 말랑거리던 촉감과 닮았다. 그러나 영혼이 빠져나간 몸은 몸이라고 부를 수가 없었다. 유리잔이나 재떨이처럼 정감 없는 하나의 물체에 지나지 않았다. 이것은 몸이 아니다, 물체에 불과하다고 굳이 자신에게 주술을 걸 필요가 없었다. 사체의 구석구석을 더듬던 그의 손이 흥미를 잃고 떨어져나왔을 때, 등뒤에서 사이렌이 요란하게 새벽하늘을 갈랐다. 그래도 어쩐지, 뒤가 켕겼다. 정신이 나간 듯한 여자의 얼굴이 계속 어른거렸다. 다음날 그는 박물관 동문 앞 카페로 여자를 불러냈다. 경찰서에서 이차 조사를 받고 나오는 길이라며, 여잔 어제보다 한결 밝아진 얼굴로 그를 반겼다. 자리에 앉기가 무섭게 그는 여자의 코앞에 자신의 더러운 손을 활짝 펴 보였다.

이백 년 전의 먼지가 묻은 손입니다. 보실래요?

심하게 출렁거리는 여자의 눈동자를 보는 순간 그는 이 여자와 같이 살게 되리라는 걸 알았다. 여자는 순전히 손 때문에 그와 같이 살기로 결정했는지도 모르겠다. 여자가 손만 보고 결정했건 그의 전부를 보고 같이 살기로 작정을 했건 어쨌거나 그건 그가 상관할 바는 아니다.

9

면장갑에 싸인 열 개의 손가락이 허공으로 쑤욱 솟아오른다. 깍지를 낀 후 양손을 뒤로 젖혀 손가락을 와르륵 꺾는다. 손가락 마디들이 내지르는 소리가 경쾌하다. 짧은 들숨과 날숨. 흰 면장갑에 밴 새물내와 좀약 냄새가 갈근갈근 콧속으로 감겨든다. 그가 피아노 건반을 두드리듯이 손가락을 아래위로 움직이기 시작한다. 손놀림이 점차 빨라지면서 면장갑에서 나던 새물내와 좀약 냄새가 사방으로 퍼져나간다. 다행히 오늘은 손이 가볍다.

이윽고 그가 한지에 솜을 넣어 만든 길쭉한 솜 포대기 두 장을 열십자로 펼친다. 다시 솜 포대기 두 장을 처음 것과 겹치지 않게 엑스 자로 펼쳐놓는다. 위에서 내려다보면 넉 장의 솜 포대기가 여덟 송이의 꽃잎으로 활짝 피어난 것 같다. 이어서 직사각형의 얇은 중성지를 내려놓자마자 사라락, 잔바람을 일으키며 꽃잎 위로 사뿐히 가라앉는다. 겉싸개에 속싸개까지 깔았으니 이만하면 포장 준비는 끝난 셈이다.

추풍령

추풍령은 안내방송을 듣지 않고도 알 수 있었다.
차창을 긁는 바람 소리가 효효효,
목을 빼고 일제히 짖어대는 승냥이떼의 울음소리처럼
귓속을 날카롭게 후비면 추풍령이 다가온다는 뜻이다.

대충 짐작하겠지만 추풍령에는 추풍령 감자탕이 없다. 그래도 직접 가서 눈으로 확인하고 오겠다는 사람이 있다면 굳이 말리지는 않겠다. 추풍령에 가는 방법은 차를 가지고 가느냐 마느냐에 따라 길이 각각 다르다. 전자의 경우는 경부고속도로를 타고 무작정 달리다가 추풍령휴게소로 접어들면 되고 후자의 경우엔 경부선 무궁화호 열차로 가면 된다. 버스로 가는 방법도 있긴 하지만 다시 한번 갈아타는 수고를 해야 되기 때문에 이 방법은 적극 추천하고 싶지가 않다. 뭐니뭐니 해도 추풍령은 무궁화호 열차로 가야 제격이다. 서울과 부산의 딱 부러지는 중간지점에서 내리면 허허벌판에 내동댕이쳐진 것처럼 저 홀로 외로이 서 있는 추풍령 역사가 앞을 가로막는다. 시골 역사들이 대개 그렇듯이 감나무와 측백나무가 좌우로 도열해 있고 역사의 뒤, 탑승구 쪽 화단에 맨드라미와 개량종 무궁화, 국화 같은 향토색 짙은 꽃들이 올망졸망 심겨 있다. 꽃이 만발한 계절에 와도 역사가 가난하고 추워 보인다.

개찰구를 벗어나 역사 앞으로 나오면 우선 속았다는 느낌이 들 것이다. 구름도 자고 가고 바람도 쉬어가는 추풍령이라더니, 고개는 무슨 고개? 자그마치 '령'이 아닌가. 옛사람들은 고개의 험하기와 위치를 따져 령, 재, 치, 티 순으로 이름을 매우 엄격하게 붙였다. 즉 구름과 머리를 맞대는 정도의 가파른 고개만이 '령'이란 칭호를 얻을 수가 있었다. 게다가 지명조차 추풍령(秋風嶺)이다. 봄바람도 아니고 매서운 가을바람 아닌가. 추풍령 역사의 소속이 충북인 관계로 아찔한 절벽까지는 바라지 못하더라도 다소 가파른 고개와 그 고개를 훑고 가는 을씨년스러운 바람이 낡은 잡지의 표지처럼 통속하게 몰아칠 줄 알았는데 이것들은 다 무엇인가. 고개는 고사하고 평평한 평지에 낮은 산과 들, 여름 논의 피처럼 볼썽사납게 끼인 상가와 농가 들. 김이 확 새는 기분을 다독거린 뒤 역사 앞에 세워진 〈추풍령〉 노래비를 거듭 읽어도 사기당한 기분에서 완전히 놓여나지는 못할 것이다. 인생이란 본디 그런 것이 아니던가.

어쨌거나 거듭 말하거니와 추풍령에는 추풍령 감자탕이 없다. 대신 크라운 베이커리와 태평 해장국집, 수산횟집, 돼지갈비로 유명한 할매집이 있다. 지금은 할매집이 한적한 국도변에, 작은 정원까지 딸린 근사한 식당으로 변했지만 몇 년 전만 해도 추풍령 장터로 들어가는 길모퉁이 후미진 곳에 자리하고 있었다. 할매집의 아귀가 맞지 않는 미닫이 유리문을 덜커덕 밀고 들어서면 화덕이 붙은 여섯 개의 탁자가 놓여 있고 마주 보이는 가겟방 장지문에 파리가 평균 이십여 마리는 앉아 있었다. 물론 가겟방에도 탁자 네 개를 두고 천장에 파리 잡는 끈끈이를 길게 늘여붙이고 손님을 받았다. 색이 바랜 플라스틱 접시에 담겨 나오는 파절임은 금방이라도 머리를 풀고 하늘로 올라갈 듯 풀풀 날아다녔고 다른 밑반찬도 볼품이 없으며 환경 역시 불결한데도 손님이 그 집 파리 떼처럼 오글오글 끓었다. 할매집의 돼지갈비와 동치미 때문이었다. 그때도 나는 모 경제지에 '맛집 탐방'이라는 칼럼을 연재하고 있었다. 배즙과 양파즙에 하룻밤 미리 재운 뒤 양념한 돼지갈비는 입에 녹을 만큼 육질이 연하고 먹고 나면 혀가 약간 매음하다, 여기에 살얼음이 도는 할매집의 동치미를 곁들여 마시면 코끝은 찡하지만 은은한 향이 입안에 오래 남는다, 라고 제법 감상적으로 쓴 기억이 난다. 추풍령에 있는 식당이어서 그랬을 것이다.

*

누구나 인생의 빛나는 한때는 있기 마련이다. 나는 정신적인 키가 하룻밤에 한 뼘씩은 자랐던 ㄱ여고 시절을 내 인생에서 가장 빛나던 시기라고 생각한다. 내가 다니던 ㄱ여고는 ㄱ시에 있었다. 새벽에 집을 나와 여섯시 십오분에 출발하는 부산행 완행열차를 타고 추풍령을 거쳐 신암, 직지사를 지나면 ㄱ시가 나온다. ㄱ여고에 다니던 삼 년 내내 나는 하루 두 번씩 추풍령을 지나쳤던 셈이다. 아마 그 시절 추풍령 역사를 똑바로 쳐다본 적이 없었을 것이다. 당시 ㄱ여고 교복은 앞면과 뒷면에 큰 주름 하나가 깊게 잡힌 에이라인 스커트였다. ㄱ여고 학생들은 의자에 앉으려면 으레 치마허리를 잡고 옆으로 사삭, 돌렸다. 학교의 상징이나 다름없는 교복 치마의 주름이 구겨지는 걸 막자면 주름이 없는 쪽으로 앉을 수밖에 없었다. 학교 안에서건 밖에서건 ㄱ여고 학생들이 치마를 돌리는 동작은 사관생도처럼 일사불란했고 그 광경은 일찍이 그쪽 지방의 몇 안 되는 명물에 속했다. 그때 나는 의자에 앉으려고 치마를 돌리거나 친구들과 잡담을 하느라 추풍령 역사를 보지 못한 게 아니라 기를 쓰고 보지 않으려고 했을 것이다. 의식적으로든 무의식적으로든 간에.

 ㄱ시에서 유일하게 사귄 친구가 장혜련이다. 아이들은 권미란과 장혜련을 정확하게 구별하지 못했다. 같은 반 같은 분단에 나란히 앉아서 그랬는지 모르지만 어떨 땐 혜련의 등을 철썩 때리며 야 권미란, 하고 부르기도 했고 어떤 날은 내 뒤통수에 대고 장혜련, 의기양양하게 호명하기도 했다. 난 권미란이야. 이름을 밝히면 아이들은 볼멘소리로 비슷한 것들이 붙어 있으니까 헷갈리잖아, 하며 눈을 하얗게 흘겼다. 우리는 생긴 것도 다르고 출신도 명백히 달랐다. 장혜련은 옷을 맵시 있게 만들기로 소문이 난 모드양장점의 외동딸이고 난 시골에서 갓 올라온, 그럼에도 여자들만 사는 집안으로 명성이 자자해서 ㄱ시에서도 모르는 사람이 없는

권씨 집안의 흔한 여자들 중 한 명이었다. 장혜련은 ㄱ시 번화가 모드양장점의 이층에 살지만, 권미란은 지붕이 새는 오래된 기와집에서 살았다. 장혜련은 희고 고운 피부에 광대뼈가 약간 나온 귀여운 인상이었고, 권미란은 짙은 눈썹 네모진 얼굴에 피부색이 노르께했다. 이렇듯 서로 다른 이유를 스무 가지쯤 댔지만 아이들은 그래도 너희 둘은 어쨌든 비슷하다, 라는 결론을 내렸다.

그때만 해도 교복 하나로 삼 년을 버티던 시절이어서 다들 옷을 크게 맞춰 입었다. 손목이 쑥 들어갈 만큼 허리가 헐렁해야 부모들은 교복이 몸에 맞는다고 했다. 그처럼 옷을 크게 입어도 삼학년이 되면 교복 치마가 작아져서 벌어진 옆구리 지퍼 사이로 속옷이 훤히 보였다. 그러면 옷핀으로 여민 옆구리를 상의 끝자락으로 숨기고 다니기 바빴다. 그런 시절에, 감히 신입생인 주제에 나는 장혜련처럼 몸에 딱 맞는 교복을 입고 있었던 것이다. 아이들이 헷갈린 이유도 교복 때문이었다. 학교가 지정한 모드양장점의 문을 열었을 때 보라색 터번을 쓴 여자가 나를 맞아주었다.

골격을 보니 더 클 것 같진 않네. 교복이라도 기왕이면 예쁘게 입지 뭐. 몸에 맞게 해도 괜찮지?

1970년대 중반, 머리에 터번을 쓴 여자는 흔치 않았다. 비로드로 만든 보라색 터번에 홀려 나는 그녀가 무슨 말을 하는지 몰랐다. 머릿수건이나 머플러를 두른 여자를 본 적은 있어도 이슬람교도처럼 머리에 터번을 쓴 여자는 처음 봤고, 담요나 요가 깔린 바닥은 본 적 있어도 사람이 다니는 곳에 깔린 서양 카펫은 세상에 태어난 이래 처음 보고 또 그걸 직접 밟아 폭신한 촉감까지 즐기던 중이었으니 무슨 정신이 있었겠는가. 터번의 천인 비로드가 내뿜는 보랏빛과 카펫의 밝은 감색에 압도당해 그야말로 황홀한 상태에서 치수를 재기 위해 팔을 올리고 있는데 웬 여자애가 빛의 한가운데로 걸어들어왔다. 여자애는 양장점 카탈로그 속에서 금방 튀어나온 모습이었다. 흔히 우리가 '가다마이'라고 불렀던 새빨간 양복저고리를 입고 있었다. 여자애의 흰 폴라티와 검은 나팔바지, 새빨간 양복저고리의 완벽한 조화에 내 눈은 얼마간 시력을 상실한 터여서 선은 보이지 않고 면만 보이더니 급기야 겹치거나 하나로 뭉친 여러 개의 덩어리가 공중에서 빛을 내며 떠다니다가 급물살을 타고 빠르게 흐르기 시작하는 거였다. 반들거리는 보라색, 밝은 감색, 특히나 여자애가 입은 '가다마이'의 새빨간 색은 권씨 집안에서는 오래 전부터 금기시되던 색상이었다. 그랬으니.

어머, 얘 치수가 우리 혜련이와 같네.

터번을 쓴 여자가 내 치수를 불러주다가 재단사에게 한마디 했다. 드디어 교복 찾는 날이 다가왔고, 교복이 맞아도 너무 딱 맞는다는 사실을 알게 되었고, 큰어머니와 같이 갔으면 옷을 이렇게 맞추지는 않았을 텐데 하는 생각에 나는 잠을 한숨도 자지 못했다. 작아서 못 입으면 어쩌나 하는 걱정보다는 큰어머니의 매운 손에 이끌려 모드양장점으로 득달같이 쳐들어갈 일이, 밥 먹고 하는 일이라곤 옷 짓는 일밖에 없을 텐데 눈은 어따 두고 옷을 이따위로 만드느냐고 불같이 화를 낼 큰어머니가 난감했기 때문이다.

모드 양장점 여자의 보라색 터번과 감색 카펫은 큰어머니의 호통한 방이면 본래의 빛과 색을 잃고 물 빠진 걸레 꼴로 추락할 게 뻔했다. 나는 장고를 거듭한 끝에 ㄱ여고는 원래 교복을 몸에 딱 붙게 입는 것이 교칙이라고 둘러댔다. 눈치가 빠른 권씨 집안 여자들은 내 말은 귓등으로 흘렸다. 그러고는 안방으로 몰려가 교복을 이리 뒤집어보고 저리 까보기도 하더니 접어넣은 시접과 단이 넉넉해 작아지면 언제든지 늘릴 수 있겠다며 교복사건은 그것으로 흐리마리 무마가 되었다.

혜련과 나란히 앉게 되었을 때도 내 짝이 모드양장점의 '가다마이'인 줄은 몰랐다. '가다마이'를 벗은 장혜련은 삼각자를 잘 빌려주는 애이고 우리 반에서 연필을 가장 뾰족하게 깎을 줄 아는 평범한 아이일 뿐이었다. 수업을 일찍 마친 토요일이면 혜련과 나는 ㄱ시를 쏘다녔다. ㄱ시는 멀리서 보면 뱀이 풀숲을 지나는 형세로 중심가가 구불구불하면서도 길게 뻗어 있었다. 신성일과 최무룡을 비슷하게 그려서 상영중인 영화의 남자 주인공이 둘 중 누구인지 구별할 수 없게 만들던 황금극장의 모호한 간판 밑에는 한겨울에도 꾸벅꾸벅 졸기 일쑤인 사주쟁이가 자리잡고 있었고, 한일시계점과 전당포를 지나 길이 끝나는 곳에 대성사진관이 삐뚜름하게 붙어 있었다. 대성사진관의 진열장에는 십오 도 각도로 머리를 기울인 ㄱ여고 이명희가 손가락으로 볼을 살짝 찌르고 우수에 찬 표정으로 먼 곳을 응시하고 있었다. 가족사진과 백일사진도 같이 진열되어 있었지만 이명희의 흑백사진이 단연 돋보여서 우리는 대성사진관 앞에만 오면 진열장에 붙어서서 사진이 실물보다 낫네, 아니네 눈이 좀 삭아 보이네, 단체로 품평을 하곤 했다. 아이들의 반응에 탄력을 받은 이명희는 대성사진관 말고도 다른 사진관에서 똑같은 포즈로 사진을 찍었지만 이번엔 왠지 표정에서 가식이 느껴졌고 볼을 찌른 손가락도 전보다 굵고 단단해 보였다. 당연히 그 사진은 사람들의 시선을 끌지 못했다.

대성사진관의 슬래브 지붕 위로 걸친 듯 놓인 육교에는 ㄱ시의 바람이란 바람은 전부 몰려들어 그 위를 지나는 여학생들의 교복 치마를 가차 없이 뒤집어놓았다. 일부러 시멘트 바닥에 두드려서 나달나달하게 만든 교모를 눌러쓴 남학생들은 육교 밑에 진을 치고 서서 여학생이 지나가기만 기다렸다. 아무리 치마를 부여잡고 종종걸음을 쳐도 심술궂은 바람은 어느 틈엔가 치맛자락을 쑤석거려 육교를 지나는 여학생들을 기겁하게 만들었다. 말도 많고 탈도 많은 그 육교를 건너지 않고는 ㄱ여고도 ㄴ여고도 갈 수가 없었다.

햐, 빨간 칠부 빤스 지나간다.

온다 온다, 팔팔하게 물 좋은 하늘색 쫄쫄이 빤스가 와요.

남학생들은 육교 위 여학생들의 팬티를 감상하다가 지각을 하는 통에 아침이면 번번이 교문 앞에 일렬로 늘어서서 '줄빳다'를 맞았다. 쥐를 잡아 만두소에 넣는다고 소문이 난 쥐고기집 왕만두와 언제나 면이 퉁퉁 불어 있던 딸랑이집 가락우동을 먹은 뒤 혜련과 나는 '가다마이'로 바꿔 입고 버스정류장 옆 런던다실로 향했다. 우리가 가는 시간에 주로 판을 돌리던 런던다실 디제이는 다리를 약간 절었다. 그 시절 디제이들은 왜 하나같이 장발이었는지 모르지만 하여간 그도 차랑차랑한 긴 머리를 흔들며 곧 서울로 음악생활을 하러 갈 거라고 말하고 다녔다. 음악생활이라는 게 음악을 하겠다는 것인지 음악적으로 살겠다는 뜻인지 도무지 짐작할 수가 없었지만 혜련과 나는 그냥 다 이해한다는 듯이 고개를 끄떡였다. 들큼한 밀크를 마시며 팝송을 듣다가 노래가사처럼 우리 앞으로도 아가리를 쩍 벌리고 다가올 컴컴한 미래를 숨가쁘게 밀어내며 역으로 달려가면 여덟시 통근열차 개표가 막 시작되고 있었다.

바이바이.

혜련은 내가 입었던 '가다마이'를 품에 안고 아쉬운 얼굴로 손을 흔들었다. 밤기차에 몸을 맡기고 흔들리며 가다보면 어느새 직지사도 지나고 신암도 지나 추풍령이 다가왔다. 추풍령은 안내방송을 듣지 않고도 알 수 있었다. 차창을 긁는 바람 소리가 표효효, 목을 빼고 일제히 짖어대는 승냥이떼의 울음소리처럼 귓속을 날카롭게 후비면 추풍령이 다가온다는 뜻이다. 눈을 질끈 감고 추풍령이 어서 지나가기만 기다리지만 백두대간의 허리에 해당하는 추풍령은 대구과 대전 사이의 역 중 가장 긴 구간이었다. 객차와 객차의 연결고리에 묶인 안전 쇠줄이 절컥거리는 소리, 기차 바퀴가 철로 위를 구르는 소리 틈으로 승냥이떼의 처절한 울부짖음이 들렸다. 그러면 머리를 풀어헤친 여자가 그 소리를 배경 삼아 휙

이휘이 추풍령을 넘고 있는 게 보였다. 산발한 머릿단에 고드름이 주렁주렁 열리고 열 개의 발가락조차 제대로 가두지 못하는 여자의 해진 신발은 검붉은 피를 끊임없이 쏟아낸다. 발가락에서 흐른 핏물은 넓게 퍼진 백두대간의 허리를 붉게 물들이고, 싸락눈이 내리는 초겨울이면 피가 고인 웅덩이는 번들번들 얼어붙고, 여자는 자신의 피가 얼어붙은 빙판길을 위태롭게 걸어서 간다. 다리가 붙어 있는 한 마냥 걸어서 가야 하는 곳. 추풍령은 내게 그런 곳이다.

*

바람 끝이 매운 어느 토요일 밤, 기차를 놓쳐 혜련이네 집에서 자게 되었다. 그날 모드양장점의 이면을 보고야 말았다. 또한 내 짝 장혜련의 삶의 이면도. 모드양장점의 살림집으로 올라가는 계단은 가게 한쪽 귀퉁이에 있었다. 각종 두루마리 천이 발 디딜 틈도 없이 빼곡하게 쟁여진 계단을 올라가니 찢긴 비닐과 용도를 알 수 없는 송판이 함부로 굴러다니는 침침한 복도가 나왔다. 혜련의 방은 복도 끝에 있었다. 책상과 의자 위, 서랍장 위, 빈 공간이란 공간은 무질서하게 쌓인 옷과 책으로 덮이고 이불은 굴을 판 것처럼, 아침에 몸이 빠져나간 상태 그대로 둥그렇게 들린 채 깔려 있었다. 이불을 걷고 겨우 밥상 들일 자리를 마련했다. 장혜련이 들여온 저녁상. 먹는 행위에 인생 전부를 바치는 권씨 집안에서는 상상도 하지 못할 밥상이었다. 당시 귀한 반찬에 속했던 소시지가 바짝 마른 채 우묵한 프라이팬에 담겨 있고 석유 그을음이 새까맣게 낀 양은냄비 속에는 생선찌개인지 생선국인지 정체를 알 수 없는 것이 그들먹하게 들어 있었다. 성의 없고 불결해 보이던 반찬은 먹어보니 의외로 맛이 있었다. 게다가 혜련은 한술 더 떠서 추리닝 바지를 뒤집어 입고 있었다. 이유인즉슨 때가 안 탄 쪽으로 또 한번 입은 거라고 했다. 그러고 보니 혜련의 방에 쌓인 비싼 옷들은 모조리 때가 타 있었다. 혜련이네는 더러워진 옷을 하나씩 세탁하는 것이 아니라 더이상 입을 옷이 없을 때 한꺼번에 빨아서 입는 집이었다.

 삼십 년이 지난 지금도 여자고등학교에서는 '의'와 '식'을 중요하게 다루고 있다. 물론 주생활도 가정 과목에 포함되지만 그건 어디까지나 돈이 안 되는 집 꾸미기 같은 것뿐이다. 정작 실생활에 필요한 가전기기 작동법이나 현실적으로 보탬이 되는 주식, 부동산 관련 법 따위는 절대로 가르쳐주지 않는다. 예나 지금이나 학교는 생활에 도움이 안 되는 것들만 모아 가르치기로 굳게 맹세한 것처럼 보인다. 지금도 그런 형편인데 1970년대 학교는 오죽했겠는가. 1970년대 여고생들은 순결과 청결을 강요받고 있었다. 순결하지 못한 여자는 사회에서 매장당했고 청결하지 않은 여자는 발견되는 즉시 축출당했다. 여학생들의 장래희망은 팔십 퍼센트 이상이 현모양처(그때는 현모양처 되는 일이 그렇게 어려운 것인 줄 몰랐다. 결혼만 하면 누구나 자동적으로 되는 거라고 생각했다)였고, 문화영화를 보러 극장에 갈 때는 깔고 앉을 스카프를 하나씩 가져가야만 했다. 왜냐하면 남자의 정액이 묻은 의자에 앉으면 임신을 할 수도 있기 때문에. 나, 권미란은 아직도 기억한다. 남자가 사정한 의자에 앉아 영화를 보면, 보는 동안 쌀뜨물 같은 정액이 자궁 속으로 스며들어 난자와 결합해서 아기가 생길 수도 있다던 ㄱ여고 가정선생을. 그러니까 1970년대 남자들은 아무 데서나 마구 사정을 하는 사람들이었고, 여자들은 의자에 함부로 앉으면 아기가 막 생길 수도 있는 시절이었다.

그런데도 아무 데나 앉아서 남자의 정액이 묻었을지도 모를 바지를, 그것도 뒤집어 입다니!

혜련은 미혼모가 되지 못해 안달복달하는 여자애로 보였다. 나는 놀라서 휘둥그레진 눈으로, 밥상을 들고 나가는 혜련의 뒤를 따랐다. 혜련이네 부엌은 정말이지 부엌이랄 수가 없었다. 최소한의 부엌살림만 있었는데 그마저도 사람의 손길이 자주 닿지 않은 듯 보였다. 양장점 언니들 중 아무나 들어와 대강 끓여서 끼니를 해결하는 눈치였다. 양은대야가 얼어붙은 수돗가는 물을 안 쓴 지 오래되었고 아래층 난로에서 데운 물로 간신히 고양이 세수만 하는 형편이라고 했다. 혜련은 그 모든 살풍경한 것들을 엄마가 너무 바빠서, 라는 말로 대신했다. 아닌게 아니라 모드양장점의 재봉틀 소리는 밤새 들들들, 건물 전체를 울렸다.

엄마의 다리는 늘 퉁퉁 부어 있어. 일감이 많이 밀리는 신학기나 명절엔 먹지도 자지도 않고 재봉틀만 돌려. 우리 엄마가 터번을 왜 쓰는 줄 아니? 머리 감을 시간이 없어서 쓰는 거야.

그 방의 창은 길가로 나 있었다. 외풍 탓에 비닐을 한 겹 덧댄 창을 열고 내려다보면 모드양장점의 간판 뒷면이 고스란히 보였다. 뒷면은 붉은 녹이 슬고 깨어지거나 금이 간 곳을 때운 흔적들로 지저분했다. 더구나 색색의 전선이 얽힌 채 한 뭉텅이씩 간판 뒤에 붙어 먼지를 부옇게 덮어쓰고 있었다. 그래도 앞면이 깨끗한 모드양장점의 흰 간판은 밤거리를 밝히는 ㄱ시의 간판들 중 가장 크고 눈이 부시도록 현란했다. 앞면과 뒷면, 보이는 곳과 보이지 않는 곳. 나는 그날 너무 많은 것을 보았으므로 누구에게도 말하지 않은 비밀을 혜련에게 털어놓았다. 왠지 그래야만 할 것 같았다.

이건 비밀인데 말야, 난 우리집 호주야.

비밀은 아니었다. 권씨 집안이 유명해진 건 여자가 호주이기 때문이다.

너 사생아냐?

사생아는 엄마를 따라 외가의 호적에 오르니까 외할아버지나 외삼촌이 호주가 되겠지.

그럼 뭐야.

남자가 없어서 그래. 딸도 나뿐이고.

에이, 별거 아니네. 우리도 호적상으론 아빠가 세대주지만 실질적인 가장은 엄마니까 엄마가 세대주나 마찬가지야. 아빤 우리 학교 육성회장을 맡고 있지만 육성회 일이라는 게 전부 돈 쓰는 일이래. 그거, 순전히 엄마가 번 돈으로 쓰는 거다. 엄만 황금극장이 집 옆에 있어도 돈 버느라고 자기가 좋아하는 영화 한 편을 못 봐.

영화는 아빠가 대신 보고 엄마에게 실감나게 얘기해준다.
　호적상이고 뭐고 우리집엔 아예 남자가 없다니까. 들어봤지? 추풍령 고개 너머 권씨 집안이라고.
　여자들만 산다는 그 집?
　그 집이 우리집이야.
　오, 그렇구나.
　혜련의 호기심 어린 눈을 피해 고개를 창 쪽으로 돌렸다. 바람이 불 때마다 창문에 덧댄 비닐이 청청 흔들렸다. 그 소리는 큰어머니와 고모들이 세탁한 이불홑청을 마주 잡고 힘주어 내리칠 때 나던 소리였다. 너희 엄만 어딜 갔다니. 또 어딜 갔다니. 팽팽하게 맞잡은 이불홑청을 동시에 내리치는 소리. 이어지는 다듬이질, 무심한 엄마는 알까. 그 다듬잇방망이가 조붓한 내 등도 두두두 두드리고 갔다는 걸.
　남자가 없다는 건 말이지. 엄마가 없고 아빠가 없는 그런 단순한 없음, 상실이 아니야. 존재의 증명 자체가 힘든 거지. 한 세계가 이유 없이 문밖으로 밀어내고 죽을힘을 다해도 닫힌 문은 열릴까 말까 하는 것. 남자가 없는 건 그런 거야. 겪어보지 않은 사람은 몰라.
　사춘기의 나로서는 더이상 설명이 불가능했다. 친구들이 고무줄을 할 때 난 장황한 기제사에 참석했었다고, 친구들이 1년, 2년, 왁자지껄 공기를 하고 놀 때 부동자세로 서서 '유세차'로 시작하는 길고도 지루한 축문을 듣거나 코를 찌르는 향냄새를 맡으며 고사리 같은 두 손을 모아 신위 앞으로 술잔을 건넸다고, 여자이면서도 남자 맞잡이로 살았던 내겐 유년기가 없었다고, 많고도 많은 제삿날 허벅지를 꼬집으며 초저녁잠을 쫓던 유년기의 내가 있을 뿐이라고 어떻게 말할 수가 있겠는가. 한 가문의 내력을 끄집어내고, 어디에도 스미지 못하는 어머니를 불러오고, 추풍령을 부르고, 그곳의 바람과 공기와 흙, 물과 불을 불러와야 하는데 그걸 어떻게?

남잔 있어도 불편한 존재야.

혜련은 씹은 돌을 뱉듯 그 말을 툭 던지며 인상을 썼다. 그날 밤 우린 각자 돌아누워 새우처럼 등을 꼬부리고 잤다. 방의 외풍도 외풍이려니와 두 명 다 추위를 몹시 타는 체질이었다. 나와 혜련은 추위를 타며 사춘기를 지나고 있었던 셈인데 원인이 둘 다 남자 때문이었다. 나는 집안에 남자가 없어서 춥고 혜련은 집안에 남자가 있어서 추웠다. 가슴으로 바람이 들어오지 못하게 등을 바짝 꼬부리고 자는 우리 둘의 모습을 봤다면 아이들은 또 쌍둥이처럼 닮았다고 했을 것이다.

*

권씨 집안은 과부와 과부로 대를 이어온 집안이다. 남자는 낳기가 무섭게 죽거나 겨우 살아남아 결혼한다고 해도 딸만 낳고 일찍 죽어버려서, 친척에게 남자아이를 꾸어와 양자로 근근이 대를 잇다가 그마저도 여의치 않으면 직계비속인 딸을 호주로 내세워야만 했던 집. 말이 안동 권씨 집안이지 타성바지 여자들에 의해 가꾸어지고 다듬어진 집이다. 말하자면 여자는 승하고 남자가 안 되는 집이다.

과부 집안이 세상에서 살아남자면 나름대로 엄격한 법도가 있어야 한다. 그 엄격함은 우리가 상상할 수 있는 한계를 훌쩍 뛰어넘는다. 그래야만 한 집안으로서 이 땅에 온전히 발을 붙일 수가 있었다. 과부가 바람이 나면 집안 자체가 결딴나므로 얼마나 단속이 심했던지 남녀 간의 내외는 물론이요 원색의 옷조차 금지되었다. 내시 집안 여자들의 삶과 같다고 보면 될 것이다. 양자로 대를 잇는 점, 성적 충동을 잠재우기 위해 고수 따위로 장아찌를 담가 먹는 일 등이 그러하다. 과부 집안은 내시 집안처럼 고수 장아찌를 내놓고 먹거나 하지는 않았어도 고수 장아찌 역할을 하는 것이 있긴 했다. 그 첫째가 일이었다. 단순한 노동이 아니라 몇 번씩 궁리하고 생각한 끝에 탄생하는 작품을 만드는 일.

언젠가 시골집 다락을 청소한 적이 있었다. 다락 깊은 곳에서 끝도 없이 쏟아져나오던 베갯모. 쥐가 쏜 흔적도 있고 원단의 색상도 누렇게 변한 것이 대부분이었다. 무심히 펼쳐들고 거기에 놓인 자수를 보는데 벌겋게 달아오른 연탄집게에 찔린 것처럼 가슴이 아파 한동안 숨을 쉴 수가 없었다. 수놓는 정경이야 어릴 적부터 봐온 것이었고 그저 잘하는 줄만 알았지, 우리집 여자들의 솜씨가 그 정도인 줄은 미처 몰랐다. 과부들의 음기로 한 땀 한 땀

뜬 모란과 난초와 연꽃은, 소나무와 대나무는 흡사 살아서 움직이는 것만 같지 않은가. 어린 눈에는 보이지 않던 것이다. 그뿐만이 아니었다. 흔히 먹는 떡에도 물고기나 파초, 바퀴문, 연꽃문 등 갖가지 문양을 새겼고 한과는 먹기가 망설여질 정도로 맛과 멋이 빼어났다. 찹쌀튀밥과 대추, 건포도로 꽃모양을 내는 한과는 제사상에도 오르기 때문에 예로부터 가문의 품격을 가늠하는 잣대로 삼았다. 그러니 과부 집안이라고 해서 누구도 쉽게 여기질 못했다. 오죽하면 저 집안 여자들의 손은 사람의 손이 아니라는 말이 돌았겠는가. 잡념을 없애고 몸 안의 진기를 빼기 위해 일부러 손 많이 가는 일을 찾아 했든 말든 과부가 된 고모들까지 친정으로 돌아와 그 일을 했으니 아주 못 할 일만은 아니었던 게 분명하다.

에야 에야. 시집가던 삼 일 만에 시어마니 거동 보소. 참깨 닷 말 들깨 닷 말 두 닷 말을 볶으라요.

한숨처럼 뒤란에 부는 잔바람처럼 가만가만 읊조리는 노랫가락이 들리기는 했지만 말이다. 이런 집안에 한 마리 까마귀가 있었으니 바로 내 어머니이다. 어머니는 기름한 말상에 제법 큰 눈을 가졌지만 초점도 생기도 없는 눈이어서 항상 넋이 반쯤 나간 사람처럼 보였다. 그런 사람에게 어떻게 벌떡증이 생겼는지 그게 한번 도지면 석 달이고 반년이고 친척집을 전전하며 유령처럼 떠돌았나. 배십기가 임동실한 길바림 같던 할미도, 그 시어머니에 그 며느리라는 말을 증명이라도 하듯 추상같은 기개로 무장했던 큰어머니도 자신의 아랫동서인 어머니를 막아서지 못했다. 군대보다 엄격한 과부 집안의 규율을 서슴없이 깔아뭉갠 어머니는 어떤 사람이었나? 멀미가 심해 차를 타지도 못하는 사람, 온갖 종류의 차들이 국도를 쌩쌩 달리던 때 사흘이든 열흘이든 오로지 두 발로 걸어서 친척집 문간방을 찾아들던 사람, 풍찬노숙으로 평생을 산 사람이다.

거품을 물고 쓰러지거나 눈을 부릅뜨고 뒤로 넘어가는 사람이 있으면 어머니는 몸에 지니고 다니는 침으로 막힌 기운을 신통하게 잘 뚫었다. 그래도 벌떡증에 평생 끌려다닌 걸 보면 당신의 막힌 기만은 끝내 뚫지 못한 게 틀림없다. 싱겁게 담가 곰팡이가 핀 간장이나 탈이 난 된장도 어머니의 손이 가면 언제 그랬냐는 듯 금세 다스려졌다. 탈이 난 사람과 음식을 바로잡고 큰일을 앞둔 집에서는 갈고닦은 솜씨까지 화려하게 펼쳤으니 적어도 눈칫밥은 먹질 않았다. 그렇다곤 해도 큰일이야 어쩌다가 있는 것이고 어머니의 벌떡증은 시도 때도 없이 도졌으니 시집의 멀고 가까운 친척은 물론이고 나중에는 친정의 멀고 가까운 친척까지 모조리 뒤지고 다녔다. 그런 탓에 어느 집에서 무슨 일이 있을지 일이 생기기도 전에 미리 알았다.

이상한 건 친척들의 태도였다. 사랑에 식객이 끓던 조선시대도 아니요 풍류가객도 아닌 터에, 요즘 같은 세상에 친척이라는 명분으로 한 해 걸러 한 번씩 찾아와 한 달이고 두 달이고 내처 묵는 식객을 아무도 내치는 법이 없었다. 어머니는 큰일에나 소매를 걷어붙이고 나서지 자잘한 일은 절대 하지 않는 사람이다. 미안하거나 고마운 기색도 없이 앉아서 세끼 밥상을 꼬박꼬박 받았을 것이다. 그중엔 형편이 어려운 집도 있었을 텐데 모두들 어머니를 싫은 내색 없이 받아주었다. 모자라는 아이를 집안에서 돌아가며 거두는 것이라면 이해가 되련만 어머니의 경우는 그도 아니었다. 어머니가 오면 오나보다, 가면 가나보다 했다. 싫지도 좋지도 않은 사람, 내 식구도 남의 식구도 아닌 사람. 어머니를 대하는 친척들의 얼굴이 그랬다. 어떻게 그럴 수가 있었을까? 친척들은 어머니를 당연히 내야만 하는 정신적인 세금처럼 생각했을 수도 있고 어쩌면 처음 사용하는 구형 수세식 변기처럼 여겼을 수도 있다.

혜련과 ㄱ시를 쏘다닐 무렵 남산동에 있는 문화원엘 가게 되었다. ㄱ시에서 유일하게 수세식 변기를 설치한 곳이 문화원이었다. 수세식이라고는 해도 쪼그리고 앉아서 볼일을 보는 구형 변기였다. 문화원 화장실에서는 볼일을 본 뒤 일어나서 줄만 잡아당기면 된다는 혜련의 말대로 위쪽 물통에 달린 줄을 잡아당겼더니 어디선가 물이 요술처럼 흘러나와 변기를 말끔하게 씻어냈다. 신기한 건 잠깐이었고 계속 흐르는 물이 변기 위로 넘칠까봐 불안했던 나는 또 줄을 재빨리 잡아당겼다. 줄을 한 번 당겨 물이 쏟아졌으니 다시 한번 당기면 그치겠거니 어림짐작했던 것이다. 기계의 사용법이 대개 그렇지 않은가. 줄을 잡아당겨도 물이 그치질 않자 약하게 당겨서 그런 거라고 생각해 이번엔 줄을 좀더 세게 잡아당겼다. 고요한 화장실에 물은 쉬지 않고 쏟아졌다. 돌돌돌 흐르던 물소리가 우레와 같은 소리로 변했으니 화장실이 물바다가 되는 긴 시간문제였다.

혜련아…… 어떡하니.

나는 밖으로 나오지도 못하고 화장실 바닥에 털썩 주저앉았다.

줄을 자꾸 잡아당기지 말고 가만히 놔둬. 그럼 돼.

성마른 혜련의 말이 화장실 문틈으로 들리고 얼마나 지났을까. 정말 꿈처럼 화장실이 조용해졌다. 조용할 뿐만 아니라 모든 것이 정상으로 돌아와 있었다. 나는 수세식 변기를 고장낸 게 아니었다. 단지 사용법에 미숙했을 따름이다. 혹시 어머니를 향한 친척들의 마음도 그런 게 아니었을까. 처음 보는 구형 수세식 변기 같은 것. 마주 보는 것만으로도 조마조마한 심정이어서 줄을 자꾸 잡아당기지 않고 가만히 놔둔 게 아니었을까.

어머니는 잘 때도 눈을 뜨고 자는 사람이다. 대관절 그 무엇이 수면중인 어머니의 눈을 감지 못하게 하는지 그것은 알 수 없다. 그 무엇이라는 게 뱃구레 깊은 곳에서 용암처럼 끓어오르는 심화인지 아니면 애초에 생겨먹기를 허공에다 마음 부리고 살아갈 사람으로 생겨서 그런지 그것도 알 수 없었다. 어린 나는 어머니의 눈이 워낙 커서 그런 거라고, 눈을 감다가 잠이 와서 반만 감고 나머지 눈은 감는 걸 깜박 잊은 거라고 생각했다. 삼분의 일가량 눈을 뜨고 자는 어머니를 머리맡에서 일삼아 지켜본 적이 있었는데 이 사람이 내 어머니인가 싶게 무서웠다. 할머니는 엉뚱하게도 어머니의 이 점을 가장 마음에 들어했다. 걷다가 날이 어두워지면 보름달을 이불 삼아 풀숲에서 잠이 들어도 눈을 뜨고 자는 사람이니 겁간만은 당하지 않을 거라고 했다. 그래도 못 미더워 어머니가 추풍령 고개를 넘는다는 기별이 오면 사람을 풀어 어머니의 뒤를 지켰다. 어머니가 가는 길 곳곳을 살필 수도 없는 노릇이고 눈 가리고 아웅 하는 꼴이지만 집이 있는 곳에서 추풍령까지만이라도 지켜주어야 할머니의 마음이 놓였던 모양이다. 경상남북도에 흩어져 사는 친척들의 집을 찾아가자면 어머니는 매번 추풍령 고개를 넘어야만 했다. 그래서 나는 어머니를 '엄마'라 부르지 않고 '추풍령 엄마'라고 불렀다. 집에 있는 날보다 없는 날이 많고 어쩌다 나를 볼 때도 꼭 남의 자식 보듯 해서 내 딴엔 아주 적합한 호칭이라고 생각했다. 어려서부터 생모인 추풍령 엄마와 자지 않고 큰어머니와 잔 탓이기도 했다. 날 낳은 사람은 어머니지만 날 키운 사람은 한 점 혈육 없이 청상이 된 큰어머니였다.

옥자동아 금자동아. 내 등이 쇠죽솥의 뚜껑만큼 커졌을 때도 큰어머니의 자장가 부르기는 계속되었다. 초경을 시작한 날에는 큰어머니가 연두색과 붉은색 실로 세발뜨기를 해준 순면기저귀를 차고서도 등을 내밀었다. 그러면 큰어머니는 당신의 조카딸이 막 여자가 되었다는 것도 잊고 솥뚜껑만한 등을 아이 등 두드리듯 투덕투덕 두드리며 '일기청산 보배동아'를 웅얼거리곤 했다. 나는 그게 당연하다고 생각했는데 이를테면 내가 할머니와 큰어머니, 어머니 등 집안 어른들을 몽땅 제치고 호주가 된 것 또는 되어준 것(난 정말이지 호주가 되는 게 죽기보다 싫었으므로)이나 아직도 아이인 양 솥뚜껑만한 등을 대령하는 것은 내가 이 집에 태어나면서 나도 모르게 진 빚을 갚는 거라고 생각했다. 그러니까 원죄 같은 것이었다. 그 원죄가 내겐 당연하나 나와 성이 다른 여자들에겐 당연하지 않으므로 난 그걸 빚이라고 여겼다.

큰어머니가 자장가를 불러줄 때면 아무리 몸을 씻고 털고 옷을 깨끗이 빨아 입어도 청상의 체취가 물씬 풍겼다. 그것은 초가을 새벽공기처럼 알싸하면서도 젖은 감나무 밑동에서 나는 것처럼 쾨쾨하고 후텁지근한 냄새였다. 그 냄새는 집안을 한 손아귀에 쥐고 주무른 것은 말할 것도 없고 남의 집 대주를 하인 다루듯 했던 할머니에게서도 났고 할머니의 눈치만 살피던 고모들에게서도 났다. 하지만 추풍령 엄마에게선 나질 않았다. 나는 추풍령 엄마의 가슴에서 부는 바람, 즉 벌떡증이 그 냄새를 가져갔겠거니 했다.

단지 종잇조각에 불과한 호적을 파 옮겼을 뿐인데, 정을 주기도 전에 남편들이 죽어 나자빠지는 집안인데, 이를 갈아붙여도 시원찮을 시집에서 왜 권씨 집안 여자들은 한결같이 자신의 전 생애를 걸고 아득바득 살아내는 것일까. 도대체 그 힘의 원천은 어디일까. 모둠살이 형태로 여자들만 모여 사는 이 집안의 규율이야 무시하면 그만 아닌가 싶다가도 어머니를 생각하면 그럴 마음이 싹 가셨다. 원죄고 뭐고가 없었다. 이 빠진 사기종발 내돌리듯 어머니를 밖으로 내돌리는 집안 여자들이 죄다 못마땅하고 해를 넘겨 상거지 꼴로 들어서는 어머니를 보면 저러고도 사람이라고 살고 싶을까, 막돼먹은 심정이 되었다. 다른 사람이 그러면 막힌 속이 뚫린 것처럼 시원할 수도 있지만 하고많은 사람 중에 그게 하필이면 내 어머니여서 용서가 되질 않았다. 그 미운 어머니가 집에 올 때마다 무쇠솥을 바깥에 내어 걸고 끓이는 것이 있었는데, 그게 감자탕이었다.

감자탕은 처음부터 끝까지 어머니 혼자 끓였다. 살점을 발라낸 돼지등뼈를 뭉툭한 식칼로 내리칠 때, 허공에 떠 있던 어머니의 눈동자도 그때만은 제자리에 박혀 푸르스름한 빛을 냈다. 이른 아침 추풍령 산비탈에서 캔 투실투실한 감자의 껍질을 벗겨 넣고 핏물을 뺀 돼지뼈와 파랗게 데친 무시래기를 넣어 시냠시냠 한나절을 고았다. 이윽고 국물이 잘박하게 졸면 새빨간 고추와 금방 간 들깨 같은 향이 짙은 양념을 넣어 당면과 함께 한소끔 끓인 것을 뚝배기에 담아 집집마다 돌렸다. 우리집 여자들은 물론이고 동네의 과부란 과부는 모두 뚝배기에 든 감자탕을 바닥까지 알뜰히 긁어 먹고는 이튿날 해가 중천에 뜰 때까지 절절 끓는 아랫목에서 땀을 비지처럼 흘리며 몸을 지졌다. 그러곤 힘 좋은 남자와 한바탕 정사라도 치른 양 노골노골해진 얼굴을 하고 나와 다들 살 풀었다고 했다. 우리집에서 감자탕이 끓는 냄새가 나면 동네 과부들은 느이 엄마 왔는갑네, 활짝 반기곤 땀이 쏟아붓는 염천에도 안방에 군불을 넣고 기다렸다. 집집마다 뚝배기를 돌리는 것이 내 일이었는데 감자탕은 다른 음식처럼 정갈하지 않고 보기에 흉물스러웠다. 국물에 둥둥 뜬 고추기름은 금방 흘린 사람의 피처럼 보였으며 물크러져 형태조차 알아볼 수 없게 된 거무죽죽한 시래기며, 울툭불툭 튀어나온 돼지뼈다귀의 흉측함이라니. 되는 대로 풀린 당면은 인간의 창자를 연상시켰다. 그런데도 다들 입맛을 쩝 다시며 뚝배기를 반겼고 내가 어머니를 추풍령 엄마라고 부르듯이 사람들은 어머니가 끓인 감자탕을 추풍령 감자탕이라고 불렀다.

고백건대 추풍령 엄마가 감자탕 끓이는 걸 몰래 숨어서 훔쳐본 적도 있었다. 어머니가 별안간 저고리 섶을 헤치고 뭉툭한 식칼로 자신의 가슴 한쪽을 쓰윽 도려내는 것은 아닐까, 핏물이 뚝뚝 듣는 가슴살을 감자탕 속에 집어넣고 같이 끓이는 건 아닐까, 아니면 마지막 남은 해가 하혈을 하듯 서산이 온통 핏빛으로 낭자하게 물들 때쯤 갑자기 어머니가 가랑이를 벌리고 솥 안에 아기를 낳는 건 아닐까, 아기 낳은 흔적을 없애기 위해 어머니는 집에 오자마자 감자탕부터 끓이는 게 아닐까, 혼자서 온갖 억측을 다 했으니까. 물론 내가 상상하던 일은 일어나지 않았다. 감자탕은 그냥 순수한 감자탕일 뿐이었다.

혜련도 몇 번인가 어머니가 끓인 추풍령 감자탕을 얻어먹었는데 자기가 먹어본 음식 중 최고라고 했다. 나는 혜련이네 부엌을 떠올리곤 지금 네 입에 무엇인들 맛있지 않겠냐, 싶었다. 감자탕을 두 그릇이나 게 눈 감추듯 먹고 나서 덧붙이는 혜련의 평이 인상적이었다. 혀가 얼얼하도록 지독히 맵고 뜨거운데 먹고 나면 어쩐지 비릿한 슬픔이 느껴지는, 뒷맛이 미끌한 음식이라고 했다. 너 시 쓰냐? 구박하면서도 나도 내심 혜련의 말에 동의했다. 진저리를 치며 안 먹는다고 해놓곤 식구들 몰래 훔쳐낸 감자탕을 뒤란에 주저앉아 정신없이 퍼먹곤 했으니까. 시도 때도 없이 솟구치는 사춘기의 신열을 감자탕으로 가라앉히곤 했으니까. 감자탕을 먹는 동안은 호주라는 무거운 짐도 내려놓을 수가 있었고, 슬픔과 분노, 원인을 알 수 없는 노여움, 삿된 기운일 수도 있는, 몸 안에 떠도는 대책 없는 열기 들을 이상하리만치 고요하게 잠재울 수가 있었다.

*

'맛집 탐방'을 연재하는 신문사에서 얼굴이 뚝배기처럼 생긴 시인을 만났다. 그도 그 경제지에 매주 시를 한 편씩 소개하는 코너를 맡고 있었다. 억양이 낯설지가 않아 어디 출신이냐고 물었더니 추풍령이라고 했다. 충북과 경북 사이에 있는 추풍령? 내가 놀란 얼굴로 되묻자 그는 그렇다고 했다. 이제 추풍령에서 시인이 나기도 하나보네, 혼잣말처럼 중얼거리는데 그가 날 쳐다보며 어어…… 아니, 어…… 그게…… 그런 게…… 아니구요, 했다. 그는 초면인 내가 시인인 자신과 자신의 고향에 대해 모욕하거나 비꼬고 있는 것 같은데 내 얼굴이 말과는 다르게 심란한 걸 보곤 괜히 자기가 당황해서 말을 얼버무렸던 것이다. 그의 얼굴이 표나게 시뻘게졌다가 본래의 거무스름한 낯빛으로 돌아오는 걸 보곤 나 역시 당황해서 인사도 없이 돌아서버렸다.

사실 그렇게까지 할 필요는 없었다. 이제 추풍령은 내게 사라진 지명이나 마찬가지였다. 수몰된 마을이나 바람에 날아간 헛간의 재처럼. 전에는 분명히 있었지만 지금은 없는 곳이다. 시골집도 남의 손에 넘어갔고 할머니와 큰어머니에 이어 추풍령 엄마도 이 세상 사람이 아닌 터에 추풍령을 무슨 업처럼 여길 이유가 없었다. 그럼에도 머리에 서리가 내리기 시작한 이 나이에도 추풍령이라면 가슴부터 덜컥 내려앉다니. 돌이켜보면 요리에 관련된 글을 써서 여태 먹고살았으니 추풍령이 내게 상처만 준 것은 아니다. 권씨 집안 여자들의 솜씨를 어깨너머로 보고 배워 직업으로까지 연결시켰으니 말이다.

시인과 헤어져 집으로 돌아오는 길에 플라타너스 나뭇잎들이 바람을 타고 후루룩 흩날렸다. 인도에는 미처 쓸어내지 못한 나뭇잎들이 발밑으로 감겨들며 거치적거렸다. 성가신 나뭇잎들을 발끝으로 걷어차며 나는 이번주 '맛집 탐방'을 추풍령 감자탕으로 결정해버렸다. 24시간 편의점에서 산 삼각김밥을 데워 벽을 보고 먹은 뒤 신문지를 펴놓고 발톱을 깎는데 호주제가 곧 폐지된다는 뉴스가 텔레비전에서 흘러나왔다. 가부장제의 상징으로 통하던 호주제라는 높은 장벽을 허물고 마침내 양성평등의 첫걸음을 떼게 되었다고 말하는 한 여성계 인사의 흥분한 얼굴이 텔레비전 화면에 클로즈업되었을 때도 나는 발톱을 깎고 있었다. 뒤이어 갓을 쓴 유림 대표의 못마땅한 얼굴이 화면을 스치고 지나갈 적에도 발톱 깎던 손놀림을 멈추지 않았다. 조금 전에 먹은 삼각김밥이 목으로 치받고 올라올까봐 마른침만 자꾸 삼켰다.

니들이 알아? 이미 여자가 호주였던 집안도 있었다는 것을. 어떻게 당신이 호주냐고 차마 묻지는 못하고 꺼림칙한 눈으로 쳐다 보는 게 싫어서, 호적등본을 제출하기 싫어서 취직조차 포기한 사람도 있었다는 걸. 그러다가 어느 순간 헛웃음을 흘리고 말았다. 죽기 살기로 좋아한 사람이 있었는데 보내버리고 말았다고 외쳐본들 그게 이제 와서 무슨 소용인가. 피비린내 나는 전쟁만 전쟁이 아니었다. 끝없는 총알과 포탄을 온몸으로 받으며 시뻘건 불길과 연기 속을 헤쳐온 집안이, 그렇게 해서라도 뿌리를 내리려고 발버둥을 친 한 집안의 호적이 사라지는 게, 그 집 피붙이가 엄연히 살아 숨을 쉬고 있는데도 그 집안의 호적은 먼지 쌓인 창고에 죽은 기록으로만 남아 있어야 한다는 게 도무지 납득이 되질 않아 결혼마저 포기했다면 그 누가 믿어주겠나. 자신의 삶 깊은 결을 타인이 어찌 헤아리겠는가.

어쨌든, 그건 너무도 오래 전의 얘기다. 여전히 호주이긴 하지만 난 호주제가 폐지되든 말든 정말 아무 상관이 없다. 그 옛날 모둠살이 형태로 사는 것도 아니고 단독 세대주이자 원룸의 주인인 내겐 아무 상관도 없는 일이다. 호주면 어떻고 아니면 어떤가. 나홀로세대의 시대가 도래한 지금, 그게 왜 새삼 필요한가. 탈 사람이 떠난 뒤에 오는 빈 배가 무슨 소용인가. 이미 앞 배를 타고 먼바다를 향해 떠났는데 바다 한가운데 회도석(回導石)을 세워 뱃머리를 돌리려 한들…… 회도석에 적힌 내용이 제아무리 절절하고 문장이 유려하다 해도 그간 헤쳐온, 상어의 이빨보다 무서운 먼바다의 풍랑을 잊을 수 있겠는가. 상처 입은 뱃전은 또 어찌하고.

내일은 추풍령 감자탕을 먹으러 가야겠다. 원고를 위해서건 바쁘다는 핑계로 즉석식품만 먹고 산 내 몸을 위해서건. 가끔 만나는 혜련에게 전화를 걸까 하다가 관두었다. 허리에 두두룩하게 중년 살이 올라 다이어트에 돌입한 혜련에게 감자탕을 먹으러 가자고 하면 날 원수 보듯 할 것이다. 그게 추풍령 감자탕이라 할지라도. 어쩌면 혜련은 추풍령 엄마가 끓여주던 감자탕 따윈 까맣게 잊었을 수도 있다. 얘, 요즘 화장지는 어떤 게 좋으니? 향이 천박하지 않고 은은하게 나는 걸로 바꿔주고 싶은데. 말끝마다 화장지 타령인 혜련은, 그때의 우리 나이가 된 아들이 수음 끝에 사용할 화장지를 사러 다니느라 바쁜 혜련은 기억조차 못 할 수도 있다. 손이 많이 가는 고추잡채밥도 말이 떨어지기가 무섭게 척척 만들어내는 사람이니 옛날에 먹었던 감자탕쯤이야 잊었을 수도 있다. 나는 ㄱ시의 모든 것이, 혜련과 같이한 사춘기의 한때가 이토록 생생한데.

전기주전자에서 물 끓는 소리가 요란하다. 지금은 물이 끓을 때까지 기다리지 않아도 된다. 새로 나온 전기주전자에 물을 붓고 돌아서면 금방 끓어오른다. 끓는 물 속에 즉석식품이 담긴 봉지를 넣고 삼 분이 지나기를 기다린다. 난 현재의 삶에 대체로 만족한다. 약간 쓸쓸할 때도 있긴 하지만 내겐 일이 있고 시간이 있고 자유가 있다. 무엇보다 나는 추풍령 엄마처럼 눈을 뜨고 자지도 않는다. 많은 것이 변했다. 빠르게 흐르는 시간은 순서를 바꾸기도 하고 앉은 자리를 서로 바꾸게도 했다. 지금 내가 아무리 침을 튀겨가며 오래 전의 기억을 일깨워준들 혜련은 그 모두가 흘러간 한때였다고, 그래서 잊었다고 말할지도 모른다.

너와 나의 시간이 다른 것처럼.

호주의 시간이 다르고 세대주의 시간이 다르고 동거인의 시간이 다른 것처럼.

흘러간 시간은 시간의 눈금으로는 재단되지 않는 거니까.

그나저나 추풍령 감자탕집엘 가면 점주에게 꼭 하고 싶은 말이 있다. 추풍령 감자탕의 원조가 있는데 혹시 아냐고. 예전에는 감자탕이 지금처럼 입맛을 돋우는 음식이 아니라 욕망이나 욕정을 잠재우는 음식이었다고 하면 점주는 내 말을 믿어주기나 할까. 상처를 치유하던 약이었다고 하면 믿어나 줄까. 그런데 전국에 마흔여덟 개나 되는 체인점을 가진 추풍령 감자탕의 그 많은 감자탕들은 도대체 누가 다 먹는 것일까. 전국에 마흔여덟 개나 되는 체인점을 가진 추풍령 감자탕이 왜 유독 추풍령에는 없는 것일까. 그들은 전설처럼 떠도는 추풍령 감자탕의 이야기를 진작부터 알고 있었던 게 아닐까.

장미나무 식기장

식기장을 열 때마다 달콤한 장미향이 아니라
텁텁하고 쌉싸래한 감나무숲의 냄새가 난다.
이 식기장이 있는 한, 불에 타 없어진 책상과 함께 우리가 거처온 여러 집들과
그 집에 얽힌 역사와 소소한 일들을 나는 오래오래 기억할 것이다.

1

 어느 나른한 봄날, 장미나무 식기장을 주웠다. 질 좋은 나무로 만든데다 흠집도 없는 식기장을 주워 집 안에 들였을 땐 솔직히 이게 웬 떡인가 싶었다. 그러고는 하루 종일 가슴을 졸였다. 유독 내게만 야박하기 그지없는 행운이란 녀석의 장난인지도 모른다고 생각했다. 행운에게 치매기가 살짝 오는 바람에 옆사람에게 가야 할 것이 내게로 온 게 아닌가, 아침 굶은 시어미 상통을 한 주인이 나타나 실수로 버린 거라며 식기장을 찾아가면 어쩌나 내내 좌불안석이었다. 나로 말하자면 초등학교 봄소풍 때 하는 보물찾기부터 시작해 지금껏 행운권 추첨은 물론이요 동네 슈퍼마켓 개업식 날 흔히 주게 마련인 가루비누 상품권에도 당첨이 되질 않아 평생

복권 따위는 사지 않는 여자였다. 그러니 불현듯 찾아온 행운을 기껍게 받을 수 없는 건 당연했다. 하지만 투명한 연두색에 눈이 멀어버릴 것 같은 4월이었다. 가만히 있어도 옆구리가 간질거리는 4월이었다. 무엇보다 나는 축복받은 4월생이 아닌가. 나는 눈을 게슴츠레 내리뜨고 느닷없는 이 행운을 받아들이기로 했다. 의자에 앉으면 도도록하게 솟은 아랫배가 손에 잡히기 시작하는 삼십대 후반. 이젠 눈먼 행운의 선물쯤 받을 만하다고 약 한 시간가량 스스로에게 똥고집을 부렸다. 그러자 거짓말처럼 마음이 편안해졌다.

　내가 장미나무 식기장을 줍게 된 사건의 전말은 이러했다. 내 남편은 고고학자다. 결혼을 할 당시 나는 정밀이지 고고학에 관해서는 아무것도 몰랐다. 영화 속에 나오는 고고학자들처럼 플래시가 달린 안전모를 쓰고 거대한 왕릉이나 발굴하러 다니는 폼나는 직업으로만 여겼다. 그래서 사파리 차림으로 소개팅 자리에 나온 남자를 보곤 깜빡 넘어갔다. 메뉴판을 든 남자의 이마에 굵은 주름이 잡히는 걸 보곤 무조건 이 남자와 결혼하기로 결정했다. 어떤 음식으로 선택을 할까, 사소한 것에도 깊이 고민하는 모습이 좋게만 보였던 것이다. 훗날 음식 값이 비싸서 인상을 쓴 것일 뿐 메뉴를 고르기 위해 고민한 게 아니라는 걸 알았지만 그땐 이미 되돌릴 수 없도록 모든 상황이 끝나버린 후였다. 왕릉 발굴은 평생에 한 번 있을까 말까 하고 주로 그가 하는 업무는 막노동이었다. 진흙투성이여서 꼭 손빨래를 요구하는 빨랫감만 잔뜩 싸들고 오는, 은근히 아내를 괴롭히는 직업이 고고학이라는 것도 뒤늦게 알았다. 또한 명색이 고고학자여서 그런지 무엇 하나 버리지 못하는 괴상한 성미로 인해 집은 쓰레기장을 방불케 했다. 게다가 집에서는 죽이 끓는지 밥이 끓는지도 모르는 무심함까지 덤으로 곁들여져 결혼 팔 년차인 나는 이제 고고학이라면 이를 갈았다.

나라고 좀 다르냐 하면 나도 이런 남편에 못지않았다. 맞벌이도 하지 않는 주제에 투자를 잘해서 돈을 불리기는커녕 앉아서 가진 돈마저 까먹기 일쑤였다. 지금 사는 아파트만 해도 그렇다. 로열층도 남아도는 십오층짜리 미분양 아파트를 사면서 위층에서 애들이 뛰면 시끄럽다는 이유로 덜렁 꼭대기 십오층을 계약해버렸다. 그렇다고 십오층의 분양가가 싼 것도 아니었다. 그때는 일층이나 로열층이나 십오층이나 분양가가 같았다. 지금은 십오층에 비해 로열층이 사천만원이나 비싸다. 앉아서 사천만원을 고스란히 손해본 것이다. 너희는 굶어죽지 않고 사는 게 용하다며 부부는 닮는다더니 어쩜 보면 볼수록 환상의 복식조냐고 작은언니는 놀리는 것처럼 우리 부부에게 잔소리를 했다. 내가 봐도 융통성 없고 쩨쩨한 것까지 어슷비슷 남편과 닮아가고 있었다. 어디서 주워왔는지 출처도 모르는, 감자를 긁기에 딱 좋을 닳아빠진 숟가락에다 귀퉁이가 떨어져나간 기왓장, 깨진 사금파리 조각으로 발 디딜 곳 없이 집이 좁아지자 드디어 나는 모종의 결심을 하기에 이르렀다. 이 기회에 집도 넓힐 겸 투자라는 걸 해보자.

은행이자는 쥐꼬리보다 적은데 물가는 하루가 다르게 치솟으니 무슨 수를 쓰긴 써야 할 것 같았다. 주식은 오르락내리락 도무지 정신이 없고 부동산은 최소한 내리지는 않는다니까 그저 집이나 넓히는 게 수겠다 싶었다. 마침 텔레비전에서는 투자처를 찾지 못한 뭉칫돈이 주상복합아파트로 몰린다며 모델하우스 앞에 길게 늘어선 사람들의 뒤통수를 일일이 찍어 보여주는 친절을 베풀었다. 옳다구나 하고 나도 덩달아 주상복합아파트를 찍었다. 여태 사람이 몰리는 데 줄을 서서 피해본 건 없었다. 치약이 싸도 샀고, 라면이 싸도 샀다. 일생일대 처음 하는 투자여서 신중을 기했다. 인터넷에 들어갔더니 주르륵 뜨는 정보만도 가방으로 가득했다. 초보인 내겐 그 많은 정보가 그림의 떡이나 마찬가지였다. 주상복합아파트를 어떻게 사는지는 알았으나 어떤 걸 사야 되는지는 아무리 봐도 모르겠어서 허물없이 지내는 친구에게 도움을 청했다.

"우리 과 은선이라는 애 기억나니? 그애가 부동산은 꽉 잡고 있다더라. 왜 클레오파트라 머리 있잖냐."

"걔가 장은선이었니, 곽은선이었니?"

"어? 나도 모르겠는데. 장은선이면 어떻고 곽은선이면 어떠니. 좌우간 은선인 것만은 분명하니 걔한테 물어봐. 그 바닥은 빠삭하게 꿰고 있다니깐."

은선이? 참숯처럼 새까만 앞머리를 눈썹 일 센티미터 위에서 일자로 싹둑 자르고 다니던 여자애가 떠올랐다. 얼굴이 납작한 동양인에게 클레오파트라 머리가 얼마나 소화하기 힘든 스타일인지 대학 사 년 내내 온몸으로 증명하던 아이였다. 숏다리에도 불구하고 체크무늬 주름치마를 자주 입던 내 행색은 아랑곳없이 은선을 볼 때마다 참견하고 싶어서 입이 간지러웠다. 넌 코도 낮고 광대뼈도 없어서 그 머린 정말 아니야. 이 말을 참느라고 꽤나 힘들었던 기억이 난다. 그때 그 말을 하지 않은 게 천만다행이라고 안도의 한숨을 내쉬며 친구가 알려준 전화번호를 꾹꾹 눌렀다.
"너, 은선이지?"
나는 다짜고짜 체크무늬 주름치마를 자주 입고 다니던 같은 과 친구인데 알겠느냐고 물었다.
"이게 얼마 만이니? 정말 반갑다, 얘."
은선은 자지러졌다. 그러나 내 이름이 생각나질 않는 눈치였다. 조금 섭섭했지만 겉으로 드러내지는 않았다. 뜸을 들일 만큼 들인 다음 주상복합에 관한 지도편달을 바란다고 넌지시 속내를 비쳤다. 은선은 당장 소매를 둘둘 걷어올리고 뛰어올 태세였다. 왜냐하면 자기는 이미 강남에 두 채의 주상복합아파트를 사두고 프리미엄이 오르기만 기다리는 형편이어서 이제 그쪽은 관심권 밖이라고 했다. 그러니 내가 끝물로 주상복합아파트를 산다고 해도 분양권 경쟁상대가 아니어서 노하우를 전수해준들 자신이 손해볼 일은 조금도 없다고 말했다. 모든 게 명쾌한 은선이 진심으로 부러웠다.
"그럼 요즘 네가 관심 갖는 건 뭐니?"
자칫 일이 틀어질까봐 살얼음을 건너듯 조심조심 물었다.
"그야 용인이나 남양수 쪽 매물이지. 원주나 충주 지역에 나온 농지도 꼼꼼히 살피는 중이고. 경매로 나온 물건이야 두말할 것도 없지. 일주일에 이틀은 법원에서 살다시피 한단다."

나는 은선의 말에 기가 팍 죽었다. 다들 이렇게 열심히 사는데 나만 부엌귀신처럼 집 안에 틀어박혀 가진 돈이나 까먹고 있었다니. 안일하게 살아온 지난날들이 진실로 후회가 되었다. 남편이 결혼을 잘못한 것 같기도 하고 세상 물정도 모르면서 남편 흉이나 봤던 일이 새삼 부끄러웠고 배가 불러도 한참 불렀구나 싶었다.

"내가 알아보고 전화해줄게."

"은선아 고마워. 너 아님 주상복합은 꿈도 꾸지 못했을 거야."

"애 좀 봐. 친구 좋다는 게 뭐니. 우린 죽고 못 살던 같은 과 친구 아니니."

전화를 끊고 나서 나는 잠시 묘한 기분에 사로잡혔다. 사실 은선과 난 소 닭 보듯 하던 사이였다. 은선은 드러내놓고 노는 날라리 파였고, 나는 뭐 하나 똑 부러지게 하지 못하는 어리버리 파였다. 은선은 내가 맹하고 떨해 보여서 자기네 패에 끼워주지 않았고 난 은선이가 너무 튀는 게 부담스러워 우리 패에 넣어주질 않았다. 나야 어리버리할 망정 수업만은 꼬박꼬박 듣는 축이었지만 은선은 수업을 빼먹고 땡땡이치는 낙으로 사는 애여서 같은 과이긴 해도 서로 얼굴 보는 일이 드물었다. 내가 은선의 성을 모르는 것도, 은선이 내 성은 고사하고 이름조차 기억하지 못하는 것도 너무 당연한 일이다. 그런데도 은선은 우린 죽고 못 살던 친구였다고 그 시절을 확 뒤집어서 표현했다. 약간 어리둥절했지만 이내

내가 편한 방식대로 해석했다. 옷깃만 스쳐도 인연이라는데 은선과는 소매도 스치고 치마도 스치고 발까지 밟은 인연이 있질 않은가. 같은 대학 같은 학번 같은 과의 질기다면 질긴 이런 인연이 어디 쉽게 맺어지겠나. 그리 생각하니 은선을 향한 애가 끓는 우정이 감당할 수 없는 기세로 몰려오는 통에 명치께가 뻐근했다. 역사의 수레바퀴에 깔려 찢어졌다가 눈물의 상봉을 한 혈육처럼 더없이 애틋해지기도 했다. 그래서 은선에 관한 건 무엇이든지 기억해내려고 했으나 클레오파트라 머리 외엔 뚜렷하게 생각나는 게 없었다. 그러거나 말거나 친절한 은선은 이틀 뒤 분당에 분양하는 오피스텔을 콕 찍어주었다.

"요새 분양하는 주상복합이 없네. 다행히 분당의 그 오피스텔은 주상복합 뺨치게 인기가 좋아. 대단지인데다가 자그마치 사십층짜리야. 전망이 죽인다는 얘기지. 만약 저층에 당첨되면 눈 질끈 감고 버려. 전망 좋은 고층이면 과부 고쟁이를 뒤져서라도 피가 오를 만큼 오를 때까지 버티구. 알았지?"

은선은 프리미엄을 '피'라고 말했다. 구두 뒤축이 얼마나 닳아야만 프리미엄을 '피'로 표현하는 경지까지 갈 수 있을까. 갑자기 은선이, 손바닥을 펼치면 괜한 폼으로 몸을 한 바퀴 뒤집지 않아도 그 자리에서 표창 열 개쯤은 너끈히 날리는 무림의 왕고수처럼 보였다. 나는 내가 집을 넓히려는 단순 투자자가 아닌, 각 요소마다 오를 만한 물건을 여러 건 잡아둔 전문 투기꾼처럼 여겨져 점점 이 일이 흥미로웠다.

2

누린내가 나서 평소엔 사지도 않던 소족을 한 솥이나 고고 대사를 치를 준비작업에 돌입했다. 모델하우스를 보러 가는 날은 햇빛도 좋았다. 아침에 남편이 묵은 빨래를 한 아름 내놨을 때도 푸근하게 웃었다. 이 바지가 얼마짜린데. 진흙 묻은 옷은 재까닥 벗어 내놔야지 묵히면 얼룩이 지지 않는다는 거 당신 알아, 몰라? 오죽하면 황토 염색이 다 있겠냐. 어리버리한 나도 잔소리를 할 때만은 누구 못지않게 야무졌다. 그랬던 내가 한없이 너그러워진 것이다. 그깟 바지 몇 푼이나 한다고.

"당신 뭐 잘못 먹었어?"

고개를 갸웃거리며 출근하는 남편의 등을 두드려준 뒤 부랴부랴 행장을 꾸렸다. 신모델 복부인처럼 굽이 낮은 단화에 활동적인 바지를 입고 야구모자를 눌러썼다. 분당으로 가는 동안 달콤한 미소가 입 주변에서 떠나질 않았다. 그래, 사십층짜리 미끈한 오피스텔에서 인생을 새롭게 시작하는 거야. 마감재가 전부 웰빙이라잖아. 웰빙 오피스텔에 살면 자연히 웰빙족이 되겠지. 요새 뜨는 메트로섹슈얼 열풍이 별건가. 어쩜 남편도 몸에 짝 달라붙는 핑크색 꽃무늬 티셔츠를 입을지도 몰라. 그래놓고 생각하니 상상력이 지나쳐도 너무 지나쳤다. 남편이 핑크색의 섹슈얼한 티셔츠를 입고 발굴지에 나타난다면 다들 돌았다고 머리부터 흔들 게 뻔했다.

은선이 찍어준 오피스텔 모델하우스는 전철역에서 오 분 거리였다. 아침부터 서둘렀는데도 모델하우스 입구에는 사람들이 빽빽하게 들어차 있었다. 틈새를 비집고 들어가 광고전단지부터 받았다. 전단지에는 오피스텔이 아니라 아파텔로 적혀 있었다. 이름부터가 거창했다. 무슨무슨 밸류라고, 영어 단어를 조합해 만들었는지 뜻도 알 수 없는 아파텔의 이름은 길기만 했다. 이 아파텔에 사는 할아버지나 할머니가 운 나쁘게도 길을 잃는다면 집 찾기는 애초에 그른 것 같다. 그들이 무슨 수로 이토록 긴 외래어를 기억하겠는가. 어쨌거나 그건 내가 상관할 바는 아니었다. 18평과 24평은 1군이었고, 37평과 42평은 2군이었다. 나는 2군이 격에 맞는다고 생각했다. 새침한 얼굴로 1군을 지나쳐 2군으로 갔다. 과연 2군의 모델하우스 내부는 우아했다. 무엇보다 여러 개의 수납장이 눈길을 끌었다. 벽인가 싶어 짚으면 삼단의 신발장이었고, 벽인가 싶어 쓰다듬으면 벽의 한 면이 빙그르르 돌면서 안에 숨어 있던 이불장과 옷장이 나왔다. 아파텔의 모든 가구는 벽 안에 저 홀로 은밀히 존재했다. 벽에 팬 작은 홈이 손잡이요 입구인 셈이다. 홈은 작고 미미해 눈에 띄지도 않을뿐더러 어느 누구도 그 홈을 보고 벽 안에 그토록 크고 아름다운 공간이 숨겨져 있을 거라곤 상상하지 못할 것이다. 밖에 나와 있는 가구는 침대와 소파, 식기장뿐이다. 침대머리 위를 장식한 퀼트 천과 녹색의 창틀이 조화를 이룬 안방, 격자무늬 창호가 고풍스러운 작은방, 젖빛 유리로 된 화장실의 샤워부스에 넋을 잃고 있다가도 어느새 정신을 차려보면 식기장이 있는 거실로 돌아와 있곤 했다. 그러니까 안방에서 나와 식기장 앞에서 점을 찍고, 작은방에서 나와 식기장 앞에서 또 점을 찍고, 욕실에서 나와 다시 식기장 앞에서 점을 찍고 부엌으로 직행하는 식이었다. 처음에는 식기장이 놓인 거실이 모델하우스의 중심이어서 그러려니 했다. 그런데 뭔가 좀 이상했다. 북적거리는 사람들 틈에 껴서 어깨를 부딪치며 왜 거실의 식기장 앞을 두 번 세 번 지나쳐야 했는지가.

　모델하우스에서 나와 통유리로 된 카페의 창가에 앉아 아이스티를 마셨다. 눈앞이 시원스레 트였다. 처음엔 속이 시원한 느낌이었지만 계속 있으려니 외려 불편했다. 작은 그늘이라도 만들어보려고 모자를 한껏 눌러쓰고 남은 차를 마셨다. 차를 마시다가 가끔 고개를 들고 맞은편 모델하우스를 뚫어지게 바라보았다. 그곳은 여전히 사람들로 초만원이었다. 내가 알고 있는 집이란, 우리 모두가 집이라고 말하는 집은 적어도 저런 몰골은 아니어야 했다. 어쩐지 저기서 사는 삶은 진짜 삶이 아닐 것 같았다. 초고층이어서 조망권만 확보되면 뭘 하나. 최첨단 웰빙이면 뭘 하나. 집은 살기 위해 있는 것이지 보이기 위해 존재하는 것은 아니다. 아파텔은 나와 있어야 할 게 숨어 있고 숨어 있어야 할 게 나온 것이 문제였다. 집이란 나물 씻는 양푼이나 푼수 없이 크기만 한 고무대야, 교자상을 넣을 어두운 공간도 필요한 법이다. 고작해야 일년에 한두 번 사용하는 것이긴 해도 없으면 불편한 것들이다. 사람 사는 일이 항용 그렇듯 사람 사는 공간도 어둡고 그늘지고 막힌 데가 있어야 한다. 이불을 빨아 말릴 베란다 한 칸 없는 아파텔은 잠시 들어와 눈만 붙이고 나가는 숙소이지 집은 아닌 것이다. 집이란, 사람이 나고 살다 늙어죽는 집이란, 인간의 육신과 영혼을 담보하는 집이란, 적어도 저렇게 빙충맞아서는 안 되는 것이다. 혹자는 산뜻하고 편리한 디지털식 홈 앞에서 웬 아날로그식 집 타령이냐고 말할 수도 있겠지만 어쨌든 아닌 건 아닌 것이다. 그렇다면 또다른 혹자는 요즘 유행하는 디지로그도 있지 않으냐고 은근히 절충을 유도할 수도 있다. 우리 어머니의 말씀을 빌리자면 집만은 절대 안 돼야, 이다. 삶이 아닌 것은 살지 말아야 한다. 그런즉 그곳의 이름은 아파텔이 아니라 오피스텔로 바꿔야 마땅했다.

  아파텔의 분양접수가 시작되는 날 나는 늘어지게 낮잠을 잤다. 잠이 깬 뒤에도 침대에서 한참을 뒹굴다가 부석부석한 얼굴로 베란다와 작은방에 딸린 발코니를 일삼아 들여다보았다. 잡동사니로 가득 찬 공간이 그렇게 사랑스러울 수가 없었다. 이런 집을 두고 집 같지도 않은 집을 보러 다닌 내가 한심했다. 설령 오늘 분양접수를 한다고 쳐도 당첨된다는 보장도 없었다. 운이라곤 약에 쓰려고 찾아봐도 없는 내가 어떻게 오십이 대 일의 경쟁률을 뚫는단 말인가. 또 고고학을 하는 집안에서 부동산으로 떼돈을 벌었다는 말은 여태 듣도 보도 못했다. 집 한 채를 근근이 마련하면 다들 그 집이 찌그러질 때까지 살았다. 그럴 수밖에 없는 것이, 전공 책이랍시고 화보가 절반이 넘고 지질도 두껍고 페이지 수도 많아 제아무리 단단한 원목책장도 얼마 버티지 못하고 망가졌다. 대략 삼

년만 지나면 책의 무게를 이기지 못한 책꽂이 받침대가 엿가락처럼 휘어지고, 임시변통으로 박은 못마저 빠지면 책이 한꺼번에 와르르 무너지곤 했다. 그 책을 이고 지고 사는 사람들이 고고학자였다. 게다가 수시로 주워들인 기왓장 같은 허섭스레기 짐도 한몫 단단히 했다. 그러니 집을 옮길 엄두를 내지 못했다. 서로 짜고 피하기라도 한 듯 집값이 다락같이 오르는 강남에 사는 고고학자는 한 명도 없고 살아도 꼭 강북이나 서울 변두리에 살았다. 없는 주제에 숨쉴 마당은 있어야 한다고 우겨 그나마 단독주택에 사는 사람이 태반이다. 집값이 요지부동 오르지 않는 단독에서 새는 지붕의 기와를 주워온 기와로 바꿔가며 까딱없이 사는 사람들이다. 부인들도 하나같이 남편들과 비슷해서 세상 돌아가는 일에는 신경 끄고 살았다. 그래도 심간 편하게 속 편하게 잘들 산다. 그런 마당에 내가 굳이 나서서 신모델 복부인으로 역사를 새로 쓸 이유도 없지만 새로 쓸 기회도 주어지지 않을 게 뻔했다. 여태 꼼수 써서 잘되는 것 못 봤다.

갑자기 홀가분해진 나는 슬리퍼를 끌고 밖으로 나왔다. 아파트 앞 화단에는 봄꽃이 흐드러지게 피었고 하늘은 더없이 맑았다. 젊은 여자 두엇이 유모차를 밀며 느릿느릿 중앙광장을 지나갔다. 아파트 입구에 멈춰선 통학버스에서 유치원생들이 쏟아져나왔다. 햇볕에 달구어진 아이들의 볼이 홍옥처럼 붉었다. 중앙광장을 지나 산책로를 한 바퀴 돌고 올 작정이었다. 아파트 담을 따라 둥글게 조성된 산책로에는 나무들이 빼곡하게 우거져 볕이 뜨거운 한

낮에도 바람이 시원했다. 중앙광장을 거지반 지나왔을 때였다. 수거함 옆에 놓인 대형쓰레기가 눈길을 끌었다. 나는 고개를 뒤로 빼고 자꾸만 흘깃거렸다. 한참을 그러다가 어느 순간 발이 저절로 그쪽으로 움직였다. 가서 보니 식기장이었다. 아파텔의 모델하우스에서 본 식기장과 비슷했다. 금방 내놨는지 먼지조차 묻어 있질 않았다. 나는 식기장 문을 열고 안을 짯짯이 살폈다. 문틀과 모서리까지 세심하게 훑어본 뒤 경비원을 불러 부리나케 식기장을 집 안으로 들였다. 누가 볼까봐 그 모든 일을 삼십 분 만에 후딱 해치웠다.

장미나무 식기장은 고풍스럽고 아름다웠지만 우리집과 조화를 이루지는 못했다. 현대식 가구 사이에 낀 육중한 식기장은 얼핏 봐도 수퉁스러웠다. 눈에 익으면 자연스러워지겠지. 내가 아무리 어리버리해도 장미목으로 만든 가구가 비싸다는 건 익히 알고 있었다. 이 무슨 횡재람. 벌렁거리는 가슴을 누르고 싱크대 수납장에 쌓인 그릇들을 식기장으로 옮기기 시작했다. 그간 어떤 그릇이 어디에 들어 있는지도 몰랐다. 설혹 안다고 해도 겹겹이 포개진 그릇들 중 하나를 빼 쓰기란 여간 번거롭지가 않아 밖에 나온 그릇으로 대충 받아먹고 살았다. 이젠 찬요리와 더운 요리, 음식의 모양과 색깔에 맞는 그릇을 골라 쓸 수 있게 되었다. 그릇을 진열하다 말고 감개무량해서 나는 몇 번이고 식기장 문을 여닫았다. 정리가 끝나고도 식기장 앞을 떠나지 못하고 주변을 계속 서성거렸다.

3

　오래 전 이 장미나무 식기장과 꼭 닮은 고가구를 본 적이 있다. 붉은 나뭇결이 그대로 드러나고 튼튼하게 생긴 외양은 흡사했지만 그것은 식기장이 아니라 책상이었다. 아니, 책상이라고 다잡아 말하기엔 조금 그렇다. 겉은 책상이고 속은 쌀통이었는데 쌀통으로 쓰기 위해 날렵한 책상다리를 포기한 네모진 궤짝에 가깝다고 해야 옳다. 크기가 어느 정도인가 하면 대문에서도 차를 타고 한참 들어가는 저택의 서재 중앙에 놓인 우람한 책상을 상상하면 되겠다. 그 거대한 책상을 제작한 사람은 아버지였다. 비만 오면 물이 넘치는 장마재라는 골짜기에서 베어온 아름드리 밤나무로 만들었다고 한다. 세 개의 나무판자를 잇대어 만든 책상의 윗면 중 가운데 판자는 분리될 수 있도록 했다. 가운데 판자를 들어올려 쌀을 꺼내고 판자의 네 귀를 맞춰 내려놓으면 감쪽같이 네모진 책상이 된다. 책상 밑을 직사각형으로 파서 다리가 들어갈 공간은 확보했으나 넓게 파면 쌀통이 작아질까봐 다리가 바특하게 낄 정도로 아래 공간이 좁았다. 다리가 들어가는 부분을 뺀 나머지 앞면에는 책상 시늉만 낸 가짜 서랍과 가짜 손잡이가 붙어 있었다. 책상 윗면의 나무판자를 들어올리고 내려다보면 속은 툭 터진 쌀통인데 거기에 무려 네 가마의 쌀이 들어간다. 볼륨이 있는 서랍에 부드러운 곡선의 놋쇠 손잡이를 달고 책상의 사각 테두리를 이중으로 둥글게 마감해 이국풍의 느낌을 주는 등 나름대로 정성을 쏟은 작품이었지만, 책상으로 쓰기에도 불편하고 쌀통으로 쓰기에도 불편했다. 쌀통이면 쌀통, 책상이면 책상, 아버지는 하나의 기능에 만족했어야 했다. 책상 속에 네 가마의 쌀이 들어가게끔 제작한 아버지의 놀라운 발상에는 오류가 있었다. 책상은 너무 커서 방 안에 들어가지도 못한 채 마루 귀퉁이나 현관에서 비를 맞고 뒹굴며 쌀통 역할을 하다가 나중에는 신발이나 빗자루, 쓰레기통을 얹은 허름한 궤짝으로 쓰였다. 그러다 마침내는 불쏘시개로 쪼개져 장엄하게 그 생을 마감했다. 아버지의 대책 없는 욕심과 빛나는 상상력이 빚어낸 결과였다.

나는 책상이 놓였던 점방을 아직도 잊지 못하고 있다. 본가에서 살림을 제금난 아버지는 아내와 세 딸을 데리고 여러 곳을 전전한 끝에 대구 염매시장까지 흘러들어갔다. 왜 하필 쌀집이었는지 모르겠다. 고향에서 농사지은 쌀을 가져와 팔면 된다는 단순한 생각에서 시작한 일은 아니었을 텐데 하여간 기발한 상상력을 지닌 아버지에겐 맞지 않는 직업이었다. 아버지는 겉으로 드러내지 않아서 모르겠으나, 어머니는 쌀집을 하는 내내 베보자기로 얼굴을 덮고 잘 만큼 불행했다. 점방 뒤에 두 개의 방이 딸린 그 집은 반대로 쓴 니은 자형 가겟집으로 보면 된다. 집이 얼마나 희한한 구조로 지어졌는가 하면 두 개의 방이 벽을 사이에 두고 나란히 붙어 있었는데 벽의 윗부분에 반으로 접은 방석 크기만한 구멍이 뚫려 있었다. 구멍 속으로 일자형 형광등이 가로지르고 있어서 두 개의 방이 하나의 형광등을 사용했다. 처음 집을 지을 때부터 그렇게 만들어놓은 것 같았다. 그런 형편이니 두 방 모두 독립성이 없었다. 이 방에서 소곤거리는 말이 저 방에 들렸고, 저 방에서 불을 끄지 않으면 이 방에서도 불을 켠 채 잠을 자야 되는 몹시도 고통스러운 방이었다.

아버지가 덥석 그 집을 산 것은 어쩌면 점방보다도 두 개의 방, 허를 찌르듯 뻥 뚫린 벽의 구멍 때문인지도 모르겠다. 전기요금을 아낄 수 있다는 근검절약 정신에서가 아니라 집을 지은 목수의 기발한 상상력에 반해서. 다른 집에서는 기껏해야 서너 해밖에 살지 못했지만 상상력이 풍부한 그 집에서는 자그마치 칠 년이나 눌러살았으니까. 아버지는 장부정리를 하거나 책을 읽느라고 깊은 밤에도 불을 끄지 않았다. 간혹 책이나 장부에서 눈을 뗀 아버지가 삶의 허방처럼 뻥 뚫린 벽의 구멍을 쳐다보며 열혈청년이었던 자신의 젊은 날을 되작이다가 건넛방에서 들리는 세 딸들의 곤한 숨소리에 쓴침을 삼키고는 손가락으로 눈두덩을 꾹꾹 눌렀을 그 시각, 아버지가 만든 장마재 책상이 점방 한쪽에서 책상으로 화려하게 변신할 날만 학수고대하던 그 시각, 주위가 환하면 잠들지 못하는 어머니는 아버지 곁에 모로 누워 누런 베보자기로 얼굴을 가리고 잤다. 그리하여 항상 잠이 모자란 어머니는 낮이고 밤이고 병든 닭처럼 비실거리기 일쑤여서 연매시장 사람들은 어머니를 '비실댁'이라고 불렀다. 나와 언니들은 어머니처럼 불행하지 않았다.

해질 무렵이면 군데군데 알전구를 밝힌 점방 앞 과자도매점은 날마다 축제 분위기였다. 쌀자루만한 비닐포대에 든 색색의 과자와 사탕은 불빛을 받으면 보석처럼 빛났다. 그중에서도 셀로판지에 싸인 알사탕은 유난히 반짝거리는 빛과 색을 사방에 흩뿌려 비 오는 밤이나 안개가 짙게 낀 날 행인들은 눈을 지푸라기처럼 가늘게 뜨고 그곳을 지나다녔다. 소매상의 발길이 잦은 밤이면 작은언니는 호주머니가 달린 옷으로 갈아입고 아버지 몰래 과자도매점으로 출동하곤 했다. 작은언니를 예뻐했던 여점원은 되나 말로 과자를 덜어 파는 사이, 수북하게 담은 과자를 손바닥으로 싹 깎아서 되나 말 밑에 떨어지는 걸 한 움큼씩 모았다가 작은언니의 호주머니 속에 넣어주었다. 작은언니는 여점원이 자기만 보면 귀엽다고 코를 쥐고 흔든다며 다시는 과자점에 안 갈 것처럼 투정부렸지만 고소한 땅콩사탕이나 달콤한 밀크캐러멜 앞에서는 번번이 무너졌다. 나중에는 간덩이가 부어 주는 대로 받지 않고 땅콩사탕이나 밀크캐러멜로 골라달라고 했다가 여점원에게 머리를 된통 쥐어박힌 일도 있었다. 언젠가 큰언니가 혼자 먹을 욕심에 작은언니 대신 과자점에 간 적도 있었다. 여점원은 큰언니를 본체만체하더니 물건 파는 데 거치적거린다며 집에 들어가서 일찍 자라고 했던 모양이다. 인간 차별한다며, 그날 밤 큰언니는 눈이 퉁퉁 붓도록 울었다. 작은언니는 어린 나이에 여점원을 따라 다방에도 진출했다. 그때는 다방이 아니라 다실이었다. 여점원은 작은언니의 머리를 새로 땋아주며 귀에 못이 박이도록 말했다.

"아저씨가 뭐 시킬 거냐고 물으면 꼭 밀크라고 말해야 돼. 나 따라 해볼래? 미, 일, 크."

　과자도매점 여점원은 자신의 신분에 걸맞게 비단가게 점원과 그릇가게 점원을 동시에 만나고 있었는데 누굴 선택할지 목하 고민중이었다. 작은언니는 그릇가게 점원을 강력하게 밀었다. 왜냐하면 다실로 가는 동안 발짝을 뗄 때마다 수없이 '미일크'를 연습했건만 비단가게 점원은 작은언니에게 영어를 쓸 기회조차 주지 않았다. 얌체같이 커피 두 잔만 시켰던 것이다. 그때 '미일크'를 얼마나 열심히 외웠던지 그 발음이 골수에 박인 작은언니는 훗날 잘못된 발음을 교정하느라 고생을 하기도 했다.

　언니들이 축제 분위기에 싸여 지내는 동안 점방의 책상은 어머니처럼 불행한 몰골로 하루하루를 간신히 버텼다. 쌀집이어서 책상 겸 쌀통이 환영받을 줄 알았는데, 통풍이 되질 않아 쌀통 속에 벌레가 생기는 바람에 점방 구석으로 내쳐진 책상은 쌀포대나 콩포대를 잔뜩 얹은 궤짝 신세로 전락하고 말았다. 한때 빛났던 장마재 출신의 책상이라곤 믿지 않을 정도로 행색이 추레했다. 그 누구의 눈길도 받지 못했다. 공들여 제작한 아버지조차도 책상 따위는 잊고 지내는 눈치였다. 싸락눈이 떡고물처럼 포슬포슬 떨어지던 날, 배달을 나갔던 아버지가 버스에 치여 숨을 거두면서 찬란했던 대구 연매시장 시절은 대단원의 막을 내렸다.

4

아버지가 만든 책상 겸 쌀통을 이끌고 폭격 맞은 얼굴로 귀향한 어머니는 내리 다섯 달 동안 잠만 잤다. 그 결과 몸엔 엄청나게 살이 올랐고 목소리도 우렁차게 변했다. 마른 것보다 살이 찐 게 어울리는 사람이 있는데 어머니의 경우가 그랬다. 살이 찌면서 인물도 좋아졌고 뱃심도 붙는 눈치였다. 남 말하기 좋아하는 사람들은 서방 잡아먹고 사람 됐다고 했지만 어머니는 끄떡도 하지 않았다. 잠으로 보낸 다섯 달이 어머니를 완전히 다른 사람으로 바꿔놓은 것 같았다. 잠에서 깨어난 어머니는 단단히 감춰둔 날개를 펼치고 세상을 향해 마음껏 날아올랐다.

대구 연매시장 안 가겟집을 판 돈의 절반은 저온창고를 사는 데 쓰고 나머지 반으로는 감과 호두를 사들였다. 이른바 중간상인의 길로 나섰던 것이다. 처음에는 감이나 호두를 가마니로 사들였지만 나중에는 물량이 부족해 아예 초봄부터 나무째 선매에 나서기도 했다. 나무째 선매를 하는 일은 도박과도 같았다. 집 한 채 값이 선 자리에서 왔다갔다했다. 한 그루의 나무에서 생산될 물량의 값을 초봄의 시세로 쳐서 계산했는데 농부들의 입장에선 돈이 궁할 때 돈 구경을 하니 좋았고 중간상인은 일정한 물량을 미리 확보할 수 있어서 좋았다. 하나 태풍이나 병충해로 낙과가 되거나 크기가 잘면 그 손해는 중간상인에게 고스란히 돌아왔고 가을이 되어 가격이 천정부지로 오르면 그 이익도 중간상인이 챙겼다.

즉, 손해와 이익의 오차가 집 한 채 값이었던 것이다. 저온창고에 쟁여진 물건은 값이 좋을 때 시중에 풀었다. 든든한 자본과 동물적인 감각으로 하루하루를 버티는 긴장된 생활이었다. 어떤 해는 시기를 잘 맞춰 큰 재미를 보기도 했고, 다른 해는 어깨까지 올랐다고 생각해 물건을 풀었다가 뒷날 값이 다섯 배나 뛰는 통에 항문이 막힌 어머니는 한동안 단무지처럼 노란 얼굴로 다녔다. 어느 해 가을인가는 호두 금이 초봄 시세의 절반도 되질 않아 호두를 묵혔다가 이듬해 천안 호두과자 공장에 떨이로 넘기는 불운을 겪기도 했다. 이처럼 수입은 들쭉날쭉했어도 수완이 좋았던지 어머니는 저온창고의 수를 하나둘 착실히 늘려갔다.

저온창고는 감나무숲 속 외진 곳에 있었다. 멀리서 보면 거대한 짐승이 등을 돌린 채 웅크리고 앉은 형상이었다. 바람이 불면 불안정한 피리 소리 같은 바람 소리가 저온창고 주변에서 끊임없이 들렸으며 콜타르를 칠한 검은 지붕 위로는 무성한 감잎들이 불시에 날아오르는 박쥐떼처럼 후드득후드득 펄럭였다. 기이이잉, 셔터 문이 올라가는 소리가 감나무숲에 울려퍼지면 저온창고는 포식한 야생동물처럼 예의 그 시커먼 아가리를 하품하듯 게으르게 벌렸다. 창고 안은 여름에도 등이 시릴 정도로 서늘한 바람이 불어오고 떫고 비릿한 냄새가 사방에서 흘러나왔다. 천장이 높고 실내의 공기는 무겁고 축축했으며 밤이나 낮이나 음침했다. 목이 긴 장화를 신은 어머니는 저장상태를 살피느라 끝이 뾰족한 깔때기 모양의 나무막대로 호두나 감을 담은 마대의 옆구리를 툭툭 치고 다녔다. 아이들에게 절뚝발이로 불렸던 창고지기 아저씨는 우측으로 지나치게 쏠린 상체를 길이가 다른 두 다리로 기우듬하게 받치고 서서 밤이면 젊은 애들이 짝을 지어 창고 뒤로 몰려오는 통에 여간 성가신 게 아니라고 어머니에게 하소연을 하기도 했다. 아무리 쫓아내도 돌아서면 어디선가 소곤대는 소리가 들린다고 했다.

"인자는 보리나 밀을 숭구는 사람도 없고 물레방앗간도 없어졌으니 처녀 총각 들이 여서라도 춘정을 풀어야지 우짜겠노. 가들 앉기 좋게 저온창고 앞뒤로 돌아가미 지저분한 건 싹싹 치와조라."

선심 쓰듯 내준 그곳을 연애장소로 가장 많이 애용한 사람이 작은언니였다는 걸 어머니는 꿈에도 몰랐다. 중국과 교역이 시작되면서 중국산 호두가 들어오자 너도나도 국내산에 중국산 호두를 섞어 팔기 시작했다. 어머니만 고집스레 국내산 호두를 지켰다. 값이 세 배나 비쌌지만 우리집 전화통은 불이 났다.

"지는 부산 김사장입니더. 우리 호두 줄 끼요? 말 끼요?"

"기다리는 질에 쪼깨만 더 기다리보이소. 껍질 까는 대로 퍼뜩 내려보낼 끼구마."

어둠이 채 가시지 않은 신새벽, 밤오줌을 누러 나오면 세 대의 트럭이 시동을 켠 채 대문 앞에서 부르릉거리고 있었다. 딸들이 자는 동안에도 청보랏빛 어둠을 머리에 이고 온밤을 지키는 어머니가 어찌나 든든한지 절로 코끝이 알알해지곤 했다.

"꼭 시간 마차 차를 대야 한데이. 장사는 신용이 생명인 기라.

장미나무 식기장 89

그래도 잠이 오마 갓길에 차를 대고 한숨씩 자고 가그라. 시상천지 목심보다 중한 기 머시 있겠노. 으요? 우짜든동 밥은 따시기 찾아 묵고."

앞뒤가 맞지 않는 연설이 길게 이어지면 운전석 밖으로 고개를 내민 기사들의 눈은 땅바닥으로 곤두박질쳤고 어머니의 입에서는 하얀 입김이 끝도 없이 뿜어져나왔다. 기사들이 건성으로 예예, 고개를 끄떡일 때쯤 동편 하늘에 뿌옇게 먼동이 트기 시작했다. 대전과 서울로 올라갈 트럭이 먼저 출발하고 전주와 광주, 대구와 부산으로 내려갈 트럭이 그 뒤를 따랐다. 어머니는 트럭들의 꽁무니가 보이지 않을 때까지 그 자리에서 움직이질 않았다. 첫 매상을 하고 나면 어머니는 딸들에게 크게 한턱냈다. 단골 양장점에서 옷을 한 벌씩 맞춰주었다. 고상한 걸 좋아하는 큰언니는 언제나 회색이나 쥐색의 한물간 디자인을 고집했다. 작은언니가 그건 고상한 게 아니라 촌스러운 거라고 아무리 말려도 자신이 선택한 것이면 큰언니는 절대 고집을 꺾지 않았다. 유행에 죽고 사는 작은언니는 마땅히 그해 가장 유행하는 화려한 무늬의 옷감을 선택했다. 가봉을 하고 오매불망 기다렸다가 시침바늘이 똑 떨어지는 대로 옷을 찾아오면 어머니의 품평이 시작되었다.

"같은 돈을 주고 마차 입어도 니는 우째 그리 땟물이 안 나노", 큰언니에겐 쥐어박듯 말했고, 작은언니를 보곤 "하따, 야시겉이 이뻐네", 벌린 입을 다물지 못했다. "예쁘면 예쁜 거지, 여우가 뭐야?" 작은언니는 어머니에게 따지듯 말했지만 기분만은 좋은지

금방 헤헤거렸다. 날아갈 듯 옷을 차려입은 작은언니는 어머니의 눈을 피해 살살 바람을 피우고 돌아다녔다. 작은언니는 바람쟁이였다. 어린 나는 동네를 발칵 뒤집을 정도로 큰 바람을 피우는 사람을 바람둥이로, 작은언니처럼 자잘한 바람을 소리 소문도 없이 항상 피우는 사람을 바람쟁이로 알았다.

  도시에서 공부하던 언니들은 방학이 되어도 집에 내려오질 않았다. 갖은 핑계를 대며 차일피일 귀향을 미루었다. 집은 사철 사람들로 북적거려서 마땅히 쉴 공간이 없었기 때문이다. 둥시가 대부분인 고향의 감은 깎아서 곶감으로 말린 후 한 접씩 묶어야만 상품이 되었고 호두는 껍질을 깐 뒤 도매시장에 넘겼다. 긴 원형의 담홍색 둥시는 10월 하순경에 따면 곧바로 트럭에 실어 저온창고에 저장했다가 창고 앞마당에서 껍질을 벗기고 감타래에 달기 때문에 딸들은 곶감이 탄생하는 수고롭고 지난한 과정을 눈으로 보지 않아도 되었다. 어쨌든 곶감 일은 가을 한철이면 끝이 났다. 그러나 호두는 사정이 달랐다. 미리 까면 호두알이 마르기 때문에 팔기 직전에 껍질을 벗겨야만 했다. 호두는 시도 때도 없이 집에서 껍질을 벗겼다. 바깥채가 호두까기 공장이었는데 소쿠리를 옆구리에 낀 아주머니들이 이삼십 명씩 둘러앉아 진종일 일했다. 고참이 기계 속에 호두를 넣고 이쪽저쪽으로 까기 좋게 눌러주면 아주머니들이 절반가량 부서진 호두를 받아 일일이 손으로 껍질을 벗겼다. 신기한 것은 호두알이 한 박스 나오면 껍질도 어김없이 한 박스가 나왔다. 깐 호두는 박스당 만오천원씩 셈했다. 소일 삼아 해도 하루 평균 삼만원에서 삼만오천원 벌이는 되었다. 농한기에는 이것도 서로 하려고 경쟁이 심했다. 잔뜩 쟁여진 호두포대에서 번진 물기로 대문간은 항상 질척거렸고 바깥채에서 떠드는 소리가 안채까지 왕왕 울렸다. 사람들의 출입이 잦은 화장실과 부엌문의 손잡이는 언제나 호두기름에 까맣게 절어 미끈거렸다.

"아후, 내가 미쳐!"

작은언니는 화장실에 다녀올 적마다 만세를 부르듯 두 팔을 위로 활짝 펼치고 팔딱팔딱 뛰었다. 그러곤 언제 그랬냐는 듯 돌아서서 천연덕스레 눈을 내리깔았다. 대문간에 쟁여진 호두포대에서 흐른 물은 일본지도처럼 끊길 듯 말 듯 지질하게 이어지며 바깥채를 지나 안채 화단으로 스며들었다. 호두의 양분이 스민 물을 함빡 빨아들인 화단은 따로 거름을 주지 않아도 기승스레 꽃을 피웠다. 네가 누우면 온 방이 팔다리 천지라고, 어머니에게 잔소리깨나 듣던 작은언니는 그 길고 아름다운 다리 위에 두 손을 가지런히 얹고 매니큐어를 발랐다. 봉숭아물을 들이면 좋으련만, 첫눈이 올 때까지 손톱에 봉숭아물이 남아 있을까 어쩌고 하며 아련한 눈으로 먼 데 하늘을 보면 오죽 좋으련만, 작은언니는 촌티가 난다는 이유로 한 번도 손톱에 봉숭아물을 들이지 않았다. 두 발짝만 떼면 화단이고, 화단에는 색색의 봉숭아가 지천으로 피어나는데도.

"얘, 봉숭아꽃 좀 봐라. 꼭 쥐가 뜯어먹다 남긴 것 같지 않니."

꽃에도 귀가 있을까봐 겁이 나는, 이런 반갑잖은 말이나 하며 뾰족하게 내민 입술로 손톱을 호호 방정맞게 불어댔다. 어머니는 방학 때 언니들이 집에서 노는 꼴을 보지 못하고 연년생인 두 언니에게 돌아가며 부엌일을 시켰다. 공부를 잘했던 큰언니는 집에서도 학교에서처럼 특별한 대우를 받고 싶어했다. 공부를 못하는 작은언니와 똑같이 일하는 건 부당하다고 공공연히 주장하고 나섰다.

"바빠서 발등에 오줌 쌀 지경이다이. 부엌의 부지깽이도 거들고 나서는 판에 공부 잘하는 니가 밥 좀 하면 어디가 덧나냐!"

공부만 잘하면 집안일을 면제해주는 다른 집과 달리 어머니에겐 이 점이 일절 통하지 않았다. 이런 처사에 불만이 많았던 큰언니는 어머니가 불러도 대답하지 않았다.

"소 죽은 귀신이 씌있나. 야가 와 이리 대답을 안 하노, 으이!"

방문이 벌컥 열린다.

"목이 터지게 불러도 대답 안 하면 귀찮아서라도 작은앨 부엌에 들여보낼까봐 입을 꾹 다물고 있었제에."

"그건 우째 알았는데?"

"내가 니 속을 와 모리겠나. 근데 우짜노. 내는 그리 불공평한 엄마는 아이거등."

어머니는 매번 도망가려는 큰언니의 뒷덜미를 움켜쥐고 악착같이 부엌일을 시켰다. 공부 외엔 도통 관심이 없던 큰언니는 부엌일을 힘들어했다. 큰언니가 일하는 걸 지켜보는 사람도 시키는 사람두 힘들기는 마찬가지였다. 큰언니가 부엌당번인 날엔 그릇 께지는 소리가 종류별로 다양하게 들려왔다. 어머니는 소리만 듣고도 어떤 그릇이 깨졌는지 단박에 알았다.

"하이고 아까버래이. 이번에는 꽃가라 접시를 해잡샀는갑다. 쟈는 희한하게 그릇을 깨도 비싼 걸로 골라가미 깨더라."

큰언니는 어머니의 꾸지람을 귀에 달고 살았다. 보다 못한 아주머니들이 큰딸의 품삯보다 그릇 값이 더 비싸게 치겠다며, 자기들이 번갈아 도울 테니 그만 좀 볶으라고 큰언니 편이라도 들라치면 어머니는 대뜸 내 딸은 내가 잘 안다고, 저애는 평생 한쪽으로만 치우쳐서 살 애라고, 제 앉은 땅이 어디든 그 땅만 보지 건너땅은 볼 생각도 안 할 애라서 그런다며 가차 없이 말허리를 잘랐다. 공부만 빼고 모든 일을 잘했던 작은언니는 부엌일도 시원시원하게 했고 시키지 않아도 바깥채에 흩어진 호두껍질을 오면가면 잘도 쓸었다. 누구든지 이십 분만 보면 그 사람과 무턱대고 친해지는 작은언니는 일하는 아주머니들과도 곧잘 어울려 지냈다. 큰언니가 부엌일을 싫어할 만도 한 것이 어머니가 작은언니에겐 "꼬시데이. 니는 부침개 하날 부치도 이래 놀놀하이 맛있게도 부친다" 칭찬을 늘어놓고 큰언니에겐 "덜 꾸졌다!" 옹기자배기 이 빠지는 소리를 했다. 큰언니는 어머니뿐만 아니라 이 세상 사람들이 제 가까이에 오는 것을 싫어했다. 개나 고양이, 목숨 붙은 모든 생물들과도 불화했다. 오로지 죽은 책들하고만 친하게 지냈다. 그랬던 큰언니가 일류대학에 떨어졌다. 모를 일이었다. 큰언니는 재수를 하는 대신 이류대학에 우수한 성적으로 들어갔는데 신기하게도 이듬해 작은언니가 그 대학에 입학했다. 그것은 이변이나 다름없었다. 비록 보결일망정.

"니, 컨닝했제?"

어머니마저도 믿을 수 없다는 눈치였다. 큰언니는 작은언니와 같은 대학에 다니는 걸 인생 최대의 수치로 여겼다. 작은언니는 입학도 하기 전에 어디서 대학배지를 구해 보란 듯이 가슴에 달았다. 신학기가 시작되자 작은언니는 몰라보게 헬쑥한 얼굴로 어깨를 늘어뜨리고 다녔다. 어떻게 알았는지 친구들이 이름 대신 '보결'이라고 부른다는 것이다. 야, 보결! 꿈에서도 친구들이 부르는 소리가 들려 자다가도 벌떡 일어난다고 했다. 분명히 큰언니가 소문을 냈을 거라고 입을 비쭉거렸지만 그 말을 증명할 아무런 근거도 없었다. 작은언니는 이에 굴하지 않고 바람쟁이 특유의 친화력을 발휘해 곧바로 그 학교에서 가장 인기 있는 여학생이 되었다. 작은언니가 철철이 예쁜 옷을 골라 입고 서울바닥을 구석구석 누비고 다닌 반면, 큰언니는 단벌신사처럼 항상 같은 옷만 입고 도서관에 붙박이로 붙어살았다. 큰언니가 작은언니보다 옷이 없는 건 아니었다. 옷장이나 신발장을 보면 두 사람 모두 같은 분량의 옷과 구두가 들어 있었다. 큰언니가 같은 색상 같은 형태의 옷과 구두를 여러 개 산 탓이었다. 이렇듯 딸들은 수단껏 어머니를 뜯어먹었고 어머니는 기꺼이 뜯어먹혔다. 언니들이 다니기 편하게 학교 담과 바싹 붙은 집을 구한 어머니는 신바람이 나서 서울에 들락거렸다. 집 안팎을 둘러보고 밑반찬을 가지가지로 만들고는 언니들의 학교를 들렀다. 대학총장을 중고등학교 교장쯤으로 알았던 어머니는 심심하면 총장실에 인사를 하러 갔다.

"내는 이 학교에 딸을 둘이나 보내고 있심더. 학부모가 되가꼬 인사가 없으마 도리가 아니지예. 딸들이 사는 집도 바로 요 옆이다 아입니꺼. 이거는예, 우리 고향 특산물인데 한분 잡사보이소."

어머니는 들고 간 호두나 곶감 보통이를 총장에게 전하고 보무도 당당하게 집으로 돌아왔다. 그 말을 전해들은 두 언니는 핏기가 가신 얼굴로 어머니에게 악을 쓰며 대들었다.

"거기가 어디라고 또 거길 갔단 말이야! 양주도 아니고 인삼도 아니고 꿀도 아닌 호두를 갖다줬단 말이지이!"

두 언니들은 비명을 지르며 동시에 눈을 질끈 감았다. 호두나 곶감도 문제지만 어머니의 차림새가 눈에 걸렸기 때문이다. 탤런트 강부자와 비슷하게 생긴 어머니는 옷도 절의 보살처럼 입고 다녔다. 뚱뚱한 몸에도 어울리고 활동성도 있어야 하기 때문에 어머니로서는 어쩔 수 없는 선택이었을 것이다. 위는 마고자 형태의 헐렁한 저고리였고 아래는 한복바지처럼 생긴 통바지인데 바짓가랑이를 돌돌 말아 단추로 고정하는 독특한 스타일의 옷만 입었다. 단골 양장점에서 여러 벌 맞춘 옷이었다. 그러고 보면 큰언니가 어머니의 단점을 그대로 빼다박았다. 고집이 세고 옷태가 나지 않는 점 등.

"선물은 지한테 질로 소중한 걸 남에게 주는 기, 그기 바로 선물이라 카는 기다. 우리 호두와 곶감이 우때서? 옛날에는 임금님께 진상하던 물건이다."

어머니도 지지 않았다. 눈물을 글썽이며 항의하는 딸들의 등을 방 빗자루로 냅다 내리쳤다. 그런 어머니의 행동이 훗날 복을 불러올 줄 아무도 몰랐다. 성적이 좋은 큰언니가 모 연구소에 들어간 건 당연한 일이지만, 졸업도 간신히 한 작은언니가 화장품회사 홍보실에 취직한 건 순전히 어머니 덕분이었다. 총장이 특별히 추천했던 것이다. 그후 해외판촉팀으로 자리를 옮긴 작은언니는 외국을 제집 드나들듯 하며 해마다 높은 실적을 올렸다. 집에는 작은언니가 가져오는 화장품이 넘쳐났다. 보기만 해도 배가 살살 아픈 동네 사람들은 작은언니가 뒷구멍으로 빼돌리는 거라고 쑥군댔지만 맹세코 어머니의 홍보전략도 만만치 않았다.

"니, 이 화장품 씨나, 안 씨나? 안 씨모 한분 발라보고 꼭 사 쓰거래이. 내 얼굴이 주름도 없고 이래 하얀 거는 다 이 화장품 덕분아이가."

뚱뚱한 사람은 원래 주름도 없고 피부도 희다. 어머니는 이 모든 것이 작은언니가 다니는 회사의 화장품을 썼기 때문이라고 우겼다. 일하러 오는 아주머니들은 작은언니 덕분에 공짜 화장품을 천세나게 바를 수가 있었다. 작은언니는 바람쟁이와 보결 인생을 말끔히 청산하고 화장품회사의 유능한 간부사원이 되었다. 결혼한 지 십구 년이 되었는데 지금껏 형부와 무탈하게 잘살고 있다. 남자가 붙기도 전에 털어내기 바빴던 큰언니는 당연히 독신을 선택했다. 자랄 때와 달리 맡은 일에 그다지 유능해 보이지도 않았고 승진도 작은언니에 비해 늦은 편이다. 큰언니는 햇빛과 무슨 원수가 졌는지 화창한 휴일에도 어두운 연구소 구석에 틀어박혀 책을 보며 지낸다. 여전히 한물간 회색이나 쥐색의 옷을 입고 밤에는 오래된 영화를 보며 어디론가 긴 전화를 하기도 한다. 수신자가 목숨 붙은 생물인지 난 그게 몹시 궁금했지만 큰언니에겐 물어볼 엄두를 내지 못했다.

5

이제 책상의 말로에 대하여 말할 때가 되었다. 결혼 전 아버지가 특별히 제작했다던 책상은 아버지의 본가에서도 이태나 묵었다. 내사 마 징글징글하데이. 결혼 후 잠깐 살았던 장마재의 초가를 떠올릴 때마다 어머니는 얼굴부터 찡그렸다. 여름이면 계곡에서 넘친 물이 부엌으로 밀고 들어와 물바가지로 쓰던, 흰 박으로 만든 바가지를 허구한 날 손에 들고 살았다고 한다. 축축한 아궁이의 불씨를 꺼뜨리지 않으려고 갓 시집온 새댁이 얼마나 노심초사했을지는 어머니의 찡그린 얼굴로도 짐작이 되었다. 우람한 책상은 신혼방에 들어가질 않아 그때도 비좁은 마루 한쪽을 떡하니 차지하고 있었다 한다. 그래도 그때 반짝, 책상은 책상 역할을 했다.

"그때만 해도 삐까번쩍한 새 책상인께 비가 마루로 들이치면 마른걸레로 닦아조야제, 눈이 오면 비닐 쳐조야제, 이건 책상이 아이고 숫제 알라 하날 키우는 텍이라. 또 거가 땅이 짚은께로 홍수가 진 해는 마루까지 물에 잠긴 적도 있었다. 책상이 물을 먹어가지고 얼매나 무겁던지 그걸 들어내니라꼬 온 식구가 달라붙어 학을 뗐다 아이가. 그래 애물단지를 어찌나 싸고 돌미 애끼든동, 대구로 살림을 날 때 느 아버지가 책상부터 어깨에 지고 나서는데 내는 딱 기함할 지경인 기라. 돌띠겉이 무거운 책상을 지고 갈 심이 있으마 쌀이라도 두어 가마 얹어 가야 안 되겄나 그 말이지, 내 말은."

 그토록 눈을 흘기던 책상을 어머니는 끝내 버리지 못했다. 하여 애물단지 책상은 우리 가족이 거쳐온 여러 집들과 주야장천 역사를 같이했다. 쌀집을 그만두고 고향으로 내려온 후 책상은 한동안 현관 앞에 방치되다시피 했다. 책상으로도 쌀통으로도 쓰이지 못했던 것이다. 그러다가 가족 중 누군가가 쓰레받기나 빗자루를 얹기 위해, 새로 산 구두를 얹기 위해, 무거운 곡식자루를 얹기 위해 다시금 책상을 찾았다. 그럴 때도 책상은 자신의 화려한 과거를 잊고 궤짝 대용으로 우리가 맡긴 짐을 고스란히 받아주었다. 어디 그뿐인가. 우리가 설움에 겨워 흐느낄 때 말없이 자신의 옆구리를 내주었고 화가 나서 똥깨 차듯 발로 차도 무식할 정도로 튼튼하게 생겨서 흔들리지도 않던 그 물건. 방 안이 자기 자리임에도 언감생심 방엔 들어갈 생각도 못 하고 현관 앞에 내박쳐진 채로 새로 칠한 페인트가 벗겨지고 나무판자가 틀어질 때까지 문지기요 수문장 노릇을 착실히 했던 것이다. 그러던 것이, 들이치는 비와 눈에 삭아 그즈음엔 금방이라도 허물어질 듯한 몰골을 하고 있었다. 세월 앞에 장사 없다는 말은 맞는 말이었다.
"갖다 버리자. 돈 꿔가선 안 갚는 가난한 친척 같잖아."
큰언니가 책상을 발로 툭툭 차며 말했다.
"아무도 안 볼 때 살짝쿵 갖다 버리자. 평생 골골하며 등골만 빼 먹는 가족 같잖아."
작은언니가 귓속말로 속닥거렸다. 그토록 반대하던 어머니도 책상의 비참한 몰골 앞에선 별 도리가 없었던가보았다. 생각보다 쉽게 항복했다.
"버리느니 차라리 내 눈앞에서 불에 태우고 말거라."
어머니는 무슨 일이든 당신의 손을 떠난 일은 절대로 돌아보는 법이 없는 사람이다. 눈에 보이는 것, 손에 잡히는 것만 믿고 산 사람이다. 당연히 어머니는 꿈을 갖지 않았다. 꿈을 현실로 만드는 능력이 탁월했기 때문에 누군가 아득한 얼굴로 꿈을 말하면 어머니는 대개 하품으로 답하곤 했다. 그런 어머니가 눈물을 보였다.
"책상이 탄다, 타아……"
그날의 어머니는 목이 긴 장화를 신고 나무막대로 마대 옆구리를 툭툭 치고 다니던 헌헌 여장부가 아니라 영락없는 그 옛날 비실댁이었다.
"저걸 우짜노!"
타닥타닥 튀는 불티와 함께 어머니의 날선 비명이 송곳처럼 날카롭게 튀어올랐다. 책상은 어머니에겐 그냥 책상이 아니었다. 나와 언니들이 무심히 책상을 볼 때도 어머니는 그 책상을 다른 눈으로 봤던 것이다. 편의상 우리가 책상이라고 불렀지만 쌀통 역할을 더 많이 했던 그 물건의 정체는 무엇이었을까. 책상인가? 쌀통인가? 생전의 아버지는 그 물건이 어떤 용도로 쓰일 때 기뻤을까. 그것이 책상이라면 단 한순간이라도 온전한 책상이었던 적이 있었던가? 그것이 쌀통이라면 단 한순간이라도 온전한 쌀통이었던 적이 있었던가? 아무리 생각해봐도 세상의 모든 아버지 같은, 요령부득의 그 물건.

"아이, 책상이 탄다. 책상이 타아!"

어머니에겐 언제까지나 책상이고 나와 언니들도 편의상 책상으로 기억하는 그 물건은 연기를 뿜으며 지루하도록 오래 탔다. 땡볕이 내리쬐는 초하. 햇빛에 바래어 연노랑으로 보이는 불길은 널름널름 혀를 내밀며 거침없이 타올랐고 나와 두 언니들은 검은 그림자를 길게 드리우고 서서 책상이 가는 마지막 길을 지켜봤다. 옆에 있을 땐 원수 같던 책상이 정작 없어진다고 생각하니 베갯잇을 뜯듯 내 옆구리가 불시에 투둑투둑 뜯긴 것처럼 허전했다. 도저히 알 수 없는 기분이었다.

책상은 책상이되 책상 구실을 제대로 하지 못한 불행한 물건이 타던 소리. 그 물건은 기억할까? 물이 범람하던 장마재의 계곡과 산그늘 깊은 곳마다 어김없이 돋아나던 시퍼런 이끼들을. 이 나무 저 나무 함부로 섞여 자라는 것 같아도 그 속에서 엄격하게 지키던 나무들의 간격을. 잎이 무성하던 한 그루의 밤나무가 하루아침에 목공용 자재로 바뀌던 비정한 현실을. 고단했던 기억을 접고 한 그루의 밤나무로 돌아간 그것은 낡고 삐걱거리는 제 육신이 타는 소리를 그때 똑똑히 들었을 것이다. 시원했을까? 뜨거웠을까?

어린 시절 나는 책상 속에 자주 숨곤 했다. 쌀이 떨어져 책상 속이 비면 판자를 들어올리고 안으로 들어가 몸을 숨겼다. 오래되어 자신이 밤나무였는지 소나무였는지 박달나무였는지 기억조차 희미해진, 그저 판자라고 불러야 할 그 나무판자에서 얇게 풍기던 옻향. 바닥에 남아 있던 몇 알의 쌀들이 여린 발바닥을 날카롭게 찌르던 기억. 금방 죽은 새앙쥐가 발에 밟혀 기절할 뻔했던 일. 그럼에도 발바닥으로 전해지던 새앙쥐의 몰캉하고 보드라운 감촉. 대구 염매시장 점방 안 멍석에 수북이 담긴 쌀과 콩과 팥 들. 어두운 책상 속에 숨어서 벌어진 틈새로 밖을 내다보면 쌀이 여러 쌀과 모여 있을 때, 콩이 여러 콩과 모여 있을 때, 팥이 여러 팥과 모여 있을 때, 낱낱으로 보면 별것 아닌데도 일정한 형태의 곡물이 가족처럼 옹기종기 다사롭게 모여 있을 때 그것들이 얼마나 아름다운 광경이 되는지 나는 눈으로 직접 보았다.

내가 말로만 들었거나 살았거나 본 집들. 여름이면 부엌에 물이 차던 장마재의 초가와 벽에 구멍이 뚫린 집, 그리고 결혼 전까지 살았던 고향집과 현재 살고 있는 아파트, 얼마 전에 보고 온 아파텔까지. 시대에 따라 다양하게 변화하는 집들 속에서 내가 원했건 원하지 않았건 간에 나는 그 집들과 닮은 모습으로 그 시기를 살아내고 있었다. 어떤 집에서는 주눅 든 채 살았고, 어떤 집에서는 활짝 핀 꽃처럼 살았으며, 어떤 집에서는 권태롭고 우울하게 살기도 했다. 그 집들 중 내가 집이라고 다정하게 말하고 싶은 집은 아무래도 많은 사람들이 어울려 자연과 조화를 이루며 살았던 고향집이다. 대문간에 호두까기 공장이 있던 나의 오래된 고향집.

 이제 나는 어머니의 눈으로 장미나무 식기장을 보고 있다. 책상이 돌아가신 어머니에게 그냥 책상이 아니었듯 장미나무 식기장이 내겐 그냥 식기장이 아니었다. 식기장을 열 때마다 달콤한 장미향이 아니라 텁텁하고 쌉싸래한 감나무숲의 냄새가 난다. 이 식기장이 있는 한, 불에 타 없어진 책상과 함께 우리가 거쳐온 여러 집들과 그 집에 얽힌 역사와 소소한 일들을 나는 오래오래 기억할 것이다. 오피스텔과 아파텔의 등장으로 집이 필요 없는 새로운 종족이 출현했다고는 하나, 번개가 치듯 찰나에 스러지고 마는 생의 한순간을 오롯이 기억하자면 그들도 대책 없이 큰 책상이나 수통스런 장미나무 식기장 하나쯤은 가져야 하는 것이다.

 ─떠나온 집이 나를 짓고, 장마재 출신의 책상이 아버지를 짓고, 그리하여 우리 모두를 지은 그 집들이 전부 불에 타기 전에.

남의 정원에 함부로 발 들이지 마라

지난 오 년 동안 그녀는 내게 저기요, 였던 셈이다.
사람들은 그녀를 나처럼 저기요, 로 부르지 않고
'개봉동 빼가사리'라고 불렀다는 것도
그녀가 죽은 후에 알았다.

1

 그래, 그냥 '그녀'라고 부르자. 애매한 삼인칭 대명사가 마음에 들진 않지만 본명도 모르는 터에 그녀를 지칭할 적합한 호칭을 찾기가 쉽지 않다. K나 J, 그, 그네보다는 '그녀'가 그녀의 이미지에 가까우니까. 지난 오 년 남짓 그처럼 자주 만났으면서도 왜 이름을 묻지 않았을까? 나는 번번이 탈진한 얼굴로 그녀를 찾았고 두서없이 떠오르는 상념들로 머릿속이 폭발 직전의 상황이어서 이름 따윈 물을 겨를조차 없었을 것이다. 그녀를 불러야 할 때면 말꼬리를 길게 빼며 저기요…… 하고 희미하게 불렀다. 그러니까 지난 오 년 동안 그녀는 내게 저기요, 였던 셈이다. 사람들은 그녀를 나처럼 저기요, 로 부르지 않고 '개봉동 빠가사리'라고 불렀다는 것도 그녀가 죽은 후에 알았다.

2

 일주일에 두 번꼴로 가는 약수터 자드락길 옆에 그녀의 정원이 있었다. 그 무렵 무슨 일 때문인지 한 달 가량 산책을 걸렀고 그녀도 만나지 못했다. 한 달이 지나서야 약수터에서 오는 길에 늘 그랬던 것처럼 차나 마시고 가려고 정원을 기웃거렸다. 흰 철책을 둘러친 정원은 텅 비어 있었고 우리가 마주 앉아 차를 마시던 비치파라솔이 붙은 나무탁자며 의자도 감쪽같이 사라지고 없었다. 그날은 별 생각 없이 집으로 돌아왔다. 다음번에도 사정은 같았다. 이번엔 그냥 가질 않고 허벅지까지 닿는 철책을 넘어 안으로 들어섰다. 정원을 가로질러 집으로 이어지는 계단으로 올라가 베란다 새시 문에 눈을 가까이 댔다. 거실의 가구가 그대로 있는 걸 보면 이사를 간 것 같지는 않았으나, 실내가 어수선한 게 전과 많이 달랐다. 새시 문을 두드려도 기척이 없었다. 별수 없이 정원을 빠져나와 타운하우스의 정문으로 들어가서 옆집 초인종을 눌렀다.
 옆집 여자의 목소리에는 연한 짜증이 배어 있었다. 달걀 팩을 덮어쓴 채 잠에 빠졌던 것인지 미처 지우지 못한 달걀 찌끼가 얼굴 곳곳에 남아 있었고, 큰 찌끼 하나는 떨어질 듯 덜렁거리며 위태롭게 붙어 있어 외려 꽤나 희극적인 분위기를 연출하고 있었다. 초인종 소리에 팩을 뜯어내고 마른손으로 얼굴을 몇 번 문지르다 나왔나보았다. 그 얼굴을 하고도 자주 입을 가리고 하품을 했다. 난 머쓱해져서, 그녀가 어디 간다는 말을 남기지 않았느냐며 어물어물 물었다. 여잔 잠이 확 달아난 얼굴이 되더니 상을 치른 지 열흘이나 지났는데 그것도 몰랐느냐고 오히려 내게 되물었다. 날 나무라는 말투였다. 나는 그녀가 죽었다는 말보다 옆집 여자의 입에서 무심히 흘러나온 이름이 더 놀라웠다.

'개봉동 빠가사리'라구요?

옆집 여자가 '빠가'라고 말했을 때, '빠가'라는 발음이 금방이라도 튀어나와 땅바닥에 도르르 구를 것처럼 생생하게 들렸다. 땅바닥에 굴러도 좀체 흙이 묻지 않을 것 같은 그 뻔뻔함이라니. 발음이 전달하는 천하고 발칙하고 되바라진 느낌 때문에 몸에서 전율이 흐를 정도였다.

'개봉동 빠가사리'라고 들어본 적 없으세요? 유명하신 분인데.

정원을 드나들며 간간이 눈인사를 나눴던 여자는 뜻밖이라는 얼굴로 쳐다봤다. '개봉동 빠가사리'라니. 이건 조폭이나 소매치기 같은, 음습한 밤의 세계에서 활약하는 사람을 지칭하는 호칭이 아니던가. 손수 솥에 쪘다며 차와 함께 내놓던 따끈한 쑥버무리며 19세기에나 유행했을 법한 구식 원피스를 즐겨 입던 그녀의 모습을 떠올리곤 고개를 저었다. 다른 건 다 숨겨도 말만은 숨기지 못한다. 언어습관이란 무서운 것이어서 어떤 식으로든 자신이 소속

된 단체나 위치 등 사회적인 배경을 드러내기 마련인데, 그녀와 난 서로의 속내를 털어놓고 산 지 무려 오 년이다. 어떻게 오 년 동안 들키지 않을 수가 있었던 것인지. 둥근 스텐칼라에 허리가 잘록한 원피스를 입는 사람이 조폭들이 쓰는 거친 말을 입에 담았다는 게 도무지 상상이 되질 않았다.

에이…… 그럴 리가요.

여태 그것도 모르셨단 말예요? 두 분이 친한 줄 알았는데.

친했죠. 그렇지만……

나는 점점 자신이 없어졌다. 내가 알던 그녀와 세상 속의 그녀는 얼마큼 다른 것인가. 나는 그 간격 속에서 갈팡질팡하다가 또 한번 몸에 전율이 흐르는 걸 느꼈다.

그럼 전 이만.

아…… 예.

옆집 여자가 잡고 있던 문에서 손을 떼자 맞바람 탓에 현관문이 벼락 치는 소리를 내지르며 저절로 닫혔다. 닫힌 문에 기대서서 맞은편 그녀의 현관문을 멀거니 바라보았다. 역시나 굳게 닫힌 맞은편 현관문 위로 그녀의 얼굴이 잠시 어른거리는 듯도 싶었다. 짧은 순간, 그녀가 내게 혀를 쏙 내미는 것처럼 느껴졌다. 용용 죽겠지, 하며.

3

 삽상한 바람이 귀밑머리를 기분 좋게 훑고 가던 저물녘. 그녀의 등뒤로 병풍처럼 펼쳐진 개웅산 골짜기엔 청보랏빛 어둠이 두껍게 켜를 이루며 내려앉고 있었다.
 석양이 지면 무슨 생각이 들어?
 그녀가 무료할 때면 나오는 특유의 버릇대로 빈 찻잔의 손잡이를 검지손가락으로 톡톡 건드려서 내는 달그락거리는 소리가 고요한 대기중으로 울려퍼지고 있었고, 탁자 밑 맨발에는 웃자란 잔디가 까끌하게 쓸렸다. 나는 성가신 잔디를 발바닥으로 쏙 문지르곤 저만치 밀친 운동화를 발가락으로 끌어와 신느라고 주의가 산만한 상태였다.
 음…… 오래 묵은 서답 같은 게 생각나요.
 원 사람하곤. 저토록 고운 노을 앞에서 서답 생각이 하고 싶을까.
 말을 할 때마다 그녀의 입가에 여덟팔자로 잡힌 주름이 선명하게 드러났다. 이마와 양볼은 그런대로 형태를 유지한 반면 입 주위의 살만 아래로 처져 그녀는 나이를 입으로 먹은 것처럼 보였다. 그렇다고 주름을 감추기 위해 입을 다물고 있으면 어쩐지 골이 난 사람처럼 보여 그것도 재미없었다.
 하여간 전 그래요. 석양이 지면 급한 김에 아무 데나 둘둘 말아 끼워둔, 남의 눈에 띌세라 조바심나는 서답 같은 게 짠 하고 나타날까봐 겁이 나요. 오래되어 냄새도 날아가고 색깔마저 누렇게 바랜, 잔뜩 배틀린 천뭉치 같은 것이 어딘가에 장아찌처럼 몰래 박혀 있다가 내 머리 위로 털버덕 떨어질까 두려워요.

주위가 어두워지면서 날파리와 모기가 떼로 날아들었다. 나는 팔과 다리를 흔들어 그것들을 쫓았다. 좀 전에 피운 모기향만으로는 정원에 날아드는 해충을 전부 쫓을 수가 없었다.

하하하…… 그래서 석양 무렵이면 사람들이 겸손해지나봐. 석양은 검은 머리를 흰머리로 바꿀 만큼 힘이 세기도 하지. 왜, 머리 밑이 가려우면 흰머리가 생긴다잖아. 전조로 머리 밑을 가렵게 만든 다음 핏빛 석양이 대지를 장엄하게 물들이면 검은 머리가 조금씩 세어지지. 진짜로 그렇다니까. 흰머리는 아침도 밤도 아닌 어중간한 저녁 무렵에 생긴대. 인간의 칠흑처럼 검은 머리를 하루아침에 새하얗게 만드는 건 찬란하게 떠오르는 태양이 아니라 이윽고 지고 말 저 석양이야. 그렇게 생각하면 석양이 고운 게 아니라 음험하게 느껴지지.

더는 희어질 머리도 없는 그녀가 손을 홰홰 저어 날파리를 내몬 뒤 찻잔과 모기향을 쟁반에 담았다.

잔딜 깎아야겠어요. 몇 달 사이 많이 자랐네요.

안 그래도 내일 관리사무소에 부탁할 참이었어.

그것이 그녀와 지상에서 나눈 마지막 대화였다. 정원의 잔디는 잘 손질되어 있었다. 계획대로라면 그녀는 다음날 관리사무소를 통해 사람을 불렀을 것이고 잔디를 다듬었을 테니, 적어도 그다음

날 죽지는 않았을 것이다. 넌 봤지? 베란다 쇠창살을 감고 올라간 나팔꽃 넝쿨에 눈을 주며 빈 정원에 한참을 쪼그리고 앉았다가 일어섰다. 일어서려는데 다리가 찌릿하게 저렸다. 척추를 타고 곧장 올라오는 찌릿한 다리 저림처럼 나도 아찔하게 저려졌다. 나팔꽃 넝쿨이 주르륵 여러 개로 나뉘어 일렁이다가 금세 쭈그러들었다.

4

처음부터 그녀는 묘했다. 묘하다는 느낌을 어떻게 전달해야 정확할까. 다른 사람과는 명확히 구별되면서도 세상의 잣대로는 분류하기 힘든 사람. 이름으로 명명되는 학창 시절이나 직장인의 시기를 훌쩍 뛰어넘은 여자들에게, 엄연히 이름은 있으되 이름이 거세된 중년 여자들에게 흔히 사용하는 '아줌마'라는 호칭을 쓰기엔 첫눈에도 늙어 보였고, 그렇다고 대뜸 '할머니'라고 부르기도 망설여지는 사람이었다. 거추장스런 성 정체성을 벗어던지고 세상의 흐름에서도 한발 빼고 돌아앉은 할머니라고 하기엔 아직도 눈언저리께에 여성적 수줍음이나 욕망이 얼핏얼핏 묻어났고, 굽은 사연을 안고 숨어 사는 사람으로 치부하기에도 지나치게 명랑하고 밝은 데가 많았다. 어느 것 하나 선입견을 갖는 데 일조하는 바 없었고, 그래서 난 이도 저도 아닌 저기요, 라는 호칭으로 희미하게 불렀다. 거기다 말을 할 때면 나이 든 사람답지 않게 어깨를 추켜올리는 습관마저 있었다. 자칫 경박해 보일 수도 있는 어깻짓이 그녀의 경우엔 되레 산뜻해 보였다. 저기요. 왔어. 저기요. 얼굴이 영 어둡네. 저기요. 인생이란 원래 엿 같은 거야. 딱 달라붙어 떼기도 힘들고 떼어내도 지저분하게 흔적이 남는, 숨기려야 숨길 수 없는 얼룩 같은 것이지. 저기요. 조금만 기다려. 금방 나갈게. 귓전을 쨍하게 울리는 목소리가 허공에 풀어지기도 전에 베란다 문이 활짝 열리고 잽싸게 정원으로 나왔어야 할 그녀가 이제는 없다. 어디에도 없다. 행동이 잽싼 사람은 죽을 때도 잽싸게 죽는 것인가.

그 동안 나는 얼마나 많이 저기요, 를 부르며 정원 안으로 들어섰던 것인지. 그 걸음은 일일이 셀 수 없을 것이다. 내가 산책을 핑계 삼아 정원 안으로 들어설 수 있었던 것은 그녀의 품이 넉넉해서도 너그러워서도 아니었다. 오히려 반대였다. 넉넉한 척 받아주어도 그녀의 내면엔 타인을 온전히 품지 못하는, 천성적으로 타고났다고밖에 할 수 없는 차갑고 까탈진 면이 면도날처럼 도사리고 있었다. 감추려고 해도 면도날은 어디선가 튀어나와 반짝, 몸체를 뒤집으며 햇빛을 새파랗게 쐬고 가곤 했다. 난 그 점이 좋았다. 내 슬픔과 괴로움을 일일이 겪지 않아도 알 것 같은 성품이, 그녀에게 결여된 그 무엇이. 실체를 안 지금에 와선 그 무엇이 대체 무엇인지, 그게 몹시 궁금하지만 어쨌거나 내 안의 시름을 쓰다듬어주던 유일한 사람이었다.

그녀는 나의 어찌해볼 수 없는 이 도저한 슬픔과 괴로움을 계모의 슬픔과 후처의 괴로움이라고 포크로 찍듯이 콕 집어 얄밉게 말한 사람이다. 아니, 그녀 말고도 한 사람 더 있다. 네가 혼기 놓친 노처녀라곤 해도 방문만 열고 나가면 맨 노처녀 천지다, 왜 네가 애 딸린 홀아비에게 가야 한단 말이냐, 자신의 가슴을 내리치다가 기운이 빠져 끝내는 머리를 싸고 누웠던 어머니. 그런 어머니도 막상 결혼식을 앞두고는 태도가 싹 바뀌었다.

행여 전실 자식 눈에서 눈물 빼면 내 손에 죽을 줄 알어.

치아 하나에 삼백만원씩이나 들여 새로 한, 평소엔 닳을세라 애지중지 아꼈던 임플랜트 의치가 망가지거나 말거나 어머니는 어금니를 뿌지직 깨물었다. 본처인 어머니는 우리나라 본처들만이 가진 이상한 연대감에서 벗어날 수가 없었던 모양이다. 세상 모든 후처들에 대한 뿌리깊은 반감을 당신의 하나뿐인 딸에게도 과감하게 드러냈다. 젊은 날 살그머니 바람을 피운 아버지의 전력까지 읊조리더니 급기야 내 등에 대고 주먹을 흔들었다. 전실 자식 밥 굶기면 넌 인간도 아니여. 후처살이 하러 가는 딸에게 어머니는 그것도 작별 인사라고 했다. 후처살이를 시작한 내게 그 말은 은연중 금과옥조가 되어버렸다. 그때부터 밥은 나의 신조였고 목표였으며 모든 것이었다.

큰일을 하려고 팔 걷어붙이고 나서면 누가 먼저 쑤시고 나오는 줄 아니? 가족이야. 그래서 영웅들은 옥좌에 오르자마자 형제들 목부터 따는 거라고. 누군 따고 싶어 따는 줄 아냐. 옆에서 깔짝깔짝, 무슨 일을 못 하게 사사건건 가로막고 나와요. 신하들이 죄 인정을 해도 형제들은 영웅의 능력을 인정하지 않아. 한솥밥 먹고 한 이불 속에서 뒹군 사이라고 자신과 비슷할 거라 착각하는 거지. 영웅은 고향에서 대접받기 힘들다는 말이 그래서 생긴 거라고. 힘들 때 가장 많이 도와주는 것도 가족이고, 곧 물에 빠질 듯 위태로울 때 제일 먼저 등 떠밀어 물속에 빠뜨리는 것도 가족이야.

그녀는 가족에 대한 정의를 그토록 야멸치게 내렸었다. 눈을 내리깔고 새치름하게 말하는 그녀에게 저기 명동에서요, 하며 또 속말을 헤프게 털어놓고 말았다. 때에 따라 입 밖으로 발설할 수 없는 말들이 있다. 그 속말은 감추고 마음에도 없는 두번째나 세번째의 말을 시부저기 뱉은 경험들이 왕왕 있을 것이다. 그녀는 어떠한 경우에도 상대방에게서 그 첫번째 속말을 이끌어내는 재주를 지니고 있었다. 심지어 새침한 표정을 짓고 있을 때조차도.

명동엘 간 적이 있어요. 명동 상업은행 앞 네거리요. 거긴 예나 지금이나 사람들로 넘쳐나잖아요.

명동…… 명동이라고 했나?

그녀의 눈동자가 자우룩 깊어지더니 시선이 사방으로 흩어졌다. 그땐 내 시름이 깊어 그녀의 얄궂은 시선 따윈 염두에 두지 않았다.

명동 상업은행 앞에서 못 볼 꼴을 봤어요. 길 가던 여자가 별안간 자기 애들을 공중전화부스 안으로 거칠게 밀어넣는 거예요. 그러더니 황소처럼 씩씩거리며 따귀를 올려붙이데요. 졸지에 당한 일이어서 두 아인 울지도 못하더라고요.

다글다글 끓는 초여름 햇빛이 정수리에 집중적으로 쏟아지던 날이었다. 그 햇빛보다 뜨겁고 번질거리는 수십 개의 눈들이 공중 전화부스로 쏠리고 있었다. 얼굴이 벌겋게 달아오른 아이 엄마는 그것도 모르는 것 같았다. 공중전화부스가 안이 환히 보이는 유리 칸막이라는 것도. 분홍색 뺨이 통통한 여자애들은 나들이옷 차림이었다. 깨끗하게 닦인 단화와 접어 신은 흰 양말이 햇빛에 유난히 반짝거렸다. 아무것도 보지 않고 보이지도 않는 아이 엄마는 오직 자신의 감정에만 충실했다.

 뺨을 때리는 것으론 성이 덜 풀렸는지 어깨에 걸고 있던 핸드백으로 애들의 머리통을 마구잡이로 갈겼어요. 십여 분 정도 시간이 흘렀나. 백주의 난투극을 마친 아이 엄마는 애들을 끌고 밖으로 나왔어요. 그러곤 시침 딱 떼고 가던 길을 다시 가는 거 있죠.

 애들이 무지하게 말을 안 들었겠지.

 전 다리가 꺾이데요. 한바탕하고 평온한 얼굴로 가는 아이 엄마와 끅끅 속울음을 울면서도 엄마의 손만은 꼭 잡고 가는 애들이 부러워서요. 전 그걸 못 하는 사람이잖아요.

 그게 계모의 슬픔이란 거지, 뭐.

5

 계모인 것도 서러운데 후처는 어떤 줄 아세요? 앞집 여자는 목이 늘어난 티셔츠에 무릎 나온 추리닝만 입고 살아요. 김칫국물이 묻은 티셔츠를 남편 앞에서 입고 있을 때도 많고요. 심하면 옷을 뒤집어 입기도 하죠. 머리는 주로 산발을 하고요. 눈 뜨자마자 화장부터 하고 보는 전 죽었다 깨어나도 그렇게 퍼지질 못해요. 앞집 아들이 등교할 시간이면 현관 밖이 어찌나 소란한지요. 불량한 그 아인 학교에 간다고 나와선 자기 집 현관문을 발로 뻥 차고 가요. 그럼 앞집 여자는 고등학생인 아들의 등에 걸레를 집어던지고요. 등교 인사로 걸레 세례를 받은 아이는 씨발씨발 상욕이란 상욕은 모두 해대며 승강기를 타지요. 승강기 문이 닫히기 직전 자기 엄마에게 감자를 먹일 때도 있어요. 망종도 그런 망종이 없죠. 저런 놈을 낳고도 좋다고 미역국을 퍼먹은 내가 미친년이지. 앞집 여자는 입에 거품을 물고 승강기 앞에서 발만 구르죠. 난 앞집이 파탄날까봐 걱정도 되고 솔직히 언제 파탄이 나나 기대도 하고 그랬어요. 어느 날 신문을 가지러 나갔다가 승강기 앞에서 발을 구르는 여자의 눈을 보게 됐어요. 속았다 싶데요. 그 눈은 금방 파탄날 집에 사는 사람의 눈이 아니었어요. 어쩜 쟤는 미워도 저렇게 예쁘게도 미울 수가 있나, 하는 복잡하고도 오묘한 눈빛이었지요. 여전히 입에 거품은 물고 있었지만요. 난 앞집 여자처럼 눈과 입이 따로 놀 수가 없어요. 그렇게 찐득찐득 엉기는 눈을 할 수도 없고요. 그건 손거울을 들고 연습해도 되지 않는 거지요.

   불가능한 영역이라고 미리 포기한 건 아니고? 후처입네, 계모입네 자신에게 주입시켜서 그런 건 아니고?

   내겐 원천적으로 봉쇄된 에너지가 아닌가 싶어요. 그뿐인가요.

우리 아이만 해도 그래요. 그 아인 내 앞에서 현관문을 발로 차질 못해요. 아무도 안 보는 데 가서 혼자 주먹을 부르르 쥐면 줬을까. 믿는 구석이 없어서일까요. 우리 아이도 수틀리면 욕을 퍼붓고 덤벼들기라도 하면 좋겠어요. 그럼 미친 여자 소리를 들어도 벙글벙글 웃고 다닐 거예요.

새 신발도 처음엔 아픈 법이야. 뒤꿈치가 몇 번 까져야 발에 맞지. 물건도 그런데 하물며 사람이야. 설마 물과 물이 섞이듯 완벽하게 섞이길 바라는 건 아니겠지. 각자가 모래라고 생각해. 따로 또 같이 쌓이다보면 어느 결에 모래산이 되기도 하잖아.

그 위에 사상누각이라도 세우란 말씀인가요?

모래와 모래 사이엔 틈이 있잖아. 그 틈에 시멘트 가루와 물이 들어가면 어떤 것보다도 단단하게 엉기지. 내 보기엔 당신의 어찌할 수 없는 마음과 눈물이 훗날 시멘트 역할을 톡톡히 할 거야.

한 걸음 한 걸음, 내가 디딘 자리가 물웅덩이거나 거름통이라고 느껴지는 날이 있다. 그런 날엔 비탄에 빠지는 일조차 사치에 해당된다. 어찌할 바를 모르고 쩔쩔매거나, 도낏자루나 정에 맞은 것처럼 멍한 상태가 지속된다. 그즈음 아이는 내가 지은 밥을 먹지 않았다. 중학교에 들어가면서부터 밥을 거부했다. 갓 지은 밥을 뜨겁게 먹어주던 초등학생 아들은 더이상 세상에 존재하지 않았다. 금방 푼 밥에서 피어오르는 김이 아들의 얼굴을 가만가만 건드릴 때, 붉어진 제 얼굴을 공기 위로 들이밀어 흐뭇한 표정으로 김을 쐬고 있을 때, 친모와 계모의 경계는 그 훈김으로 인해

지워지고 뭉개졌다. 밥의 김을 쐬는 아들의 얼굴을 바라보는 것만으로도 기쁨이 강물처럼 차오르고, 아직은 낯선 이 강에서 아무 생각 없이 물장구를 치고 놀다가 익사나 하게 되는 건 아닐까, 지레 걱정이 될 정도였다. 세 식구가 단란하게 식탁에 둘러앉아 입속의 밥알이 튀는 것도 모르고 깔깔 웃어젖히던 어느 저녁나절. 뚜껑이 열리기가 무섭게 두 개의 머리가 전골냄비를 향해 쏜살같이 박히던 휴일 한때. 냄비의 바닥이 드러나도록 숟갈질을 멈추지 않던 세 개의 착한 오른손들. 잠깐이었지만 행복해서 손가락이 간질거리던 시절이었다. 그러나 밥을 거부하면서 아들의 얼굴이 변하기 시작했다. 표정도 웃음도 목소리도 사라졌다. 오로지 반들거리는 눈만 있었다. 말 못 하는 아기가 울면 친모는 울음소리만 듣고도 원인을 안다고 한다. 울음의 크기와 반복 횟수, 소리의 길이 등으로 배가 고픈 것인지, 기저귀가 젖은 것인지, 졸린 것인지 짐작할 수 있다고 했다. 난 그걸 알 수 없었다. 계모의 한계였다. 친모 자리를 넘보지 못한다면 차라리 현명한 계모가 되자. 짐승만큼 하면 부모 노릇, 자식 노릇 잘하는 것이다. 스스로 다독였다. 하지만 끼니때가 닥치고 또 밥 먹지 않는 아이를 보면 굳은 다짐은 어디론가 새어나가고 까칠한 분기만 독사의 혀처럼 남아 널름거렸다.

적어도 짐승은 어미의 사랑을 거부하지는 않는다. 너의 거부가 나의 문제이고 우리의 문제다.

내 눈은 냉정하게 얼어붙고 아이는 놓치지 않고 차가운 내 눈을 읽었다. 이악스럽지는 않지만 영악한 아이였다. 영악한 전실 자식은 절대로 사랑스러울 수가 없다. 아이가 내 눈을 읽지 않고 눈치를 살피지 않았다면 그땐 사랑스러웠을까? 그것도 알 수 없었다. 반들거리는 지금의 네 눈은 너에게 못이 될 것이다. 넌 평생 심장에 못 박힌 아이로 살아가겠지. 때론 그 못이 성공의 에너지원이 될 수도 있지만 생을 마칠 때까지 넌 진정으로 누굴 사랑하지도, 누군가에게 사랑받지도 못할 것이다. 채워도 채워지지 않는 결핍감으로 벌벌 떨며 한 생을 마칠 거야. 심장이 멈출 무렵이 되어야 못에 녹이 슬고 못 친 자리가 느슨해질 테니. 아이야, 최소한 네 심장에 못 박은 사람은 되고 싶지 않구나. 늦기 전에 내 손을 잡아주겠니. 내 눈은 뾰족하게 품었던 분기를 발산한 후에만 간절해졌고, 돌아앉은 아이의 침묵에 젖은 등허리를 더듬다 제풀에 지쳐 풀썩 사그라졌다. 서른 번쯤 몰래 만나 서로에게 흥미를 잃은 불륜 커플의 섹스처럼 우린 언제나 마주하지 못했고 적절한 시기를 놓쳤다.

저더러 때를 기다리란 말씀인가요?

밥 먹지 않는 아인들 속이 편할까. 사람 사이의 관계라는 게 그래. 핵무기 같은 걸 암암리에 하나씩은 숨기고 있어요. 뻑 하면 위협용으로 꺼내 쓰는 사람도 있고, 지하 벙커에 안전하게 모셔두기만 하는 사람도 있고.

그녀의 말을 곰곰 곱씹어보면 조폭 냄새가 나긴 했다. 쑤신다는 말도 그랬지만 목을 딴다는 말이 걸렸다. 목을 베는 게 아니라 딴

다니. 할머니들이 쓸 법한 말은 아니질 않은가. 돌이켜보면 그녀는 할머니들의 용어를 쓰던 사람은 아니었다.

6

명동이라고 했나? 제 애를 개 패듯 패던 여잘 만난 장소가.
네. 명동 상업은행 자리요.
그로부터 며칠 뒤 비바람이 사납게 불던 날이었다. 아이는 가시 돋친 밤송이 같은 머리를 하고 자기 방의 문을 잠갔고, 마지막 남은 내 인내심마저 바닥이 날 지경이었다. 나는 끓는 속을 풀기 위해 우산을 쓰고 집을 나왔다.
내가 해장국이야? 속 풀 일이 있을 때만 찾게.
바람에 뒤집어진 우산을 현관 앞에 세워두고, 눈을 흘기는 그녀를 따라 안으로 들어갔다. 중동산 향차라며 그녀가 말린 꽃잎이 깔린 유리주전자를 내왔다. 뚜껑을 열고 뜨거운 물을 부었더니 꽃잎에서 우러난 찻물이 찰랑거리며 투명한 유리주전자에 칠 부 가량 차올랐다. 아주 유혹적인 노란색이었다. 그녀가 차를 따르자 흰 잔에 그려진 팬지가 노란 물을 머금은 것 같았다. 캐모마일이라고 불리는 차의 향은 독특하고 신비로웠다. 나로선 맡아본 적도 없는 향이었다. 계모, 후처, 전실 자식 따위의 단어가 풍기는 미묘한 뉘앙스. 거기서 파생되는 복잡다단한 일들. 그 모든 일의 기저에 깔린 저열한 감정들과 하루하루 싸우다보면 맵고 짠 음식이 입에 맞게 마련이었다. 비속함으로 찌든 속은 달달한 싸구려 커피만이 위무해주었다. 신비, 이런 것들과 무관하게 산 세월이 도대체 그 얼만가.

 명동 상업은행 자리, 거기서 청춘을 보냈네.

 그녀의 말이 귀에 들어오지도 않았다. 속 편하고 몸 편한 노인네. 복도 복도 어쩜 이리 푸지게도 많을까. 비가 내리면서 기온까지 떨어져 늦여름이라곤 해도 제법 쌀쌀한 날씨였다. 뜨거운 차가 들어가자 긴장이 풀리고 몸의 누기도 가시면서 자연스레 눈 주변이 헐거워졌다. 내 말이라면 자다가도 일어나 귀를 기울이는 그녀와 달리 난 그녀의 얘기를 듣는 척하며 실내를 톺아보고 있었다. 풀린 눈치고는 쫀쫀한 눈길이었다. 머리를 맑게 해준다는 향차 때문인지도 몰랐다. 중동산 향차를 수입해 먹는 건 늙은이의 호사라 여겨도, 혼잣몸에 해놓고 사는 것 좀 보라지. 정원에서는 더없이 착하게 굴다가도 초대를 받아 안으로 들어오면 나도 모르게 살짝 삐치곤 했다. 그녀도 눈치를 챘는지 집 뒤에 조성된 개인용 정원에서만 만날 뿐 나를 실내로 들이는 일은 흔치 않았다.

 난 육칠월 만물의 메뚜기 뒷다리에 치여 죽은 영감도 없어.

 처음 만나던 날, 그녀는 독신이라는 말을 그렇게 표현했다. 그땐 적적하겠다느니, 쓸쓸하겠다느니 그런 유의 입치레를 했을 것이다. 그러면서도 메뚜기 뒷다리에 치여 죽을 만큼 매가리 없는 남편이라면 숫제 없는 게 나아요, 구들더께처럼 골골거리며 방바닥에 붙어 있을 테니 없는 게 복이라면 복이죠, 하는 다분히 심술궂은 눈으로 주방과 거실과 와인바를 훑었다. 전에 왔을 땐 이가 빠진 듯 군데군데 비어 있던 와인셀러에도 새로운 와인이 채워져 있었다. 장식용이 아니라 실제 난방용으로 쓰는 벽난로와 화목이 얼기설기 쟁여져 있어 그 자체만으로도 그림이 되는 나무 데크, 바닥에 깔린 얼룩무늬 대리석도 심통이 날 지경인데 타운하우스의 내부는 자그마치 삼층으로 이루어져 있었다. 주막집 봉놋방에 누워도 고자 옆은 피해서 누울 성싶은 그녀는, 복 많은 사람답게, 세 층을 혼자 쓰고 있었다. 일층은 맛이 살짝 가긴 했지만 여전히 화려한 유럽 풍의 거실과 호박색의 호두나무 식탁이 돋보이는 주방, 실내온도가 십육 도에서 십팔 도로 항상 유지되게끔 이십사 시간 에어컨이 돌아가는 와인바가 있었고, 이층과 삼층은 침실이었다. 그녀는 매일 층을 바꿔가며 잠을 잔다고 했다. 오늘은 이 방, 내일은 저 방 하는 식으로 바쁘게 돌아다니며 잔다는 것이다. 그 말을 들었을 땐 팔자가 늘어진 노인네의 변덕쯤으로 치부하고 말았는데 가만 생각하니 엽기적인 행각이 아닌가. 혹시 이층과 삼층의 침실들은 실내장식이 전부 똑같은 게 아닐까? 내친 김에 틈을 봐서 이층과 삼층도 엿볼 요량으로 건성건성 대꾸하며 그녀의 말이 끝나기를 기다렸다.

7

　내 어머닌 벙어리였네. 아버진 대장장이였고. 아버진 집 옆에 딸린 대장간에서 살다시피 했네. 사철 러닝바람으로 풀무질을 하거나 벌겋게 단 낫을 망치로 두드렸지. 아버지의 망치 소리가 귀청을 뚫을 듯이 크게 울리는 날이면 우리 모녀는 숨을 죽여야만 했어. 병신 꼴값한다는 말을 참는 거라고, 어머니에게 풀어야 할 화를 쇠에게 대신 푼다고 생각했지. 어머닌 두 손이 갈퀴가 되도록 네 마지기의 보리농사를 혼자 짓고, 무릎 연골이 닳아빠질 때까지 산버섯을 따고, 집 앞 냇가에서 물 위에 사각의 유리경을 대고 주운 다슬기를 장에 내다팔았지. 날 고등학교에 보낼 작정으로. 장애를 가지지 않고 태어난 내가 고마워서, 날 보면 감사하다고, 내 딸이라도 넌 참으로 감사한 아이라고 어머닌 발그레 물든 얼굴로 입술을 벙긋거리며 수화로 말하곤 했어.
　저도, 사랑해요, 라는 말은 수화로 할 줄 알아요.
　요즘은 장애우가 아닌 일반인도 재미 삼아 많이 하더라만…… 영화 흉내를 내는지 지하철 이쪽저쪽에서 연인끼리 수화로…… 그 꼴을 보면 난 지금도 울컥해. 수화가 얼마나 아픈 말인데, 얼마나 간절한 동작인데. 그걸…… 나는 수화를 잘하면서도 어머니에겐 수화로 말한 적이 없었어. 난 어머니의 착한 딸이 못 되었네. 골탕을 먹이려고 일부러 말로 하면 어머닌 바보 같은 표정으로 내 입모양을 읽기에 바빴지. 아버진 대장간에서 달군 쇠를 두드리는 것으로 견뎠지만 나는 어머니에게 포악을 퍼부으며 자랐지. 그런 내게 어머닌 언제나 수화로 고맙다고만 했어. 네가 이러는 건 멀쩡한 사람이라는 걸 증명하는 거니까 자기로선 더없이 고맙다고. 삼베처럼 거친 손으로 내 볼을 감싸기라도 하면 병신……이라고 쏘아붙이곤 어머니의 가슴을 떠밀어냈지. 그런 날엔 황금빛으로 물든 보리밭 고랑 속에 숨어들어가 온종일 흐느껴 우는 게 일이었어. 울다가 울다가…… 보리를 흔들고 가는 바람 소리에 귀 기울이면 스스슥스스슥, 하는 소리가 나야 하는데 우리 밭고랑에선 병신병신병신, 하는 소리만 나는 거였어. 고개를 들고 활활 타는 눈으로 바람이 부는 방향에 따라 이리저리 드러눕는 보리의 물결이나 노려보다가 냇가 방죽에 나가 앉아 해가 지기를 기다렸네. 봄이면 잔디처럼 짧고 억센 잡풀이 촘촘하게 돋던 방죽 위에선 물새들이 떼를 지어 서쪽으로 날아가는 게 보여. 신기하게도 석양 무렵에만 새들이 찾아오거든. 흰 날개를 펄럭이며 발갛게 불타는 빛무더기 속으로 날아가는 새떼를 보며 나도 저 새들처럼 날아가리라, 모든 걸 버리고 떠나리라, 굳게 마음먹었지. 그러면 부릅뜬 두 눈에도, 뒤를 바싹 쳐올린 상고머리에도 붉은 물이 드는 것만 같았어. 아버진 내가 공부하는 걸 나서서 말렸거든.

왜요?

고향에선 딸을 고등학교에 보내는 집이 드물었으니까. 분수에 맞지 않는 일이라고 당신들과 같이 살자고 했어. 아버진 자신의 감정에 솔직한 사람이었지. 어머니만 여길 떠나서 많은 걸 배워야 한다고 우리 걱정은 말고 멀리 가서 살라 했고, 난 그걸 참을 수가 없어서 어머니에게 악을 썼지. 어머닐 두고 차마 발길이 떨어지질 않아서. 서울의 한 여고에 입학하던 날, 어머닌 무릎이 닳도록 다 슬기를 주워 판 돈과 보리 판 돈을 내 손에 쥐여주었어. 다신 여기 내려오지 마라. 돌아보지도 마라. 돈은 네 아버지 몰래 부쳐주마.

아까부터 그녀의 얼굴빛이 창백해서 은근히 걱정되었다. 남은 차를 마저 마시고 유리컵에 생수를 따라 그녀에게 주었다.

어머닌 안 거지. 날 때부터 서러움을 팔자처럼 싸안고 태어나는 사람도 있다는 걸. 그런 사람에게 멸시까지 따라붙으면 비루와 남루는 한통속으로 곁들여지고 다리의 오금마저 꺾인다는 걸. 가슴이 싸악 무너지고, 그리고 암전. 전혀 다른 인간이 되는 거지. 어머닌 그걸 안 거야. 책을 방바닥에 깔고 자는 것쯤이야 지금 생각하면 고고한 서러움이야, 고고한.

책을 방바닥에 깔고 자다뇨?

이건 냉방에서 겨울을 나본 사람들만 아는 지혜인데. 한겨울 냉방에 발을 디디면 발바닥이 쩍쩍 달라붙는 게 바깥보다 방이 더 추워요. 방바닥에 책을 깔고 그 위에 요를 덧깔면 냉기가 차단돼 한결 덜 춥지. 책의 두께가 고르지 않아 겁나게 등은 배겨도 얼어 죽진 않거든. 울퉁불퉁한 잠자리에서 하룻밤만 자면 요령도 생겨요. 두께가 비슷한 책끼리 모아 등과 엉덩이가 닿을 부분만 평평하게 높이를 맞춰 깔면 머리와 다리 밑은 울퉁불퉁해도 잘 만해. 난 그렇게 여고를 다녔네. 여고를 졸업하던 해부터 근 십 년 가까이 명동의 주류도매상에서 경리로 일했어. 거기서 돈을 배우고 상업은행 뒷골목에 즐비한 사채시장에서 경제감각을 익혔네. 경리를 관두고 모은 돈으로 미제물건 장수에서 어음할인까지 여자의 몸으로 안 해본 게 없었지. 어머닌 가정을 꾸리며 살길 바랐지만 난 기꺼이 돈을 택했네.

오라, 할 짓 못 할 짓 다 해가며 번 돈이군요.

나는 귀를 쫑긋 세우고 그녀의 얘기 속으로 빨려들어갔다. 이층과 삼층의 침실을 엿볼 계획 같은 건 이미 물 건너간 지 오래였다.

8

빠가사리는 위험에 처하면 가슴지느러미를 관절과 마찰시켜 빠각빠각 소리를 내거든. 그래서 다들 빠가사리라고 하는데, 그건 방언이고 표준어는 동자개야.

당신도 잡아본 적 있어?

그야 물론이지. 수염이나 거웃이 나기 시작하는 사내아이라면 누구나 포르노 잡지를 거치듯, 메기나 빠가사리 한두 마리쯤은 낚으며 사춘기를 보내기 마련이야. 요즘 애들은 어떤지 모르지만 우리 땐 그랬어. 친구들과 작당해서 개울로 몰려가기도 하고 아버지를 따라 바닥낚시 채비를 하고 본격적으로 나서기도 하고. 사나이들의 기개는 대개 그런 곳에서 배우고 익히지.

일찌감치 사내 낚시동호회에 가입해 회사 안팎의 동정은 물론이요 근자엔 어느 부서 누구에게 사람들이 많이 몰리는지, 회사의 내부사정을 훤히 꿰뚫는 남편은 요즘도 주말과 휴일을 이용해 빠짐없이 낚시를 다닌다.

 메기나 빠가사리는 오래된 수로나 저수지에서 서식하는데, 붕어를 잡을 때 하는 채비에 지렁이를 세 마리씩 꿰어 낚싯대를 던지면, 붕어와는 입질이 다르게 옆으로 살살 끌고 가다가 찌가 한 번에 쑥 들어가. 이때 즉시 챔질하지 말고 오 초 정도 있다가 챔질하면 구십 퍼센트는 성공이야. 포인트는 수로라구, 수로.

 남편은 태평하게 처신했다. 적어도 남들 눈에는 그래 보였다. 그런 처신이 남편을 여태 회사에 붙어 있게 하는 건지도 모른다. 회사의 입장에서 보자면 남편은 잘라도 오래 전에 잘랐어야 할 나이 많고 무능한 직원이었다. 매사 늘쩡거리는 그가 업무보다 낚시에 열성을 보이는 데는 그만한 이유가 있다. 일테면 수로 찾기였다. 그날도 서해안으로 밤낚시를 간다며 집에 오자마자 낚시도구부터 챙기던 참이었다. 남편은 챙이 찌그러진 낚시모자를 머리에 얹듯이 쓰고 나서며 말했다.

 빠가사리는 오염된 수질에서도 끄떡없이 사는 독한 놈이야. 등지느러미에 가시가 있어서 찔리면 되게 아파. 당신도 봤을걸. 메기랑 비슷한데 등과 옆구리에 큰 직사각형의 암갈색 반점무늬가 있는 놈. 요런 놈은 잡은 즉시 매운탕을 끓여야 돼. 그 자리에서 한 수저 맛보면 그 맛, 죽이지.

열기가 채 식지 않은 오후의 햇빛이 아파트 입구에 세워둔 승용차 위로 강하게 내리쬐고 있었다. 손으로 얼굴을 가리고 서 있는데 활짝 올려진 트렁크 모서리에서 반사된 빛이 눈 속을 날카롭게 파고들었다. 빠가사리의 가시에 찔리면 이럴까. 갑자기 고인 눈물 때문에, 낚시도구를 트렁크에 넣느라고 허리를 구부린 남편의 모습이 어룽어룽 번져 보였다.

아이와 난 임시 휴전중이었다.

기를 쓰고 방 안으로 숨는 아이를 불러낼 방법이 없었고 굳이 부르려고 하지도 않았다. 가만히 내버려두었다. 그녀의 죽음 이후 일이 손에 잡히질 않았다. 막막함이 간단없이 스미어 전신의 맥이 풀어져 있을 때에도 '개봉동 빠가사리'에 대한 의혹은 질기게 따라붙었다. 청소기를 돌리다가, 냉장고 문을 열다가 순간적으로 아릿한 슬픔이 차올라 잠깐씩 몸이 내둘릴 적에도 내 눈은 의혹으로 반짝거렸을 것이다. 아이의 반들거리는 눈과 반짝이는 내 눈. 남편이 없는 주말과 휴일, 정적이 감도는 집 안에 네 개의 눈동자만 되록되록 허공을 떠다녔다.

그녀는 솜털이 보송한 처녓적부터 미제물건 장수나 어음할인을 해서 돈을 벌었다고 했다. 생의 어느 갈피, 삐끗 발을 헛디며 조폭 쪽으로 기울었을 수도 있겠고 어쩌면 돈을 찾아 부나비처럼 날아들었을 수도 있다. 자고로 독하게 시집살이를 한 사람이 독한 시어머니가 된다고 했다. 돈이라면 안 해본 것 없이 다 한 사람이 조폭인들 가렸을까. 어느 해 겨울인가 벽난로에 구우려고 고구마를 집어넣다가 부젓가락을 잘못 놀려 고구마가 소파 근처까지 굴러간 일이 있었다. 세 발짝쯤 떨어진 곳에 있던 그녀가 부젓가락을 날려 구르는 고구마를 멈추게 했다. 칼로 자르기도 힘든 생고구마에 부젓가락을 꽂던 솜씨하며, 할머니답지 않게 잽싼 동작이며, 걸음걸이 또한 예사 걸음걸이는 아니었다. 삼바나 차차차, 탱고의 스텝을 연상시켰다. 모든 것이 퍼즐 조각처럼 착착 맞아떨어졌다. 벙어리 어머닌 이 사실을 알았을까. 삼베처럼 거친 손으로 조폭이 된 딸의 얼굴을 어루만지며 이지러진 표정으로 껙껙 울었을까.

9

안개는 걷힐 기미가 보이지 않았다. 하늘에 구름까지 껴서 낮인데도 밤처럼 어두웠다. 오후 두시가 되자 침침한 거리에 가로등이 켜졌다. 발이 자꾸 엉켰다. 내딛는 걸음보다 마음이 두 걸음쯤 앞서가서 뒤에서 보면 상체가 지나치게 앞으로 기울어 자빠지기 일보 직전에 처한 사람처럼 보일 것이다. 앞을 향해 맹목적으로 열린 눈과 연이어 떨리는 눈꺼풀 탓에 더욱 그래 보일지도 모른다. 안개가 스멀스멀 낀 길이어서 내가 길을 가고 있는 게 아니라 길이 날 부르는 듯, 길이 내게로 달려오는 듯했다. 약수터 자드락길에 당도할 무렵에야 안개가 조금씩 묽어지면서 겨우 앞이 트였다. 웬일로 그녀의 정원 쪽 베란다에 외등이 켜져 있었다. 등갓에 싸여 타원형으로 비치는 주홍 불빛은 안개 속에 뜬 조등처럼 보였다.
 쫑쫑아.
 누군가 베란다의 문을 열고 정원으로 나왔다. 새로 이사온 사람인가 해서 나는 흰 철책으로 바투 다가섰다. 삼십대 초반이나 후반쯤? 핏기라곤 없어 뵈는 창백한 얼굴의 여자가 헐렁한 카디건의 앞섶을 두 손으로 여민 채 사방을 두리번거렸다. 쫑쫑아. 복식호흡을 하는 사람들이 참았던 숨과 함께 토해놓는 듯한, 한 음절씩 끊어서 뱉는 소리. 낮고도 느린 음울한 목소리였다. 그때 향나무 뒤편 어스레한 곳에서 작은 물체가 튀어나와 여자에게 쪼르르 달려갔다. 흰 털이 복슬복슬한 애완견이었다. 여자는 쪼그리고 앉아 개의 등을 쓰다듬으려 했고, 개는 여자가 신은 슬리퍼를 물어뜯으려고 해서 여자와 개는 가벼운 실랑이를 벌였다. 이마 위로 흘러내려 자꾸 눈을 가리는 앞머리를 쓸어넘기기 위해 여자가 고개를 위로 쳐들었다. 그 순간 여자의 눈과 내 눈이 마주쳤다. 여잔 그 자세 그대로 미동도 하지 않고 날 주시했다. 비스듬히 드러난 여자의 오른쪽 옆얼굴이 보였다. 세상에…… 오른귀가 둘인 사람도 있었다.
 여자는 날 못 본 것처럼 무심한 얼굴로 다시 고개를 돌렸다. 꼬리를 빳빳이 세우고 발치에서 끙끙거리던 개는 기어이 여자의 발에서 슬리퍼를 벗겨냈다. 슬리퍼를 입에 문 개가 빠르게 도망쳤다. 흰 개는 금세 뿌연 안개 속에 파묻혔다. 슬리퍼가 벗겨지면서 놀란 여자가 벌떡 일어서는 바람에 긴 머리가 흔들렸고, 머리에 가려져 있던 왼쪽 귀마저도 드러났다. 한 발은 슬리퍼를 신고 한 발은 맨발인 채로 집을 향해 걸어가는 여잘 보는데 그만 심장이 얼어붙는 줄 알았다. 저건 안개가 만들어낸 환영일 뿐이야. 여자의 왼귀 위에 또 귀가 붙어 있었다. ……여잔 귀가 도합 넷이었다.

10

 나는 꿈을 꾸었거나 환영을 본 줄 알았다. 귀가 넷인 여자, 무슨 상징처럼 털이 복슬복슬한 흰 개, 그 개가 물고 사라진 슬리퍼 한 짝, 조등처럼 빛나던 베란다의 주홍 불빛. 그만하면 꿈의 계시나 암시로 충분했다. 게다가 무진장 끼어 있던 안개 탓에 현실감이라곤 조금도 없었다. 이튿날 날씨가 화창하게 개자 연극 무대에 올린 한 편의 무언극을 감상한 게 아닐까 하는 생각이 들 정도였다. 나는 여자에 대한 궁금증 때문에 늘 산책하던 저녁시간까지 기다리지 못하고 훤한 대낮에 약수터로 갔다. 줄을 서서 약수를 받은 후 자드락길을 지나면서 보니 정원에 철책이 사라지고 대신 공사중이라는 팻말이 붙어 있었다. 작업모를 쓴 할아버지 한 분과 인부들이 철책이 있던 자리에 투명한 가림막 같은 걸 세우고 있었다. 할아버지의 인상이 서글서글한 데 용기를 얻어 그게 뭐냐고 했더니, 당신 딸이 소리에 민감해서 방음벽을 설치하는 중이라고 했다. 그럼? 머리끝이 쭈뼛 곤두서는데도 애써 심상한 얼굴로 물었다.

따님이 음악을 하나보지요?

내 말에 할아버지는 웃으며 딸의 귀가 특별하게 생겨서 그렇다고 아무 거리낌 없이 대답했다. 할아버지의 '특별'이라는 말 속에는 '매우 귀함'이라는 의미가 내포되어 있었다. 내 딸은 당신들과는 다르게 매우 귀한 귀를 가졌다는 식으로 들렸다. 쭈뼛 곤두서려던 머리끝이 스르륵 주저앉았다. 말은 어떻게 하느냐에 따라 다르게 들린다. 할아버지의 언어 선택은 나쁘지 않았다.

혹시 내 딸을 보셨소? 얼굴빛을 보니 이미 알고 묻는 것 같기도 해서 말이요.

네. 사실은 어제……

많이 놀랐겠구려. 내 딸을 처음 본 사람은 다들 댁 같은 얼굴이 되곤 합디다.

불시에 정곡을 찔린 난 당황했고, 손에 쥐고 있던 물통을 귀한 차라도 되는 것처럼 할아버지 앞으로 불쑥 내민 것도 그래서였을 것이다.

요 뒤 약수터에서 약수 떠오던 길인데 드실래요?

그럽시다. 안 그래도 목이 말랐는데. 여기 약수터 물맛이 그렇게 좋다면서요.

할아버지는 약수를 받아 달게 마셨다. 그러곤 목에 걸고 있던 수건을 잔디 위에 깔아 자리를 마련한 뒤 잠깐 쉬어가라고 했다. 딸을 위해 이웃과 트고 지내려는 의지도 엿보였지만 그보다는 워낙 붙임성이 좋은 사람인 듯했다.

우리 딸애는 귀만 그럴 뿐이지 모든 게 정상이요. 다른 이보다 소리가 잘 들리는 게 힘이라면 힘일까. 어릴 땐 작은 소음에도 예민하게 반응해서 가슴을 졸이곤 했는데 이젠 그럭저럭 적응이 된 모양입디다. 난 들을 수 있어도 다른 사람은 못 듣는구나, 스스로 살펴 감출 건 감추고 해서 지금이야 크게 신경쓸 일이 없어요. 그래도 귀가 둘이나 더 있으니 흉하긴 하지요.

귀만 제외한다면 미인 축에 끼는 얼굴이었다. 그렇지만 긴 머리에 가린 네 개의 귀까지 놓고 본다면 미인은 고사하고 간담이 떨어지지 않은 것만도 다행이었다. 얼굴에 귀가 네 개나 있다는 것은 손가락이나 발가락이 한쪽에 열 개씩 붙은 것과 다를 바 없었다.

요샌 의술이 발달해서……

왜 시도를 안 해봤겠소. 하다 하다 외국까지 갔었죠. 의사들 말이 귀를 떼어내는 건 문제도 아니라고 합디다. 다만 귀는 섬세해서 잘못 건드리면 귀와 연결된 다른 기관까지 못 쓸 수가 있다네요. 균형감각이 무너질 확률이 칠십 퍼센트가 넘는다고, 휠체어에 앉아서 평생 살 각오를 해야 수술을 해주겠대요. 그러니까 딸애는 그냥 살겠다고 합디다. 태어날 때부터 귀 네 개로 살다보니 불편하지 않다고, 작은 소리도 못 듣는 귀 두 개에 맞춰서 살 필요가 어디 있냐, 얼굴에 귀가 두 개만 있어야 한다는 판단은 위험하지 않느냐, 그래요. 우리 딸애로선 그럴 만도 하지요. 사실 귀가 네 개라고 해서 남에게 피해를 주는 건 아니잖소? 남과 다르다는 게 그렇게 지탄받을 일인가 싶기도 하고요.

 할아버지의 말끝에 역정기가 조금씩 묻어나면서부터 앉은 자리가 불편해지기 시작했다. 나는 그녀에게 작별이라도 고하는 양 약수터를 품은 개웅산 자락과 자드락길, 그녀의 손길이 자주 닿았을 아기자기한 정원, 아름다운 타운하우스, 무엇보다 끝내 훔쳐보지 못한 이층과 삼층의 침실을 아쉬운 눈으로 천천히 훑었다. 방음벽을 설치하던 인부들도 일손을 멈추고 길가에 서서 한담을 나누고 있었다. 난 기회를 봐서 일어설 생각이었다.

 이 집을 사서 이사 오신 건가요? 꽤 비싸죠?

 이 동네가 개봉동이긴 해도 타운하우스의 집값은 강남의 대형 아파트보다 비싸다는 소문이 돌았었다.

 웬걸요. 제 에미가 딸애에게 물려준 집이랍니다.

 말갛게 닦인 유리잔 한 박스가 눈앞에서 와장창 박살이 나는 듯했다. 그와 동시에 내 목소리가 내가 듣기에도 불편할 만큼 떨리고 있었다.

 여기 사시던 분을…… 말씀하시는 건가요? 얼마 전에 돌아가신……

 그렇소.

 독신이라고…… 들었는데.

 그녀는 분명히 말했다. 육칠월 만물의 메뚜기 뒷다리에 치여 죽은 영감도 없다고.

 내 전처를 아시오?

네…… 친했는걸요.

　몹쓸 사람. 그리 서둘러 갈 것을 왜 그랬는지…… 그 사람 본디 심장이 약했습니다. 죽을 날을 미리 안 사람처럼 딸애의 방을 가지가지로 꾸며놨습디다. 침실이며, 옷방이며, 서재까지…… 딸앤 몸만 들어왔지요. 우린…… 명동성당에서 결혼했습니다. 그 시절 잠깐은 좋았지요. 아이가 태어나면서부터 상황이 달라졌어요. 전처는 갓난애를 한사코 보지 않았습니다. 품에 안기려고 하면 파랗게 질려 뒤로 넘어가데요. 물론 흉측하지요. 괴물이라고 뒤에서 수군대는 소리도 들렸으니까요. 벙어리 어머니에 딸마저 그랬으니 그 사람에겐 재앙 같았을 겁니다. 그래도 그렇지. 제 속으로 낳은 제 새끼 아닙니까? 살겠다고 고물고물하는 어린것한테 젖 한 번 물리지 않은 사람입니다. 갓 낳은 딸애를 윗목에 엎어두지 않은 것만도 고맙다고 해야 할 지경이었으니까요. 그 사람, 끝까지 딸애를 안 봅디다. 딸애가 백일도 넘기기 전에 눈물 한 방울 없이 돌아서서 이혼하자고 덤비는데…… 저것도 사람인가 싶어서…… 오만 정이 떨어지데요. 제 에미한테 버림받은 딸애를 누가 키운 줄 아십니까? 벙어리 외할머니가 받아 키웠지요. 주말마다 처가에 내려가면 보이지 않는 끈으로 묶인 것처럼 두 사람은 산으로 밭으로 시내로 다니며 참 다정도 했더랬습니다. 네 살 적부터 할머니의 귀 노릇을 딸애가 했으니까요. 제 에미가 할 일을 그 애가 귀를 넷씩이나 달고 나와 대신 한 겁니다. 이 나이 되도록 살아보니 인생이란 그런 겁디다. 그런 거예요…… 우리 앤 벙어리 할머니와 오래 살아놔서 말이 약간 늦지요.

　……!

　딸도, 부모도, 남편도 가차 없이 버린 전처는 천지간에 홀로되어 미친 듯이 일에만 매달리더군요. 혹시 '개봉동 빠가사리'라고 아실라나……

　더이상 남은 의혹도 없었고, 그녀에 대한 궁금증도 말끔히 사라진 뒤였다. 조폭이건 뭐건 그녀의 직업 따위 관심도 없었다. 그런데도 할아버지의 이야기는 좀체 끝날 것 같지 않았다.

　주식의 귀재. 신문 경제면에서 더러 봤을걸요. 명동 시절부터 본명보다는 이 별명으로 많이 알려졌지요. 그 사람, 치고 빠지는 데는 선수였습니다. '개봉동 빠가사리'가 훑고 가면 개미들이 떼로 몰려들곤 했으니까요. 주가가 오를 땐 돈을 긁다시피 했시요. 장인 장모가 돌아가신 후론 돈을 우리에게 송금했어요. 처음엔 안 받았지요. 미쳤습니까? 자식 버린 에미의 돈을 받게. 재혼한 지금의 아내도 펄쩍 뛰었어요. 이혼한 전처가 후처까지 먹여살린 예는 동서고금에도 없다고. 그런데 전처가 말을 안 들어요. 그 고집 누가 당하겠어요. 우리 모두를 버렸시만, 우리 모두를 먹여살린 건 그 사람입니다. ……왕래야 없었습니다. 딸애가 입원을 하면 그제야 전처가 나타나요. 독한 사람이에요. 병원엘 와도 딸애는 안 보고 갑니다. 못 봅니다. 그런 사람이 병원 복도에서 집사람을 만나면 두 손을 아랫배에 모으고 구십 도 각도로 허리를 깊이 숙이고서 삼십 분이고 한 시간이고 고개도 들지 않고 그대로 있어요. 누가 보거나 말거나, 벌 받는 사람처럼. 병원 사람들 보기가 민망할 정도였지요. 그 성정 팔팔한 사람이…… 자기 어머니가 딸애를 데리고 있을 땐 고향 쪽으로 발걸음도 하지 않던 사람이 집사람에겐 깍두기들이나 하는 인사를 꼬박꼬박 해바쳤습니다. 아무리 말려도 소용없습디다. 나중엔 전처가 병원엘 오면 집사람이 숨기에 바빴으니까요.

 ……

 그런 사람이에요, 그 사람. ……뉘라서 그 속을 짐작이나 하겠습니까만…… 천지간에 홀로인 줄 알았더니…… 그래도 젊은 댁이 친구가 되어줬구려…… 이젠 편할까요? 그 사람……

 그로부터 한 사나흘 비가 주룩주룩 내렸다. 나는 무언가에 쏘인 것처럼 몸에 열꽃을 피우며 호되게 앓았다.

태중의 기억

현재는 분명한 현재인데 근과거는 원과거보다도
멀게 생각될 때가 있다. 아주 먼 영원처럼 생각되는 그런 한때.
태중의 기억처럼 느껴지는 고요한 한때.
그처럼 순서가 뒤섞여도 시간대는 어떻게든 서로 이어져 있다.

괴상하기 짝이 없는 그 술의 이름은 '계곡주'라고 했다.
자, 편하게 앉으시지요.
염색한 지가 오래되어 모근 부근은 새하얗고 머리끝 부분만 검어서 판다처럼 보이는 김상무가 대진 쪽 사람들에게 자리를 권했다. 배까지 둥글둥글 나온 품이 한눈에 봐도 김상무는 영락없는 곰이다. 바야흐로 자리도 무르익었고 다 된 밥에 코 빠뜨릴 일 없다는 듯 김상무의 얼굴은 마냥 푸근하다. 이차에서 거의 성사된 일이다. 대진에서 계약서에 사인만 하면 끝나는 셈이다. 김상무는 이참에 확실히 쐐기를 박을 모양이다.
어이 여기.
일행이 자리에 앉기도 전에 소리 없이 문을 열고 들어선 지배인에게 김상무가 손을 쳐들었다. 뒤이어 가운 차림의 여자가 룸으로 들어설 때도, 말릴 틈도 없이 가운을 벗은 여자가 탁자 위로 올라가 다리를 세우고 누웠을 때도, 키위와 수박 따위의 과일안주가 색색의 띠를 이루며 여자의 목과 옆구리, 다리 부근을 꽃잎처럼 에워쌀 때도 그 술의 이름이 '계곡주'라는 걸 몰랐다. 하필이면 이쪽으로 다리를 벌리고 누워서 정면으로 보이는 여자의 검붉은 음부가 조금 민망했을 뿐이다.

빠라빠라뿜 뿜빠라뿜. 마셔라, 마셔. 왕창 마셔.

그렇게 거쳐온 삼차였다. 탁자 위, 사람과 과일로 한 상 가득 차려지자 천장의 조명등이 물결처럼 굽이치며 여자의 알몸을 훑기 시작했다. 조명등에서 내쏘는 깊고 푸른 빛은, 빛이 닿는 모든 면을 심해처럼 보이게 했고, 탁자 위에 홀로 누운 여자는 바다에 빠진 듯이 보였고, 천장과 벽을 삼킨 파도가 일정한 간격으로 몰려와 여자의 상반신을 철썩 때리고 발 아래로 밀려가는 환각에 휩싸이게 했다. 바다에 침몰한 여자의 피부는 아이의 살처럼 연하고 말랑해 보였다. 취한 척 허벅지나 옆구리를 찌르면 금방이라도 짭조름한 바닷물이 흐를 것만 같다. 그런데도 누구 한 사람, 바지 앞지퍼 부분이 불룩해지지 않는다.

그 불 좀 꺼! 정신 사납잖아.

일행 중 누군가의 새된 항의에 조명등이 꺼지고 예의 할로겐 등이 켜졌다.

난 촌 출신이라 그런지 빤짝이는 건 무조건 좋두만.

또다른 힘없는 목소리는 완강한 침묵 속에 갇혀버렸다. 형광 불빛에서 보니 다들 희로애락애오욕, 칠정의 경계가 완전히 무너진 얼굴이다. 일차와 이차를 거쳐 여기까지 오는 동안 정욕 같은 말초적인 감각은 마비되고 한 가닥 호기심만 까칠하게 남은 눈치였다. 인간의 눈이란 얼마나 정직한 물건인가. 일말의 염치도 없이 벗은 여자의 은밀한 부위만 뚫어지게 주시하든가 침이라도 꿀딱 삼키는 순진함을 연출하면 좋겠는데 화류계 출신이라고 자처하던 김상무마저 한다는 말이, 가슴에 실리콘 넣은 거 너무 티난다, 였다. 아닌게 아니라 탁자 위에 누운 여자의 가슴은 달걀 프라이처럼 자연스럽게 퍼지질 않고 위로 봉긋 솟아 있다. 그런 말을 해도 여자는 무표정에 무반응이다.

고객에 대한 봉사정신이 없어요, 봉사정신이!

김상무가 여자의 얼굴 가까이 자신의 얼굴을 들이밀고 혀가 말리는 부정확한 발음으로 말했을 때, 조심성 없는 침의 파편이 여자의 얼굴 여기저기로 튀는 게 보이는데도 여자는 눈도 깜박거리지 않았다. 도자기로 만든 인형 같았다. 어쩌면 사람보다 인형으로 보이는 게 나을지도 모른다. 그렇게 보이도록 고된 훈련을 받았을 수도 있다.

누드에 대한 환상이 깨진 지 오래된 중년 남자들에게 은밀한 술자리란 그런 것이다. 벗은 여자의 어떤 포즈나 여간한 동작에도 달아오르지 않는다. 불명예퇴직이나 명예퇴직으로 생긴 빈자리, 그 자리를 꿰찰 차기주자에 대한 뒷담화가 안주로 오르면 그나마 간당간당 붙어 있던 저자의 육체적인 욕망 따위는 전일염 뿌린 배

춧잎처럼 시르죽기 일쑤였다. 안정된 자리와 권력에의 끊임없는 욕망만이 몸에 불을 붙이고 입을 활기차게 만들며 그 몸을 소진하게끔 몰아갔다. 회사의 중간간부급인 사오십대에게 연애나 사랑은 씹던 껌처럼 걸리적거리고 흥미 없는 물건이 되어버렸다. 씹어봤자 새삼스레 단맛이 돌 리도 없거니와 떼버리려 해도 달라붙어 손가락만 성가시게 한다는 것쯤 누구나 알고 있다. 그래서 이런 자리가 필요한 사람들은 더욱더 자극적인 자리를 만들게 된다. 말하자면 좋은 불쏘시갯감을 찾는 것이다. 차고 시든 몸이라 불 지피기 어렵다는 걸 익히 알지언정.

에, 불빛도 안정이 됐고요. 이제 시작해볼까요.

분위기를 띄우기 위해 아까부터 실실 웃던 김상무가 양주병을 잡았다. 반듯하게 누운 여자의 가슴과 가슴 사이, 골짜기로 술을 흘리듯 부으면 배꼽 부근에 도달한 술의 반은 옆구리로 흘러 등 밑으로 스며들고 용하게도 둔덕에 이른 나머지 술은 삼각형 모양으로 넓게 퍼져 검은 수풀의 뿌리를 적시다가 불두덩 아래로 방울방울 떨어진다. 이것이 '계곡주'다. 불두덩 밑에 고이 받쳐진 백자 대접에는 가증스럽게도 모가지가 싹둑 잘린 꽃대가리 하나가 휴가 나온 포병처럼 할랑할랑 떠다녔다. 탐색전이 한창이던 일차에서도, 저마다 자신의 지위를 한껏 포장해 과대망상증 초기 환자처럼 보이던 이차에서도 고개를 꼿꼿이 치켜들던 대진의 물류팀장이라는 작자가 술잔에 떠도는 꽃대가리를 손끝으로 툭 쳤다.

힉, 내 꼬라지 닮았네.

냉소적인 말에 표정들이 싸늘해졌고 그럼에도 순번대로 돌아오는, 계곡주가 삼분의 일가량 담긴 백자대접을 받아드는데 눈두덩이 붉어졌다. 그래, 당신들이나 나나 모가지 잘린 꼴로 둥둥거릴 날 멀지 않았지. 변태새끼라는 자학적인 욕설은 나오지 않았다. 설혹 입 밖으로 나왔대도 기름기가 점점이 번진 술과 함께 꿀꺽 삼켰을 것이다.

이 일은 김상무가 맡은 걸 내가 뒤늦게 보조로 따라나선 형국이다. 일이 성사된다고 해도 나는 빛도 나지 않는다. 월례회의에 올릴 기획안은 지금 생각해도 아깝다. 사장이야 되겠냐만 문제는 시간 아닌가. 높은 인건비와 생활비 상승, 노령화의 위기를 맞은 홍콩은 광둥 성의 싸고 풍부한 인력이 필요하다. 그래서 홍콩과 선전, 주하이, 마카오 등 중국 최남단을 하나의 경제권으로 잇는 '주장강 삼각주 일체화 작업'이 시작되고 있다. 첫 작업으로 내달 선전만대교가 개통된다. 홍콩 북단 위안량과 선전 시 서커우를 연결하는 대교가 완성되면 양측 간 이동시간이 한 시간에서 이십 분대로 줄어든다. 두 도시를 오가는 유동인구는 지난해 이억 명을 돌파했다는 보고가 있다. 현재 비밀리에 진행되고 있는 홍콩과 주하이, 마카오를 잇는 와이 자형 해상대교까지 연결되면 이 지역은 명실상부한 중국 최대 경제중심지가 될 것이다. 그러니 홍콩 지사의 규모를 늘려야 한다는, 홍콩 지사의 발전적 전망과 확장에 관한 구체적인 의견을 담은, 나로서는 꽤 야심차게 준비한 기획안이다.

하나 임원진 앞에서 프레젠테이션할 기회조차 주어지지 않았다. 박대리가 딴죽을 걸고 나올 때부터 조짐이 좋지 않았다. 베이비 붐 세대인 우리는 컴퓨터로 문서 정도는 작성할 수가 있으나 그림이 문제였다. 홍콩 주변 도시 통합 교통로에 관한 자료를 일일이 찾아주며 지도와 그림을 넣어 기획안을 깔끔하게 뽑아줄 수 없겠냐고 부탁했을 때 박대리는 대뜸 입부터 내밀었다. 바빠 죽겠는데 스팀 오르게 하시네, 뭐 그런 분위기였다. 박대리의 눈과 표정, 몸 전체로 그 말이 읽혔다.

야! 우린 선배가 신던 구두도 핥으라면 핥았어.

터져나오려는 고함을 헛기침으로 눌렀다. 윗사람에게 치이고 밑에서 떠받히는, 짜부라진 샌드위치 신세 된 게 비단 어제오늘 일만은 아니다. 말이 후배 시집살이지 겪어보면 시집살이도 이런 시집살이가 없다. 말대꾸는 물론이요, 직속상관이 버젓이 자리 차고 앉아 있는데도 칼퇴근은 기본이요, 커피 심부름을 시켰다가 맞아죽을 뻔한 게 박대리 신입 떼고 얼마 지나지 않아서였다. 결혼만 하면 자르겠다고 이를 갈고 있지만 사사건건 간섭하는 노조가 뒤에서 버티고 있고, 심통 탓에 결혼 못 한 노처녀임이 자명한데도 본인은 비혼녀인지 뭔지를 주장하며 나날이 눈에 쌍심지를 돋우고 있다. 보수 꼴통이나 가부장제의 원흉 보듯 하는 박대리의 시선이야 무시하면 그만이다.

군대 삼 년은 빼겠다. 고등학교 때 교련수업은 말할 것도 없고 더 밑으로 내려가면 중학교 체육시간에 내 팔보다 긴 장총을 들고 벌벌 떨며 사격을 배운 76학번이다. 그러니 실수인 척 기획안을 파쇄기에 넣고 돌리지나 말아라. 그 잘난 영어나 컴퓨터라도 못했으면 넌 진작에 잘렸다.

찻잔에서 건진 녹차 티백을 스푼으로 꾹꾹 쥐어짜며 화풀이를 하고 있는데 상무실로 올라오라는 전갈을 받았다. 우리가 도맡다시피 한 대진의 항공화물을 ㄷ통운에서 저가공세로 가로채려 한다는 것이다.

에이, ㄷ통운이야 우리와 게임이 되나요. 지명도로만 따져봐도.

손 놓고 있다가 뒤통수 맞으면 어떡해? 대진 쪽 사람들 불러 기름칠부터 해야겠어. 우린 오늘 월례회의에 빠진다. 그쯤 알고 따라붙어!

현장에서 영업으로 잔뼈가 굵은 김상무에게 기획안 얘기를 꺼내본들 제대로 듣지도 않고 소리부터 지를 게 분명하다. 자네 지금 뭐 하자는 얘기야! 전시엔 탄약 확보가 우선인 거 몰라? 진지구축은 나중에 해도 늦지가 않아. 안 봐도 뻔하다.

중국 최남단의 시장을 누가 먼저 선점하느냐가 관건인데 다음 월례회의를 기다리자면 또 한 달이 걸린다는 얘기이고 그럼 내 기획안은 시기적으로 늦는다. 오늘 회의엔 그룹의 키맨(keyman)으로 통하는 박이사가 참석한다던데…… 만약 내 기획안이 채택된다면 홍콩 지사로 파견근무가 떨어질 테고 근무기간 삼 년이 지나면 뉴욕 지사로 건너가는 행운을 잡을 수도 있다. 업무의 효율성을 높이기 위해 해외파들은 주로 해외로 돌리는 게 통운업계의 불문율 아닌가. 밑 빠진 독에 물 붓기 식인 기러기 아빠 노릇도 접을 수가 있다. 무엇보다 이 땅을 떠날 수 있다. 혀가 탔다. 아무리 그래도 배고픈데 밥하는 게 급선무지 부뚜막 손질이나 솥뚜껑 윤내는 작업이야 나중에 할 수도 있는 것 아닌가. 모쪼록…… 대리기사가 운전하는 승용차가 한강대교로 진입하고 있었다. 내가 너무 취했나. 사인받은 계약서를 주머니에 넣은 기억이 없다. 차를 돌려야 하나? 설마, 백전노장 김상무가 안전하게 챙겼겠지. 한강다리 난간에 총총히 매달린 전구에서 반사된 불빛이 차창으로 어뜩비뜩 스미고 어디선가 요령 소리가 희미하게 들렸다. 뱃속에서 바람 든 무들이 구르는가 싶더니 기어코 속이 뒤집혔다. 창문을 열고 속엣것을 게워내는데 눈 가장자리로 눈물이 찔끔 빠져나왔다. 석모야! 이 새끼야! 난 이러고 산다.

*

몸의 내부에서 뭔가 새고 있다. 그 느낌은 새벽이면 더욱 명료해진다. 덜 잠긴 수도꼭지에서 한 방울씩 떨어지는 물소리처럼 차고 또렷하게 감지된다. 그러면 잠기운이 걷히면서 습관처럼 두통이 찾아온다. 머리가 쪼개질 것 같은 강렬한 두통이라면 차라리 낫겠다. 갉작갉작 뇌간을 파먹히는 것 같은 미미하나 날카로운 통증. 회사에서 정기적으로 시행하는 건강검진에도 잡히지 않는 누수의 원인은 나이에서 오는 헐거운 관절들의 반란일 수도 있고 전

립선이 조금씩 상해가는 것일 수도 있고 불안에서 기인된 정신적인 문제일 수도 있다. 일테면 열패감 같은 것이다.

 나의 이 열패감은 영원보다 먼 과거로부터 온 것이고, 나로서는 어찌해볼 수 없도록 단단히 달라붙은 혹 같은 것이어서 본래부터 갖고 있던 본성이 아닐까 싶을 정도로 친숙한 것이 되고 말았다. 젊어 한때는 나이 들면 낫겠거니 여긴 적도 있다. 살아온 과거는 몸에 학습된 시간이어서 탈피가 어렵지만 다가올 미래는 상상의 시간이어서, 몸에 저장된 무늬 따위는 말짱 걷어내고 다른 정신 다른 몸으로 재무장할 수도 있겠다 싶었다. 그러나 생물질로 이루어진 인간이라는 존재는 물질처럼 쉽게 깨부술 수도 리모델링할 수도 없다는 걸 최근에야 알았다. 인간의 뇌 속에는 점성질의 끈끈한 아교 같은 것이 있어서, 힘껏 들어올려 깨부수고 발로 밟아도 아메바운동 한 번이면 눈 깜짝할 새 원래의 형태로 돌아가게끔 입력된 게 아닐까. 재구성하려는 의지가 뇌의 주름 사이에 그토록 깊숙이 각인되지 않고서야 노름꾼은 잘린 손가락으로 왜 다시 노름을 하는 것이며 바람둥이 아버지 때문에 피눈물을 쏟고 자란 아들은 왜 세습해서 바람을 피우는가. 한번 배신한 놈은 또 배신하기 마련이라며 조폭들의 세계에서도 배신자는 받아주지 않는다. 그리하여 나는 완치할 수 없는 암처럼, 혹처럼, 이상하게 찍힌 주민등록증의 증명사진처럼 싫어도 평생 이 열패감과 같이 갈 수밖에 없다는 걸 안다.

 나의 뿌리 깊은 열패감은 순전히 김석모라는 인간 때문에 생긴 것이다. 나는 오래 전부터 김석모적인 것과 아닌 것을 하나하나 분류하며 살고 있었다. 이건 김석모적인 것이고 저건 아닌 것. 김석모적인 것은 손톱이 빠지도록 노력해도 가닿을 수 없는 요원한 것. 탁월함과 진중함, 기품 있음을 한데 뭉뚱그린 압축파일 같은 것. 내게 있는 비열함은 김석모에게서 비롯된 열등감 때문이고, 내게 얼마간의 저급함이 있다면 그건 김석모라는 고급한 인간에게 느끼는 열등감 때문이다. 어린애처럼 징징거린다고? 핑계 대지 말라고? 평생 이등일 수밖에 없는 자의 비애를 아는가. 근소한 차가 아닌 현저하게 차이나는 이등의 비애를 짐작이나 하겠는가. 범재는 수재를 따라갈 수 있지만 천재를 넘어서지는 못한다. 눈알이 빠지도록 들고 파도, 종아리의 힘줄이 끊어지도록 들입다 뛰어도 따라잡을 수 없는 것이다. 나에게 김석모적인 것은 그토록 치명적이다. 도도하게 흐르는 강, 구불구불 이어지는 소백산맥의 등허리 같은 것이 석모와 나 사이에는 선명히 가로놓여 있다.

 간밤처럼 대취해서 거실에 배를 대고 엎드려 있으면 시간이 큰 단위로 쪼개져 얼굴을 들이민다. 거실의 마룻장과 얼기설기 얽힌 각종 배관 파이프를 헤치고 튼튼한 콘크리트 바닥을 뚫고 슬그머니 올라오는 현재와 근과거와 원과거. 현재는 분명한 현재인데 근과거는 원과거보다도 멀게 생각될 때가 있다. 아주 먼 영원처럼 생각되는 그런 한때. 태중의 기억처럼 느껴지는 고요한 한때. 그처럼 순서가 뒤섞여도 시간대는 어떻게든 서로 이어져 있다. 그렇지 않고서야 김석모란 인간이 오십 문턱을 밟고 들어선 지금에도 어이하여 불쑥불쑥 나타난단 말인가. 석모야! 이 새끼야! 바락바락 악을 썼던 간밤의 내가 심히 혐오스럽다.

돌이켜보면 고향에서의 나날은 유복했으되 쇠추처럼 무겁고 패망한 나라의 역사만큼이나 짧고 불운했다. 사기나 실록에 대해 나는 전혀 아는 바 없다. 한 나라가 망하면 어떻게 적고 적히는지 그 기록에 대해서도 아는 바 없다. 아마도 무슨 날 무슨 시에 멸하다, 라고 지극히 짧고 간결하게 적지 않을까. 모름지기 사관은 그래야만 하는 것 아닐까. 패망한 나라의 백성이 쓴 것이면 멸하다, 가 아닌 멸망하다, 쯤으로 적혔을 것이다. 달리 적을 글이 뭐가 있겠는가. 나라 잃은 침통한 슬픔을 행간에 숨기고서 짧고 간결하게 쓰는 것만이 능사가 아니겠는가. 터져나오는 울음을 참고 기어이, ……이로써 멸망하다, 라고 진실되게 말이다.

나처럼 고향의 멸망을 바란 사람도 일찍이 없었을 것이다. 사 년 전 고향을 휩쓴 대홍수를 나는 지금도 똑똑히 기억한다. 모든 프로그램을 접은 방송 삼사가 시시각각 전하는 특별 생방송을 통해 고향의 참상을 보았다. 멘트를 읽는 기자의 열띤 목소리에서 그도 나와 같은 종류의 희열을 맛보고 있다는 걸 알았다. 평생에 한 번 있을까 말까 한 물구경에 몰입한 자만이 느끼는 야릇한 기쁨이 멘트에도 없는 번다한 애드리브를 만들어내고 있었다. 나는 주먹을 부르쥐고 밥 먹는 것도 잊은 채 주말과 휴일, 하루하고도 반나절을 꼬박 텔레비전 앞에서 보냈다. 고향의 수난 장면만 찾아 채널을 이리저리 바꿔가며.

고향의 전경을 텔레비전으로 보는 감회는 특별했다. 알파벳 티자 형태로 자리잡은 빈한한 면소재지의 풍경과 그곳을 둘러싼 산들의 등성이가 낮고 둥글번번한 것도 한결같았다. 산등성마루에 되똑하게 서 있는 성당은 여전히 고향과 어울리지 못하고 겉돌았다. 길을 사이에 두고 나란나란 이어지는 상점들과 대비되는 이국적인 뾰족탑이 그랬고 마을과 동떨어져 고요하긴 한데 성당 부근만 총천연색으로 느껴지는 점도 그랬다. 마을의 빛이란 빛은 성당의 뾰족탑이 전부 빨아들이는 것만 같았고 상대적으로 낮아서 협소해 보이는 면소재지의 주택과 상가 들은 그 앉은자리가 어디든 죄다 안이 어둠침침했다. 딱, 거기까지가 고향이었다.

화면이 클로즈업되면서 이게 뭔 난리라냐, 얼떨결에 성당으로 대피한 주름 깊은 노인들은 대개 알 만한 사람들이었고, 다리 사이로 떠다니는 라면과 스낵 봉지는 아랑곳없이 부리나케 물을 퍼내는 대림슈퍼 주인은 낯설었고, 얼마나 급했으면 굴착기가 나서서 사람들을 주둥이에 빼곡하게 태우고 물에 잠긴 삼거리를 건너는 모습도 보였다. 아무려나 나는 고향이 금방 멸할 것이라고 생각했다. 계절도 맞춤한 우기 초입이었고 면소재지를 가로지르며 기세 좋게 흐르는 강이 고향을 삼키는 건 시간문제로 보였다. 산 밑에 질펀하게 널린 논밭은 거개가 물에 잠겼고 침수된 비닐하우스는 둥그스름한 끝부분만 간신히 보일 뿐이었다. 제대로 된 식사를 하지 못한 하루하고도 반나절. 게 편을 들지 않는 뿔난 가재 처럼 텔레비전 앞에 엎드려 찐고구마 껍질이나 획획 벗겨가며, 태생지가 물속으로 사라지는 장면을 놓칠까봐 불도 켜지 못한 채, 어둠 속에서 나는 외쳤다. 휩쓸고 가버려라. 사라져버려라. 흙더미에 파묻혀라. 수장당해버려라. 그리하여 희디흰 백자대접 같은 세상에 나 홀로 동동 떠서 시침 뚝 뗀 얼굴로 한세상 가뿐하게 살 수 있으려니 했다.

*

 나와 아무 상관 없는 강원도 산간마을은 물에 잘도 떠내려가 마을이 통째로 이주할 날만 기다린다는데, 고향은 주택과 상가 절반이 침수되고도 옆 앞 다리는 잠길락 말락 한 상태로 하루 밤낮을 버텼다. 그 흔한 부실시공도 고향의 다리는 비켜간 모양이다. 이 일을 우터하면 좋나이. 마을회관에서 지내는 강원도 촌로의 말은 심란하게 들렸지만 국가에서 나올 이주비 계산으로 바쁜 눈치였고 조립식 주택일망정 새집에 대한 기대도 얼마간 있는 것 같았다. 다시 고향으로 돌아온 방송국 카메라는 급류에 휩쓸린 주민을 구조하는 119 대원들과 철로를 보수하는 선로공들의 움직임에 앵글을 맞추는가 싶더니 통행이 재개된 경부고속도로로 옮겨갔다. 경부고속도로 개통식날, 중학교에 갓 입학한 우리들이 대통령 내외가 탄 차량을 향해 태극기를 흔들었던 그 자리에서 카메라가 멈추었다. 차를 타고 지나가는 대통령을 환영하느라 한 시간 이상 도열해 있던 빡빡머리 중학생들의 운동화에 무참히 짓밟힌 둔덕이 이번 홍수로 사태가 났다. 도로 한쪽을 덮은 흙더미를 치우는 중이어서 하행선만 통행이 가능한 고속도로에는 서행하는 차들이 간간이 눈에 띄었다.

　지루한 기다림 끝에 온다, 하는 외침과 함께 방게떼처럼 밀려오던 차량들의 행렬. 태극기를 흔들며 내 눈은 어김없이 김석모를 찾고 있었다. 행렬 후미에 선 석모의 얼굴도 발갛게 달아올라 있었다. 나는 열광적으로 태극기를 흔들었다. 환호에 대한 답례로 덮개를 열고 차 위로 상반신을 드러냈던 대통령 내외. 미소를 지을 때면 눈의 꼬리가 아치형으로 부드럽게 내려와 그예 밑으로 축 처지고 말던 영부인은 그날 이후 또래 남자애들의 판타지가 되었다. 서울에서 전학 오는 흰 얼굴의 여자애도 없던 면소재지에서의 나날은 무료했으며, 가랑이를 쩍 벌리고 고무줄놀이나 했던 초등학교 때 여자애들은 뒤통수를 싹 올려깎은 단발머리 일색이었다. 그에 비하면 영부인은 환상적이었다. 여자는 무조건 목이 길고 올림머리를 해야 하며 한복이 어울려야 한다는 고정관념은 그때 형성된 것이다. 여자애들의 판타지는 근엄한 대통령이 아니라 대통령 아들 영식군이었다. 장터에 살던 일부 까진 여자애들은 유럽 왕자들의 이름을 대기도 했으나 귀에 선 만큼 비현실적이었고 영식군은 한 살 아래라는 게 친밀감을 주었다. 검은 양복에 나비넥타이를 맨 영식군은 얼굴마저 소공자처럼 생겼으니. 청와대 안뜰에서 영부인과 영애와 찍은 영식군의 사진을 보면 그 누구라도 사랑하지 않고는 못 배겼다. 불난 집에 앉아서 불이 난 줄도 모르고 공부하고 있더라 식의 카더라 통신이 입에서 입을 타고 돌아 당대의 신화가 된 김석모에게 연정을 품었던 여자애들도 소년동아일보 일 면에 실린 영식군의 사진을 보곤 모조리 마음을 바꾸었다.

우리의 영식군이 우짜다 얼굴이 그 모양으로 변했을꼬. 눈이 휴우……, 물 간 생선 같애. 탐스럽던 머리는 어디로 갔을까나.

지난봄 초등학교 동창회에서 만난, 장터에 살던 까진 여자애는 아주 장탄식을 했다. 하긴 텔레비전으로 본 영식군의 얼굴은 많이 상해 있었다. 그러나 저도 별로 다르지 않았다. 파마로 부풀렸지만 정수리 부분의 헐렁한 머리가 먼저 눈에 들어왔고 일자형 몸매에 술잔을 쥔 손가락은 굵고 거칠어 예전 모습을 찾기 어려웠다.

야아! 이게 누구야? 정말 오랜만이다. 어쩜 그렇게 코빼기도 안 보이냐.

다른 테이블에 있던 친구가 다가와 반갑게 등을 쳤고, 너 같으면 오고 싶겠냐 짜샤, 다른 친구가 내 등을 친 친구의 말을 받으며 우리 자리로 왔다.

같은 서울에서 연락 좀 하고 살자.

재작년 8월, 다니던 식품회사에서 명예퇴직당했고 그길로 전직 컨설팅회사를 찾아가 석 달간 이력서 작성과 적성검사, 구직 전략 등 재취업에 필요한 교육을 받았으며 현재도 구직중이라고, 등을 친 친구는 묻지도 않은 근황을 시시콜콜 털어놓았다. 그는 과수원집 아들이었는데 우리가 가방을 들고 다닐 때도 초등학교를 졸업

할 때까지 혼자서 책보를 매고 다녔던 녀석이다. 세월이 녀석만 비켜갔는지 동안에 혈색이 좋았고, 다른 친구는 자전거포 아들이라는데 흰 무명자루를 덮어쓴 것처럼 몸이 빵빵하게 부풀어 있었다. 길에서 만나면 몰라볼 게 분명했다. 자전거포 아들이 술을 따르며 물었다.

생각나냐?

뭐가…… 하면서도 난 속으론 움찔했다.

초등학교 육학년 땐가, 우리가 성당 뒤에서 석모 자식 직사하게 패준 거. 얀마, 네가 사주했었잖아. 그 일로 내가 석모한테 얼마나 시달린 줄 아냐? 난 맞을 짓 한 거 없다, 왜 비겁하게 단체로 때리냐, 자기가 납득할 만한 이유를 대라며 아, 글쎄 밤마다 찾아와요. 말 마라. 우리집에 다섯 번이나 찾아왔었다.

뭔 이유가 있겠냐. 너무 잘났으니까 맞은 거지. 평등하지 않잖아.

석모 걔, 질긴 건 알아줘야 해. 지금껏 살았으면 뭘 해도 크게 한자리 했을 텐데……

장터의 까진 여자애는 말참견을 하다가 아차, 싶은지 뒷말을 얼버무렸다. 잘못 왔구나, 싶었다.

애도 공부는 잘했는데 김석모 때문에 이등만 했지. 그래서 성당 사건도 생긴 거고.

내 이야기가 나오면 석모가 등장하는 건 당연한 순서였다. 그래 놓고 못 할 말을 한 얼굴이 되어 잠깐씩 입을 다물곤 했는데 그 침묵이 내겐 몹시 버거웠다. 고맙게도 과수원집 아들이 껴들어 화제를 바꾸었다.

 넌 그림 참 잘 그렸는데. 지금도 그림 그리냐?

 맞다. 애가 그림 그리기 대회에 단골로 나갔었지. 방앗간집 아들이라 크레파스도 우리보다 좋았고.

 그림은 무슨, 다 옛날 얘기지.

 친구들의 기억은 틀렸다. 난 그림을 잘 그린 게 아니었다. 다른 아이들처럼 크레용이 아니라 왕자표 크레파스로 그려서 잘 그린 것처럼 보였을 뿐이다. 기억의 오류를 바로잡을 생각 같은 건 추호도 없었다. 흘러간 시간은 제품이나 상품처럼 리콜할 수도 없지 않은가.

 그땐 반공이 국시나 다름없어서 미술시간이면 주로 반공포스터를 그리곤 했다. 산이나 강, 새가 날아가는 빈 들판 따위의 서정적인 풍경을 그린 게 아니라 조막만한 손으로 검은 도깨비를 여러 명 그리고, 그 윗면에 자를 대고 칸을 만들어 '때려잡자 공산당' 같은 살벌한 구호를 굵게 썼다. 그러고는 시뻘건 색으로 진하게 칠해서 내는 게 일이었다. 크레용은 색상이 흐려 곱게 칠해지지도 않았고 칠하는 도중에 도화지가 찢어지기도 했다. 책보를 동여매고 십여 리씩 걸어다니던 두메산골 아이들에겐 붉은 크레용마저 귀했다. 빨강이나 분홍의 크레용을 밀과 같이 씹어서 밀껌을 만들기 때문에 동강동강 부러진 것이 대부분이었다. 쥐를 잡아먹은 것처럼 새빨간 입술로 밀껌을 딱딱 씹던 산골아이들은 붉은색 계통의 크레용은 있어도 여간해 쓰질 않았다. 그런 형편이니 크레파스의 붉은 색을 아까울 것 없이 써서 짓이기듯 칠한 내 그림이 눈에 띄는 건 당연했다. 반공표어나 반공포스터 공모도 많아 상은 언제나 내 차지였다. '우리 외삼촌은 간첩'이라고 속삭이던 친구 때문에 얼마나 놀랐던지. 그땐 간첩이 호환 마마보다 무서웠다. 고등학교에 들어가고 나서야 주위엔 간첩 조카도 있고 빨치산 아들도 있다는 걸 알게 되었다. 그때의 내 표정이 처음 나온 고속버스, 그레이하운드를 설명하던 중학교 때 국어선생님 같지 않았을까?

얘들아, 고속버스에 변소가 붙어 있단다. 세상에…… 변소가.

선생님은 지구가 네모나다고 믿는 사람들에 둘러싸여 지구가 둥글다는 학설을 주장하는 사람처럼 보였다. 빨리 달리기로 유명한 사냥개의 이름과도 같은 그레이하운드는 지금의 오 톤 초장축 냉동탑차처럼 생긴 고속버스였다. 얼마 뒤 그레이하운드는 고속버스 안내양과 더불어 역사의 뒤안길로 사라졌지만 기차가 아닌 버스에 변소가 붙은 것은 당시로선 대단히 획기적인 사건이었다. 그렇게 자라면서 시대도 바뀌고 가치관도 바뀌고 도덕적인 개념도 바뀌었다. 마음만 조석변개인 줄 알았더니 세월도 조석변개와 같아서 하루아침에 아닌 것이 긴 게 되고 긴 것이 아닌 게 되었다가 또 아닌 것이 긴 게 되는 정신없는 세월의 중심에 서서 살았다. 우리들의 지나간 시간은, 백팔십 도로 휙휙 변하는 세월을 따라잡으려고 죽을힘을 다해 뛰면 세월은 뛴 거리만큼 언제나 앞서가 있어서 숨 돌릴 겨를도 없이 이를 악물고 내달려야만 했던 나날이었다. 드물게 세월을 앞서간 자들은 대부분 죽었거나 대열을 이탈해 낙오자가 되었고 살아남은 다수는 어딘가 약간씩 고장난 몸을 이끌고 서너 발짝 뒤처진 채로 숨이 차게 달려가고 있는 것이다.

칙칙폭폭 칙칙폭폭…… 인생은 그렇게 흘러간다.

선로에 일정하게 가로로 놓인 침목이 레일을 받쳐주어야 기차도 그걸 밟고 느리게든 빠르게든 앞으로 달려가는 것이다. 그렇다면 내게도 침목 같은 것이 있기는 했던가. 있었다면 그게 과연 무엇이었나?

*

그저께 일만 해도 그랬다. 박대리에게 구걸하다시피 해서 작성한 기획안을 월례회의에 올리지도 못했다. 내가 끽소리 못 하고 김상무를 따라나섰던 건 그 일이 시급해서이기도 했지만 결론부터 말하자면 내 기획안이 채택된다는 확신이 없어서였다. 시간이야 얼마든지 있었다. 월례회의에 참석하는 타 부서 누군가에게 기획안을 제출해달라고 부탁하면 되는 일 아닌가. 그러면 윗선에서 검토할 수도 있는 일이다. 나는 매사가 그런 식이다. 결정적일 때 한발을 빼고야 마는. 그것은 아닌 것이 긴 게 되고 긴 것이 아닌 게 되는 세상을 눈으로 보고 산 탓에 섣부른 판단은 금물이라는, 신중함만이 살길이라는 생각이 과한 나머지 생겨난 태도일 수도 있고, 앞서 말한 열패감의 소산일 수도 있다. 신혼 초, 무슨 일 끝에 아내가 개운찮은 표정을 지었다.

당신은 적이 없겠어. 워낙에 온화한 성격이니.

바꿔 말하면?

뜨뜻미지근하다고 해야겠지. 찬 것도 더운 것도 아닌.

그 온도로 세상을 사는 것도 쉽지는 않아.

뭔들 쉬운 게 있었겠어.

아내의 말은 틀렸다. 나는 살아오는 동안 처처에 적이 있었다. 혼자 눈 뜨고 혼자 밥 먹고 혼자 잠든 지 어언 육 년. 아파트를 팔아 오피스텔로 옮겨앉고 상속받은 상가를 월세에서 전세로 돌리는 동안 몸보다 마음이 먼저 피폐해졌다. 생각 없이 회식장소에 갔다가 본의 아니게 구멍난 양말을 부서 전 직원에게 보였을 때, 처음 몇 번은 박대리도 가시 뺀 촉촉한 눈길로 봐주었다.

부장님, 혼자서 고생되시겠어요.

호박에 줄 긋는다고 수박이야 되겠냐만, 기러기 아빠 초기엔 측은한 눈길을 주기도 했던 게 사실이다. 그러나 그마저도 몇 년 가지 못했다. 꼬깃한 와이셔츠나 구멍난 양말을 보며 무슨 인간이 저리도 칠칠맞지 못하냐, 는 눈빛에서 저 인간은 원래 저래, 로 바뀌는 데 걸린 시간이 불과 일 년 남짓이다. 그 일 년 사이 변한 박대리의 눈빛만큼 내 재정상태도 급속도로 변했다. 하나 남은 상가도 칸칸이 전세를 빼먹어 말이 상가이지 지금은 빈껍데기나 마찬가지다. 언제까지 버틸 수 있을까.

아침부터 영업장을 한 바퀴 돌고 회사로 갔더니 로비에서 만난 김상무가 사인받은 계약서를 흔들며 웃었다. 그럼 그렇지. 계약서는 김상무가 안전하게 챙겼다. 사무실로 들어서는 날 보자마자 이번에는 박대리가 서류철을 신경질적으로 털기 시작했다. 서류철이 흔들릴 때마다 푹 파인 목둘레선 속으로 우묵주묵 뭉친 살들이 함부로 출렁거리는 게 보였다. 묵은 서류철까지 꺼내 털어대는 통에 책상 위 먼지가 풀썩풀썩 일었다. 보다 못한 옆자리 직원이 물 묻힌 휴지를 걸레 대용으로 쓰라며 박대리에게 건네주었다. 저 화상 얼굴만 안 볼 수 있다면 홍콩이나 미국이 아니라 화성엔들 못 갈까. 머리카락도 주인의 심보를 닮는지 윤기라곤 없어 뵈는, 꼬불꼬불한 박대리의 머리를 잔뜩 노려보았다.

후, 찾았다!

털고 있던 서류철 속에서 서류가 떨어지자 박대리가 동작을 멈췄다.

부장님, 이거…… 기획안 따로 한 부 복사한 거예요.

복사본이라구? 그럼 내가 준 원본은?

왜요? 파쇄기에 넣고 돌렸을까봐 그러세요?

박대리도 귀신 다 됐다.

그 기획안 급한 것 아니었어요? 중요한 것 같아서 부장님 대신 제가 월례회의에 올렸죠. 박이사님이 호출하셨어요. 내일 오후에 본사로 들어오시랍니다.

웬일이야? 박대리가.

아, 오해는 마세요. 부장님 도우려고 한 일은 아니니까요. 위에서 자리를 비켜줘야 저도 치고 올라가죠. 까딱하면 만년 대리로 말뚝박게 생겼으니.

말을 해도 꼭 그렇게 해야 속이 시원하냐, 는 마음과 그런 꼼수가 있었으니 네가 움직였지, 하는 마음이 반반이었다. 어쨌거나 그 순간만은 박대리가 더할나위없이 고마웠다. 이번에 올린 기획안에는 중국통인 대학 후배에게서 빼낸 알짜정보가 들어 있다. 그게 박이사의 구미를 동하게 했을 것이다. 이달 말에 열릴 정기주총에서 박이사가 우리 통운의 대표이사로 추대된다는 설이 있었다. 박이사 입장에서는 일만 많은 계열사 대표이사 자리가 달갑지 않을 수도 있다. 하지만 통운을 어떻게 운영하느냐에 따라 박이사의 입지가 전보다 단단해질 수도 있는 일이다. 주총 소집통지서는 이달 초에 보냈다. 잘하면 나도 양손에 떡을 쥘 수가 있다. 물 건너갈 뻔한 기회를 잡아준 사람이 다른 누구도 아닌, 눈엣가시 같은 박대리다. 이래서 인생은 재미있다.

잘만 하면…… 아내와 아이들과의 거리도 벌어진 만큼, 꼭 그만큼은 좁힐 수도 있을 것이다. 지난여름 미국에 다니러 갔다가 아내와 된통 싸우고 왔다. 내가 떠나던 날 아내는 섧게 울었다. 떨어져 지낼 땐 그립다가도 붙어 있기만 하면 꼭 싸울 일이 생겼다. 정말 부적이라도 쓰고 싶은 심정이다.

이럴 거면 오질 마아……

이젠 오지도 말고 돈만 보내라 그 말이지?

무슨 말을 그렇게 칼침 놓듯 하냐……

여기서도 공부를 잘했던 큰아이는 미국에서도 공부를 잘해 입학식 때마다 주지사가 참석한다는 과학고등학교엘 다녔다. 방학인데도 큰아이는 얼굴 보기 힘들었다. 아침마다 제 엄마가 운전하는 차를 타고 근처 병원에 가서 봉사활동을 하고 일주일에 두 번은 친구들과 주립대학에 가서 흰쥐의 배를 갈라 무슨 실험을 한다고 했다. 주말과 휴일에는 교포가 운영하는 학원의 한국 초등학생들에게 영어와 수학을 가르쳐 제 학비의 일부를 벌었다. 신통한 녀석이었다. 문제는 작은놈이다. 작은놈은 우리말을 전부 잊어버리고 질 나쁜 히스패닉계 애들과 어울리는 눈치였다. 왁스를 발라 위로 뻗친 머리 꼴하며 똥싼바지라나 뭐라나, 잡아당기면 훌렁 벗어질 것처럼 생긴 바지를 입고 다니는 게 영 눈에 거슬렸다. 잔소리 좀 했더니 아내가 아이의 역성을 들고 나왔다.

한국 애들과 노는 것보단 나아요. 끼리끼리 어울리면 영어도 안 늘어.

그건 내가 아내에게 했던 말을 고스란히 옮긴 거였다. 되받아친 것이다. 어떻게 된 게 아내는 미국에서도 한국식으로 살았다. 아이들을 학교에 데려다주고 나면 기러기 엄마들이 모여 사는 동네로 가서 밥 사먹고 차 마시고 끼리끼리 어울려 놀았다. 발전이라곤 없어 보여서, 미국생활 초기에는 옆집 남자를 일부러 아내에게 소개시켜주기도 했다. 내가 아는 영어 단어를 총동원해서 손짓 발짓 섞어가며 옆집 남자에게 의도적으로 접근했다. 칠십 세가 넘은 영감이었는데 그래도 명색이 대학을 나온 사람이었다. 키도 크고 흰 구레나룻이 은근히 멋있어서 마음에 걸렸지만, 주변에 못생긴 노인도 없고 해서 별수 없이 그 백인 영감을 찍었다. 한국 여자들과 노닥거리는 것보다야 영어를 배워도 하나라도 더 배울 것 같았다. 그런데 이듬해 갔더니 아, 이 여자 좀 보라지. 옆집 영감과 다정하게 대화를 나누며 서로 쳐다보고 웃는 게 아닌가. 영감의 말에 나도 같이 웃었다면 통 크게 봐넘길 수도 있는 문제였다. 나는 왜 웃어야 하는지도 모르겠는데, 저는 영어가 된다고 내 앞에서 외간 남자와 깔깔거리며 웃다니.

아휴…… 질투할 걸 해라. 내가 그 할아버지에게 딴맘이라도 먹을까봐 그래? 할아버지 나이가 대체 얼만 줄이나 알아?

늙어 꼬부라져도 남잔 남자야!

자꾸 그러면 진짜로 확, 바람피워버린다.

저 영감 말고 누가 당신을 여자로 보기나 하고.

왜 이러셔. 나도 빼입고 나가면 열 살은 깎아서 봐.

하긴 미국 애들은 동양 여자들을 어리게 보는 경향이 있다. 게다가 아내는 배도 나오지 않았다. 다른 기러기 엄마들과는 달리 아내는 내가 바람피울까봐 걱정도 하지 않는다. 오히려 어설프게 바람 한번 피운 후에 가정부터 깨자고 나올까봐 그 걱정을 더 한다. 확실히 나보다는 배포 큰 여자다. 언젠가 늦가을에 갔을 때도 싸우는 바람에, 아내가 지붕에 쌓인 낙엽을 갈퀴로 긁어내려달라고 부탁하는데도 나는 그 일을 하지 않았다.

내가 올라가면 무거워서 지붕 무너져!

아내는 기가 차다는 얼굴로 쳐다봤다. 미국의 오래된 목조가옥은 낙엽이 쌓이면 제때 긁어내려야만 한다. 쌓인 낙엽 때문에 지붕이 무너질 우려가 있어 경찰이 간섭을 한다. 아내는 벌벌 떨며 혼자 지붕 위로 올라가 낙엽을 긁어내렸을 것이다. 생각해보니 내가 좀팽이 짓을 하긴 했다. 한국으로 돌아올 때도 그 동안 빌려 탄 아내의 자전거 안장을 내리지도 않고 그냥 왔다. 보나 마나 아내는 자전거를 끌고 옆집 영감을 찾아갔을 것이다. 영감은 아내의 키에 알맞게 자전거 안장을 내려주며 말했을 것이다.

너희 나라 남자들은 어쩌면 그렇게 매너가 없니. 그런 행동 하면 여기선 재깍 이혼당해요.

그이가 운전할 땐 제가 불안하거든요. 운전석 옆에 앉아 몇 마디 했다고 내내 꽁해서 저러는 거예요.

그뿐만이 아니야. 니네 시댁 식구들은 왜 아무 때나 불쑥불쑥 들이닥치니? 난 이해가 안 돼. 갈지 말지, 가서 며칠을 지내면 되는지 며느리의 허락을 받아야지. 지내는 동안 가사일과 생활비는 어떻게 분담할 것인지 구체적인 의논을 하고 와도 와야지. 너희 나라는 왜 며느리를 존중하지 않는 거야. 사랑하는 아들의 소중한 동반자인데. 너희 나라 문화는 그런 거니?

옆집 백인 영감은 코리아에서 온 노란 얼굴의 내 아내가 너무너무 가여웠을 것이다.

*

　동창회에서 내 얘기 석모 얘기 끝에 고향의 대홍수 얘기도 나왔다. 나는 대홍수가 난 다음날 미친놈처럼 차를 몰고 고향에 다녀온 일을 친구들에게 말하지 않았다.
　국도와 철로는 물에 잠겨 불통이었고 고속도로만 통행이 가능했다. 고속도로의 통행은 되지만 고향엔 고속버스가 서질 않고 그냥 통과한다고 했다. 고향은 통행금지 구역이었다. 관할 경찰서에 전화해 연유를 물었더니 혹시 발생할지도 모를 전염병 때문이라고 했다. 빠르면 내일이라도 통행금지가 풀리겠지만 지금 상황으로 봐선 며칠 걸릴 것 같으니 협조해달라고 담당 경관이 사정 조로 말했다. 불과 며칠이 아니라 지난 삼십오 년 동안 고향은 내게 통행금지 구역이었다. 나는 고향의 톨게이트 입구를 막은 통행금지선을 승용차 앞 범퍼로 들이받듯이 밀어서 줄을 끊고 들어갔다. 통행금지선은 허술하게 묶여 있었다. 통행료를 징수하는 도로공사 직원조차 보이지 않았다. 정비가 되지 않은 길을 차를 몰고 질주했다. 자갈과 흙더미와 검은 나무기둥이 도로 곳곳을 막고 있었지만 무시하고 계속 달렸다. 차체가 심하게 요동쳤고, 열린 창문으로 들어온 흙바람이 따귀를 때리듯 얼굴을 스치고 지나갔다.
　모든 것이 검거나 누르스름했다. 길도, 다리도, 뻘밭으로 변한 들판도. 지독한 분뇨 냄새가 검거나 누런 거리를 자욱하게 덮고 있었다. 물에 빠진 도시나 마을을 가장 먼저 덮치는 건 분뇨 냄새이고 마지막까지 빠지지 않고 남아 있는 것도 분뇨 냄새이다. 그것은 고향이 내게 보내는 특별한 암시 같았다. 소독차가 연기를 뿜으며 달리는 거리를 바짓가랑이에 흙을 묻히고 쏘다녔다. 물에 쓸려 지붕이 내려앉은 문방구, 뼈대만 남은 주택들, 황토물이 출렁거리는 초등학교 운동장, 소방차가 물을 퍼부어도 떨어지지 않는 거리의 검은 진흙 더미들…… 베르나르 뷔페의 그림 속에 들어와 있는 것 같았다. 나는 진흙 더미란 진흙 더미는 싸그리 밟고 지나갔다. 구두 밑창에 뭉텅이로 달라붙는 진흙을 발을 흔들어 떼어가며 홀연히 그리로 가서 섰다. 내가 석모를 보낸 자리, 석모가 날 부른 그 자리에.

*

그해 겨울 늦추위가 유난해서 우수가 가까워오는데도 강의 얼음은 녹을 기미가 없었다. 고교 입학을 앞둔 우리는 삼삼오오 다리 밑에 모여 담배를 나눠 피우거나 강에 나가 스케이트를 탔다. 스케이트를 타는 곳은 강 한가운데 있었다. 얼음 표면이 매끈한 곳에 둥근 원이 그려져 있었다. 수많은 스케이트 날에 파인 자국들로 이루어진 원이었다. 둥근 원을 돌 때마다 얼굴에 닿는 맵싸한 바람이 싫지 않았다. 강둑에서 흔들리는 억새와 강 건너 잿빛 들판은 오래된 흑백사진처럼 정겨웠고, 멀리 삼거리에 나붙은 현수막이 바람에 펄럭이는 게 보였다. 그날따라 텅 빈 강에서 석모와 둘이 앞서거니 뒤서거니 원을 그리며 돌았다. 취이이익...... 석모의 스케이트 날에서 반사된 햇빛이 번쩍, 내 눈을 날카롭게 찔렀다. 나는 얼굴을 찡그리며 둥근 원을 벗어났다. 번쩍하는 순간 부신 햇빛이 눈 속으로 파고들었고, 삼거리에 나붙은 현수막의 주인 김석모를 참을 수가 없었다. 둥근 원을 벗어나자 얼음 표면은 울퉁불퉁했다. 나는 뛰듯이 얼음판을 거칠게 지치며 나아갔다. 낚시를 하기 위해 뚫어놓은 얼음구멍이 보였다. 지나치게 속도를 냈기 때문에 비켜갈 수 없는 상황이었다. 얼음구멍은 충분히 뛰어넘을 만했다. 그러나 불행히도 뒷발이 구멍의 가장자리에 닿았고 얼음구멍 속으로 빠진 건 순간이었다.

차가운 물속에 빠지는 순간 가슴뼈가 갈라지는 것 같았고 귓속이 먹먹했다. 세상의 음이 모두 소거되었다. 취이이익...... 필사적으로 달려오는 스케이트 소리만 들렸다. 취이이익...... 얼음 위에 엎드린 석모가 손을 내밀었고 나는 사력을 다해 붙잡았다. 한 손으로 석모의 손을 잡고 다른 손으로 석모의 어깻죽지를 붙들고 얼음 위로 올라왔지만, 내 스케이트 날에 부딪힌 석모가 구멍 속으로 휩쓸려 들어갔다. 스케이트를 신은 두 청소년의 몸부림을 받아낼 만큼 강의 얼음은 단단하지 않았다. 가장자리에 얇게 언 얼음이 깨지면서 구멍은 점점 넓어졌다. 강심은 깊고 유속이 빠른 그곳, 얼음구멍 속에서 석모가 허우적거렸다. 허겁지겁 얼음 위에 엎드려 석모가 그랬던 것처럼 나도 손을 내밀었다. 맹세코 얼음이 깨지는 건 두렵지 않았다. 악귀처럼 내 손을 붙잡고 늘어지는 석모의 손아귀 힘이 두려웠다. 내 손을 잡은 석모가 올라오고 다시 내가 물속으로 빠질까봐, 석모와 나의 위치가 원상태로 바뀔까봐 그게 몹시 두려웠다. 진정 그뿐이었다. 어느 때 석모가 내 손을 혹은 내가 석모의 손을 놓았는지, 어푸어푸 입안의 물을 뱉으며 구멍 속에서 허우적거리던 석모가, 스케이트를 신은 석모가 어떻게 얼음 밑으로 빨려들어갔는지, 얼음 밑 흐르는 물을 따라 하류로 떠내려갔는지 나는 알지 못한다.

석모는 서울의 명문 고등학교 입학을 앞두고 있었다. 고향마을이 생긴 이래 처음 있는 일이었다. 명문대와 고시 합격, 석모를 축하할 현수막이 앞으로 삼거리에 두세 번은 더 내걸릴 거라고 믿었던 고향 사람들은 왜 네가 살아왔냐, 는 표정을 굳이 숨기려 들지 않았다. 소식을 듣고 달려온 석모 엄마는 짐승처럼 울부짖었다. 그것은 사람의 울음소리가 아니었다. 아우우…… 먼 들판에서 메아리치는 표범의 울음소리였다. 가슴을 후벼파는 그 울음소리는 강의 얼음이 녹을 때까지 밤이고 낮이고 강어귀를 맴돌았다. 어떤 날은 강둑 쪽에서 들리고 어떤 날은 강의 하류에서 아스라이 들렸다.

얼음 밑으로 빨려들어간 석모가 숨막혀하며 두 손으로 얼음을 마구 두드리던 일, 스케이트 날을 세워 미친 듯이 얼음을 깼지만 끄떡도 하지 않던 강의 얼음. 얼음 밑 흐르는 물에 떠내려가던 석모를 따라 젖은 스케이트를 신고 정신없이 내달렸던 일이 가만가만 생각났다. 번들거리는 얼음 밑에 반듯하게 누운 석모가 눈을 번히 뜨고 노려보는 것만 같아 밤이면 이불을 덮어쓰고 울었다.

꿈마다 석모는 잊지도 않고 날 찾아왔다. 얼음구멍에 빠진 석모가 강물을 따라 떠내려가다가 어느 순간, 얼음 표면에 얼굴을 바짝 붙인 채로 점점 희박해지는 산소 때문에 숨이 막혀 몸부림치는 꿈이었다. 생시처럼 얼음 위에 선 나는, 발밑에서 죽어가는 석모를 보면서도 아무것도 도와줄 수가 없어서 발로 얼음을 쾅쾅 구르며 고통스러워했다. 같은 꿈은 반복되었고 강의 얼음이 녹을 때까지 나는 밤마다 발로 얼음을 구르며 죽음보다 독한 추위와 아픔에 떨어야 했다. 강이 녹은 뒤 하류까지 샅샅이 뒤졌지만 석모의 시신은 찾을 수 없었다. 석모네는 서둘러 고향을 떴다. 맞춰두고 입지 못한 석모의 교복을 친구들이 강둑에서 태웠다. 나는 거기에 가지 못했다. 석모를 죽이고 내가 살았으니까. 친구들은 석모의 손을 내가 놔버렸다고, 이등만 했던 한이 골수에 맺혀 살려달라고 애원하는 석모의 손을 내가 매정하게 뿌리쳤다고 믿고 있었다.

*

파손된 강둑에 서서 물안개가 낀 강을 굽어보았다. 오래된 흑백 사진처럼 정겹던 강 건너 들판은 진흙 구덩이로 변했다. 수심이 얕은 강가엔 죽은 오리들이 허연 배를 드러내며 떠다니고 스티로폼과 나뭇가지, 찌그러진 양은주전자가 죽은 오리떼 사이에 섞여 있었다. 잘 가라. 꽉 움켜쥔 탓에 줄기가 일그러진 국화를 강물 위로 한 송이씩 던졌다. 석모야, 잘 가라. 하지 못한 작별 인사를 그날에야 비로소 했다. 대홍수가 난 다음날, 쑥대밭이 된 고향으로 가서야. 내 인사에 화답이라도 하듯 회오리치며 흐르는 물속으로 빨려들었던 국화꽃들이 다시 물 밖으로 얼굴을 내밀고 넌출넌출 흔들리며 강 위를 떠돌았다. 그날 너만 죽었던 게 아니야. 살아야 할 놈이 죽고 죽어도 되는 놈이 살아왔다는 표정, 사람들은 그 표정만으로도 나를 반쯤 죽였다. 석모야, 날 놔줘. 나도 그만 널 놔줄게. 강은 온통 붉은 흙탕물이었다. 내가 살아온 세월의 더께만큼 불어난 흙탕물이 그때 그 열여섯의 강물 위로 합쳐져 같이 흐르고 있었다. 강심은 깊었고 유속은 여전히 빨랐다.

둘 다 살 순 없었다. 스케이트를 신은 터라 몸이 무겁고 하체의 움직임이 둔한 석모가 얼음구멍에서 올라오는 순간, 그 힘에 의해 구멍 가장자리의 얼음은 깨질 것이고 우린 얼음구멍으로 같이 빠질 수밖에 없다. 누구도 우릴 도와주지 못한다. 그날따라 강엔 둘뿐이었다. 난 그뒤로도 그날의 정황을 수천 번은 떠올려봤지만 그것은 명백한 사실이었다. 문제는 누가 먼저 손을 놓았나, 였다. 석모였다. 필사적인 힘으로 내 손을 잡아당기던 놈이 한순간에 손을 놓아버렸다. 분명히 석모의 의식이 있을 때다. 그건 느낌으로 알 수 있는 일이다. 절체절명의 순간, 서로 간절히 마주 잡은 손에서 전해지는 기운만으로도 알 수 있는 일이다. 내가 오늘날까지 석모를 용서할 수 없는 건 바로 그 점 때문이다. 차라리 내가 먼저 석모의 손을 놔버렸다면 이처럼 괴롭지는 않을 것이다. 석모는 내가 먼저 손 놓을 기획마저 빼앗아가버렸다. 개새끼. 그때 그의 나이,

겨우 열여섯이었다.

그때의 우리 나이인 작은놈은 똥싼바지를 질질 끌고 미국의 거리를 활보하겠지. 세상 다 살았다는 시큰둥한 표정을 짓고서. 작은놈이 입은 똥싼바지나 널 보내고 내가 입었던 나팔바지는 별반 다르지 않을 것이다. 시퍼렇게 날선 청춘들은 이 지리멸렬한 날들을 견디기 위해 기껏해야 바짓단을 넓히거나 좁히면서, 정말이지 기껏해야…… 대단한 그 무엇도 아닌, 바지 밑단 따위나 괴롭히며 인생을 살아갈 테니. 바지 밑단처럼 넓혀지기도 하고 좁혀지기도 하며 살다보면 지리멸렬한 날들도 그럭저럭 흘러갈 테니.

아내와 아이들을 데리고 미국 서부지역에 있는 사막엘 다녀온 적이 있었다. 팔 차선 도로 양쪽으로 바싹 마른 들판이 끝도 없이 펼쳐졌다. 그 들판 가운데 풀뭉치 하나가 데굴데굴 구르고 있었다. 아내는 그걸 굴러다니는 잡초, 회전초라 부른다고 했다. 돌아와 사전을 찾아보니 명아줏과에 속하는 식물로 학명이 텀블위즈*였다. 가을이 되어 뿌리가 마르면 그래도 살겠다고 마른 뿌리에서 떨어져나온 줄기가 바람에 이리저리 불려다니며 살고, 그렇게 사는 주제에 씨까지 퍼뜨리는 식물이라고 했다. 사막의 기후 때문에 생긴 식물이겠지만 내 눈엔 그게 꼭 내 신세처럼 보였다. 홍콩 지사에서 운이 좋으면 뉴욕 지사로 옮기고, 그러고 나면 나도 명퇴를 당하겠지. 교포들이 모여 사는 곳에서 작은 슈퍼나 하며, 옆집 백인 영감이나 질투하며 남은 날들을 쪼잔하게 살아가겠지. 텀블위즈처럼 길 위를 굴러다니며. 돌아갈 고향이나 조국이 없는 난민처럼, 그렇게. 더러 좀팽이 짓도 해가면서 난 또 어찌어찌 살아가 겠지. 그러니 석모야, 너도 이젠 편안히 잠들어라.

* 텀블위즈(tumbleweeds): "명아줏과에 속하는 식물로 학명은 텀블위즈이고 굴러다니는 잡초, 회전초라 함. 가을이 되면 씨를 퍼뜨린다." 이 문장은 김관숙의 단편소설 「텀블위즈」에서 빌려왔다.

남은 해도 되지만 내가 하면 안 되는 것들의 목록

가짜 한옥들이 즐비하게 늘어선 골목에 이르자
은영은 비로소 안도한다. 진짜가 주는 기괴함과 무서움,
숨통을 죄는 듯한 불안한 마음은 간곳없이 스러지고
은영은 빠르게 현실감을 회복한다.

창문을 열자, 밖에서 불어온 바람이 방 안 공기를 밀어내듯 가르고 들어와 빠르게 섞인다. 창밖으로 얼굴을 내민 은영은 막힌 코로 짧고 세게 훅훅, 소리내어 바람을 들이마신다. 봄바람은 상쾌하나 냄새는 나지 않는다. 혹시나 했다.
　고등어를 조리는 비리고 달큰한 냄새, 달래를 넣어 끓인 씁쌀한 봄된장 같은, 밥때면 흔히 아래층에서 올라오던 냄새가 바람결에 맡아질까 괜한 기대를 했다. 반찬 냄새 대신 웬 새소리만 요란하게 귓전을 두드린다. 한쪽 감각이 막히면 다른 감각이 예민해진다더니 후각을 잃은 대신 청각이 발달한 건 아닐까. 이제 은영은 자신의 몸 어떤 기관도 신뢰하지 않는다. 겨우내 은영은 감기를 달고 살았다.
　"뭐야, 불감증에다 냄새까지 못 맡는다고? 정말 가지가지 하누만. 우리 은영 선배 불쌍해서 어쩌냐."

불치의 겨울을 나는 동안 뭐가 그리도 좋은지 유정호만 신이 나서 떠들어댔다.

감기는 질기고 느리게 진행되다가 알레르기성 비염으로 발전했다. 감기라고 우습게 여긴 걸 후회하며 병원 문턱이 닳도록 드나들었으나 후각은 돌아올 기미가 없었다. 종무소식이었다. 냄새를 맡지 못하게 되면서 생의 활기도 부쩍 줄었다. 후각을 잃으면 미각도 따라 상실한다는 걸 예전엔 몰랐다. 후각과 미각은 큰집과 작은집처럼 우리 몸에 그렇게 긴밀하게 얽혀 있나보았다. 집안에 갑작스런 대소사가 발생하면 삐리릭, 제일 먼저 울리게 되는 전화 벨처럼. 그 삐리릭이 끊기면서 커피 맛이 없어졌고 다음엔 국, 쥐포나 오징어 따위의 말린 생선 맛이 아득히 멀어지더니 낙지볶음의 맵고 짠 맛까지도 사라졌다. 치아나 혀에 닿는 말랑하고 쫄깃한 느낌은 여전했으나 맛만 실종되었다. 단맛과 쓴맛, 비린 맛과 신맛이 무정한 연인처럼 차례차례 은영을 떠나갔다. 냄새와 맛이 사라진 세계는 건조하고 심심했다. 인간이 느끼는 오감 중 심장 가장 깊숙한 곳에 각인되는 후각을 잃었으니.

"냄새를 못 맡는다는 게 이렇게 큰 고통인 줄 몰랐어요. 이건 불구도 보통 불구가 아니에요. 차라리 팔이나 다리가 없는 게 낫죠."

은영은 늙은 이비인후과 의사를 붙잡고 자신의 병증을 하소연했다.

"콧속이 부어서 그래요."

늙은 의사는 은영의 콧속에 칙칙, 분무기에 든 약을 두어 번 뿌리고 처방을 내렸다.

"언제쯤이면 냄새를 맡게 될까요."

"좀더 치료해봅시다."

"무슨 소견이 있으실 거 아녜요."

동굴 탐사대원처럼 여러 기구가 달린 띠를 이마에 둘러쓴 의사는 돋보기를 눈 가까이 내리고 은영의 콧속을 들여다보았다.

"이런 경우 섣불리 장담하기가 어려워요. 후각이 영원히 돌아오지 않는 사람도 있으니까요."

돌팔이 보듯 하는 은영의 시선을 읽었는지 의사는 겁부터 주었다. 알레르기성 비염을 앓는 동안 유정호가 집에 올 때마다 신경이 쓰였다. 은영이 맡지 못하는 실내의 퀴퀴한 냄새를 맡게 될까봐 거실과 화장실에 방향제를 잔뜩 뿌리고도 모자라 싱크대나 베란다 수챗구멍에도 락스를 부어놓았다.

"사람 잡겠다 야. 매워서 눈도 못 뜨겠어."

유정호는 집에 들어서자마자 앞뒤 베란다의 창문부터 열었고 무자비하게 들이치는 겨울바람에 은영의 감기는 나날이 깊어졌다. 막힌 코로 짧고 세게 숨을 들이쉬는 은영을 유정호는 뒤에서 종종 껴안았다. 코가 막혀 불감증까지 간 상황인데 이러고 싶냐, 면서도 은영은 대책 없이 몸을 맡겼다.

"냄새와 맛이 사라지니까 내가 마치 달걀의 흰 속껍질처럼 얇은 막에 감싸인 것 같아. 어떨 땐 두꺼운 천이 눈과 코를 지그시 누르는 것도 같고."

"갑갑하겠다."

"말이라고."

"전자 코를 하나 사 붙이면 어떨까. 유전학과 분자생물학의 눈부신 발전 덕분에 국내에도 전자 코가 나와 있어. 이놈이 얼마나 신기한지 오직 냄새로만 햅쌀과 묵은쌀을 가려내고 중국산 인삼과 국내산 인삼도 귀신같이 집어낸대. 그뿐만이 아니야. 유전 탐사용으로도 쓰여."

은영은 새벽마다 맡던 조간신문의 잉크 냄새를 기억한다. 냄새가 사라지기 전 마지막까지 남아 있었던 게 잉크 냄새였다. 무용지물로 변해가는 코에 가끔씩 안부 묻듯 톡 쏘던 눈물겨운 그 냄새.

"내가 체험한 바로는 세상의 모든 냄새 중 석유 냄새가 제일 독하고 강해. 유전 탐사용으로 쓴다는 건 맞는 말일 거야."

"히죽히죽 웃고 다니니까 이거 영 사람 말을 못 믿는 눈치네. 지금 진자 코가 어느 정도 발전했냐 하면, 냄새만으로 암세포를 찾아내는 단계까지 와 있어. 이제 암 정복은 시간문제라고."

"와아, 대단하네."

"전자 코 모델이 뭔 줄 알아? 개 코야. 개는 인간보다 백만 배 예민한 후각을 갖고 있대, 선배."

"그럼 개는 인간보다 오르가슴을 몇만 배쯤 더 느낀다는 말도 되네. 후각이 섹스에 미치는 영향을 고려하면."

"개새끼한테 물어보질 않아서 거기까진 모르겠어. 적어도 개가 지금의 선배보단 행복하다고 할 수 있겠지."

"있잖아. 그거 얼굴에 붙이고 하면 볼 만하겠다. 개 코 닮은 인공 코를 붙이고 헉헉대는 거…… 생각만 해도 끔찍해."

"그게 싫으면 불감인 채로라도 느껴봐. 올록볼록, 희고 얇은 난막을 갑갑하게 건드리기만 하다가 어느 순간 몸이 위로 확 솟구치는 기분이 들 때가 있을 거야. 그때 바로 내게 말해줘."

"왜? 섹스에 관한 논문이라도 한 편 쓰게?"

"선배 말대로 전공을 아예 이쪽으로 바꿀까. 불감증 치료 사례 어쩌구 하며 소제목에 힘을 팍팍 주면 먹힐 것도 같은데. 히히히. 이론도 이론이지만 선배 보기엔 나 어때? 실전에서도 소질 있는 거 같지?"

"벗은 너의 몸을 객관적으로 좀 살펴보고 말해라. 이게 서른한 살씩이나 먹은 남자의 몰골이냐. 몸이라고 비리비리 말라가지구선."

"은영 선배보단 낫다, 뭐. 자긴 나올 데는 들어가고 들어갈 데는 나왔으면서……"

그러나 등뼈의 마디를 하나하나 짚어내려가는 유정호의 손길은 다정하고 유연했다. 입을 연 그와 입 다문 그는 동전의 양면과도 같았다. 그의 손길에 나른하게 풀어져 있다가도 무쩨를 듯 입술을 열고 들어온 그의 혀가 빨판상어처럼 변하면 재채기가 터져나왔고, 그의 검지와 중지가 코끝과 인중을 수줍게 쓸고 가면 대번 콧속이 간질거렸다. 잠깐만. 은영은 유정호의 동작을 끊고 손수건으로 코를 팽팽 풀었다. 독한 약으로 말미암아 오래 전에 말라버린 콧속에선 콧물의 어떤 기미도 비치지 않았다.
"이거야 원, 도대체가 그림이 안 되누만."
유정호는 자주 툴툴거렸다.
"그러게 누가 하랬어."
"코를 풀 때마다 선배 눈에 눈물이 그렁그렁해지는 거 모르지? 젖은 눈에 허스키한 목소리, 죽이게 섹시하다고."
"이 추접이 네 눈엔 섹시로 보이냐. 너 혹시 변태 아니니?"
"히히히, 그럴지도 모르지."
"내가 불감증인지도 모른다고 하니까 네 눈빛이 요상해지면서 나 선배랑 하고 싶어, 무지무지 하고 싶어, 떼쓰듯 그럴 때 진작 알아봤어야 하는 건데."
"일종의 불가항력이었다고. 선배가 불감증이라고 말하는 순간 사나이로서 의무감이 마악 용솟음치는데 어쩌겠어. 지금 생각해봐도 그건 파도고 회오리고 지진이고 쓰나미였어. 나도 날 말릴 수가 없었다고."
아우, 말이나 못하면. 널 언제 키우니. 저절로 한숨이 나왔다.
"우린 운명이야, 선배애."
"촐싹거리지만 않으면 너도 참 괜찮은 앤데."
"선밴 같은 말을 해도 꼭 그렇게 하더라. 거 왜, 발랄 경쾌라는 좋은 말도 있잖아."
눈 똥그랗게 뜨고 쳐다보는 유정호가 밉진, 않았다. 유정호를 만나면 이상하게 은영도 히히 모드로 나갈 수밖에 없었다. 저쪽에서 작정하고 히히거리며 나오는 데야 별수 없었다. 어쩌겠냐. 히히거리는 채로라도 쭉 가야지, 뭐.

"은영 선배, 우리 누나 좀 만나주라."

유정호는 느끼한 표정을 하고 은영을 졸랐다. 너, 그 표정 되게 안 어울리는 거 알지? 일단 태클부터 건 은영은 왜? 그 누나에서 이 누나로 옮겨 앉게, 이죽거렸다.

"키키키, 운명이 날 부르네."

"멀리 내다봐라. 네가 마흔이면 난 쉰 문턱에 가 있어. 네가 쉰이면 난 환갑노인에 가깝고."

"나이가 뭔 대수겠수. 요새 환갑노인들은 요염하기만 하더라. 구청 문화센터엘 가봐. 등때기 확 파인 드레스 입고 밤마다 사교춤 추는 여자들, 알고 보면 전부 환갑노인들이야."

그가 그럴 때마다 에라 모르겠다, 엎어지고 싶은 마음도 없지는 않았다. 이건 생물학적인 나이를 떠나 아주아주 중요한 문제라고. 세상을 보는 관점부터가 차이나잖아, 우린. 넌 단순하고 난 복잡하고, 니들 표현대로 하자면 넌 명쾌하고 난 구리고.

"솔직히 난 네가 맹맹해. 굿소금 안 치고 담근 새우젓처럼 요렇게 맹맹한 마음인 채로 너랑 맹맹하게 살아야 속이 시원하겠냐."

변죽을 울려봤자 유정호의 귓구멍은 막혀 있었다. 돌이킬 수 없다는 걸 은영도 알았고 유정호도 알았고 그 결과가 우리 누나 좀 만나주라, 였는데도 버틸 만큼 버텼다. 모양새 때문만은 아니었다. 나이나 사회적인 관습을 떠나 왠지 알 수 없는 불길한 기운이 자꾸만 목덜미를 낚아채는 기분이었다. 이 찜찜함은 뭐지? 자그마치 여덟 살이나 차이나는 남자와의 결혼을 앞둔, 늙다 못해 쉰 여자의 심란함으로 표현하기에는 다소 미진했다.

　막힌 코로 짧고 세게 숨을 들이쉰 은영은 창문을 닫는다. 봄바람은 포근해 보여도 엄동의 찬 기운을 씨앗처럼 품고 있어 어느새 맨팔뚝에 소름이 돋는다. 기왕이면 귀엽고 예쁘게 입고 나가. 유정호의 당부가 아니더라도 은영은 그럴 생각이다. 그는 귀엽다는 말 대신 어리다는 말을 하고 싶었을 것이다. 기왕이면 어리고 예쁘게 입고 나가, 라고. 아무리 아닌 척 비벼대도 여덟 살의 나이 차가 주는 지뢰밭은 곳곳에 시커먼 아가리를 벌리고 포진해 있었다. 지뢰밭을 뛰어넘어야 하는 쪽은 왜 항상 네가 아니고 나니?

　이번주 계속해서 입었던 정장 슈트는 제쳐놓고 옷걸이에 걸린 옷들을 이것저것 만지작거리지만 마땅한 게 눈에 띄질 않는다. 망설이다가 리본 달린 흰 블라우스와 네크라인이 시원하게 파인 진회색 반소매 카디건, 인디언핑크색 주름치마를 꺼내든다. 몸에 대보니 맞선 자리에 딱 맞아떨어지는 콘셉트다.
　"생각보다 어려 보이네요."
　무신경하다고도 지나치게 솔직하다고도 할 수 있는 말을 정호 누나는 거리낌 없이 한다. 자신보다 세 살이나 많은 남동생의 연인을 보는 심정이 오죽할까 싶어 은영은 고맙습니다, 로 넉살 좋게 받는다.

"사실 우리 정호 애길 듣고 마음이 많이 복잡했어요."

정호 누나, 너무 쉽게 안도의 숨을 내쉰다. 어쩌지? 목주름은 블라우스의 리본으로 감췄다곤 해도 이제 서서히 콤팩트로 숨긴 눈가의 주름이 드러날 텐데.

"제가 뻔뻔해 보이죠?"

정호씨가 하도 졸라서, 라는 말은 열두 폭 치마 속에 감춘다.

"어, 그런 건 아니구요."

저쪽이 오히려 당황하는 눈치다. 겨우 두 테이블만 손님이 있을 뿐, 카페 안은 한적하다. 무심코 카페의 원목바닥에 눈길을 떨구던 은영은 탁자 밑으로 비어져나온 정호 누나의 겨울구두를 본다. 철 지난 구두가 쌀에 섞인 뉘 같다. 옷에 핸드백에 딴엔 빼입고 나왔어도 구두까지 맞출 수는 없었을 것이다. 정호 누나는 집에서 살림만 하는, 초등학교 교사의 부인이랬다. 밥은 있지만 후식이 없고 아이들 학원은 보내지만 과외는 시킬 수 없는, 늘 이가 하나 정도 빠진 살림을 꾸려왔을 것이다.

"주말에 전주 집에 인사 가기로 했다죠."

둘이서 짜고 치는 화투판에 내 허락이 뭐가 필요하냐, 는 말은 아닌 것 같다. 그렇다고 남편 눈치 봐가며 동생 거둔 티를 내는 것 같지도 않다.

"우리집이 좀 그래서요."

은영도 안다. 시골집에선 등록금만 달랑 올려보내는 터라 정호 누나가 밥 먹이고 용돈 줬다는 걸. 그래서 은영을 받아들였을 것이다. 시간강사인 그를 뒷바라지할 아내로는 전문직 여성이 알맞다고, 시간강사 벌이나 농촌 총각 벌이나 그게 그건데 말도 안 통하는 외국인 신부는 보면서 나이 많은 순혈 토종신부 못 볼 것도 없다고, 유정호의 집에선 득과 실을 따져 일찌감치 계산 끝냈을 것이다. 아, 이럴 땐 유정호의 집이 가난한 게 얼마나 다행인지.

"가보면 알겠지만 우리 집안이…… 다른 집과는 좀 달라요."

이 무슨 말씀? 집이 아니고 집안이란다. 그럼 가정사? 아니, 가난 얘기가 아니었잖아. 유정호 이 인간, 또 미꾸라지처럼 혼자만 빠져나갔네. 아랫배에 힘을 줬더니 눈이 자동적으로 동그래진다. 평소 유정호의 행실로 봐선 누대로 애정사가 난잡할 확률이 가장 높다. 큰어머니에 작은어머니, 죽을 날 먼 뒷방 할머니에 과거 행적이 수상한 작은할머니까지…… 캐면 캘수록 배다른 형제나 삼촌 들이 감자 줄기처럼 주렁주렁 달려나오겠지. 잘못하다간 결혼생활 내내 불우이웃을 도와야 할지도 모르겠다. 한 달이 멀다 하고 목돈 드는 자선바자에 숱 적은 눈썹을 휘날리며 부리나케 뛰어다녀야 할지도 모른다. 주스 잔의 테두리를 검지로 훑던 정호 누나가 매듭짓듯 말한다.

"처음이 힘들지 살다보면 그럭저럭 적응될 거예요."

저 말처럼 무서운 게 어디 있나. 인간의 적응력이 얼마나 뛰어난데. 노예나 검투사도, 시베리아 유형에 처한 사형수도 다들 처음에만 힘이 들지. 점점 뒷골이 땅긴다.

"선배만 그런 게 아니고 나도 그렇다고. 서른하나, 꽃피는 인생인데 김빠진 사이다처럼 요롷게 맹맹한 채로 선배랑 살아야겠어?"

곰곰 생각해보니 유정호의 요 말도 수상하다. 노예나 검투사나 시베리아 유형에 처할 사형수 형편이면 당연히 결혼은 못 하는 거지. 은영은 키위주스가 반이나 남았는데도 토마토주스를 한 잔 더 주문한다. 정호 누나가 그 심정 충분히 이해한다는 얼굴로 은영을 찬찬히 뜯어보고 있다. 유정호나 정호 누나나, 유씨들이 단체로 무섭다. 설마 잠깐 조는 틈에 꾸는 어지러운 낮꿈은 아닐 테지.

인줏빛 불꽃이 눈알을 파고들 듯해 은영은 거푸 눈을 비빈다. 동아시아 최고의 불꽃문양으로 일컬어지는, 6세기경 만들어진 중국 윈강 석굴에서 발견된 벽화 가운데 하나인 화염문(火炎文). 무덤 속 습기와 암흑, 그 오랜 세월의 부침에도 화염문은 상한 데 없이 오롯하다. 꽃대궁 모양의 속불꽃을 심지 삼아 괄하게 타오르는 겉불꽃은 흡사 똬리를 튼 열 마리의 뱀들이 붉은 혓바닥을 널름거리며 하늘로 기어오르는 것 같고 옆으로 번진 잔불꽃과 점점이 튀는 불티까지 선명하다. 포스터 위에서 한참을 머뭇대던 은영의 손이 날렵하게 움직인다.

"이대로 가. 컬러 톤도 좋고 편도 잘 맞잖아. 대체 뭐가 문제란 거지?"

은영은 포스터를 앞으로 쭉 밀다가 눈살을 찌푸리곤 다시 제 앞으로 끌어당긴다. 이제야 알았냐는 듯 학예사 김이 어깨를 으쓱한다. 벌써 노안이 온 모양이다. 포스터의 배경으로 찍힌 해태상이 영 아니다. 빛이 과다 노출됐는지 석상이 밋밋한 게 볼륨감이 적다. 광화문 해태상의 사진을 쓴 게 잘못이리라. 이래가지고서야.
"부조의 양감이 시원치 않네."
해태는 상상의 동물로 화재나 재앙을 물리치는 신수(神獸)라 하여 궁궐이나 불교 건축의 장식물로 쓰였다. 그런가 하면 옳고 그름과 선악을 구분한다고 생각돼 조선시대 대사헌의 흉배에도 수놓인 영물이다. 풍수설에 따라 관악산의 화기를 막기 위해 광화문에 해태상을 세운 것처럼 이번 화염문 특별전 포스터의 배경에도 해태상을 넣었다. 화기가 승하면 눌러야 한다. 독사의 혀처럼 널름거리는 화염의 기운을 누르는 건 오로지 해태상의 몫이다. 애당초 광화문 해태상 대신 온양 민속박물관이 소장한 해태도를 쓸 예정이었으나, 조선 후기에 그려진 민화여서 유아스럽다는 게 흠이다.
"아쉬운 대로 온양 민박의 해태도라도 갖다 쓸 걸 그랬나?"
은영의 말에 대뜸 김이 반박하고 나온다.
"포스터가 뭔데요. 관습적인 합의가 바탕에 깔린 표적이잖아요. 특별전 포스터는 불이 훨훨 솟구치며 기운 충천인데 온양 민박의 해태가 배경으로 들어간다고 가정해보세요. 김이 팍 새고 말죠."
"그렇지? 온양 민박의 해태는 눈에 독기가 없어."
"그냥 광화문 해태상으로 가요. 약간 무식해 보여도 풍채 좋고 근엄하잖아요."

"시간도 없는데 그래야겠지."

특별전 날짜는 다가오는데 도록은 때맞춰 나오질 않고 생각지도 않았던 포스터까지 속을 썩인다. 홍보대행사에 전화를 해봐도 포스터 담당자는 자리에 없다. 핸드폰도 꺼진 상태다. 도록 때문에 아침부터 출판사가 있는 파주와 신촌 인쇄소까지 뛰어다녔더니 눈은 뒤통수까지 들어갔고 점심으론 뭘 먹었는지 기억도 나질 않는다.

"포스터 수정작업은 요기나 한 다음에 하자고."

"그래요, 까짓것. 안달복달한다고 디자인 담당자가 대기하고 있는 것도 아니고."

별동대를 자처한 보존과학실 막내가 밖에 나가 사가지고 온 피자와 순대, 떡볶이가 회의실 탁자에서 식어가고 있다. 순대와 떡볶이가 든 비닐봉지의 주둥이가 벌어진 걸로 봐선 아까부터 냄새를 피웠을 것이다. 은영이 맡지 못하는 매움하고 콤콤한 그런 냄새. 일층인데도 외부에서 보면 반지하 같은, 지대가 낮아 벚나무 둥치만 보이는 창에 눈을 두고 은영은 입안의 음식물을 맛없이 씹는다. 꼽아보니 생리 하루 전이다. 후각과 미각이 사라진데다 생리까지 신호를 보내니 입맛이 있을 리 없다. 내일이면 덩어리가 진 검붉은 생리혈이 뭉텅뭉텅 흐를지도 모르겠다.

조계종 산하 불교박물관은 덩치만 컸지 학예직이라고 해봤자 학예관인 은영과 학예사 두 명이 전부다. 보존과학실 직원 두 명과 총무과 직원 한 명, 경비와 청소부까지 도합 열 명 남짓한 인원이 불교박물관에 상주하고 있다. 관장인 지원스님은 대외적인 일만 맡아서 할 뿐 박물관을 꾸리는 일은 학예실장인 은영이 한다. 이번 특별전도 처음엔 사리전으로 갈까 하다가 화염문으로 바꿨다. 화염문은 부처의 광배로 쓰이기 때문에 불가에서는 친숙한 문양이다. 사찰 어디서나 볼 수 있고 눈에 익기는 하지만 화염문을 제대로 아는 불자들이 적다는 게 막판에 주제가 뒤집어진 이유였다.

"불사에도 어두운 땡중이 뭘 알 리 있소이까. 화염문이면 어떻고 사리면 어떻습니까. 나야 아무래도 좋으니 야근이 끝나면 곡차나 한잔들 하고 가시지요."

사리보다는 화염문이 어떻겠느냐고 은영이 물었을 때 지원스님은 회식비가 든 봉투만 건네고 한발 뒤로 빠졌다. 하나 특별전이 열리면 지원스님의 빛나는 활약이 시작된다. 시종 하회탈 같은 미소를 띠고 장삼자락 펄럭이며 관람객 유치부터 문화계 인사들과 보살들의 접대까지 자신의 업무를 완벽하게 소화해낼 것이다. 서로 입 열어 말하지 않았는데도 지원스님과 은영은 여태 그런 식으로 손발을 맞춰오고 있다.

"정호 선배, 들를 때도 됐는데."

이쑤시개로 떡볶이를 찍어 먹던 학예사 김이 흘긋 은영을 본다. 한 사람의 손도 아쉬운 형편이니 유정호 생각이 날 만도 하다. 불교박물관 개관 무렵, 유정호는 촉탁직원으로 일 년가량 일했다. 강의가 많아지면서 박물관을 그만둔 뒤에도 무료로 일손을 빌려

주었고 은영 옆에 덤으로 낀 주제에 주인 행세하며 직원들과 잘 지내고 있다. 은영을 불교박물관에 추천한 박교수는 유정호의 지도교수다. 굳이 가르자면 유정호는 박교수의 직계 제자이고 은영은 방계쯤 되는 셈이다. 학예사 김과 유정호는 대학 선후배로 스스럼없는 사이기도 하다. 이렇듯 국립박물관이나 사립박물관 직원들은 학연으로 끈끈하게 연결되어 있다. 유정호와 서은영의 연애담은 그런 연줄을 타고 민들레 갓털처럼 퍼져나가 이젠 전국 박물관과 대학에서 모르는 사람이 없을 정도다.

특별전 때문에 주말과 휴일도 반납하고 일한 지 삼 주째. 전주에 간다는 말이 은영의 입에서 떨어지질 않는다. 이번 주말과 휴일에도 직원들이 출근할 게 뻔한데 학예실장이 개인적인 일로 빠진다는 게 아무리 생각해도 말이 되질 않는다. 특별전이나 마치고 전주에 가자고 했더니 유정호는 단번에 은영의 말을 잘랐다. 선배, 내가 급해서 그래. 은영은 뭐가 그리 급하냐고 물을 수 없었다. 보나마나 십구 세 이하 청취 불가의 노골적인 대답을 할 게 분명했다. 며칠 전 은영을 보러 온 유정호는 뭐 마려운 강아지처럼 지하 수장고 불상실까지 졸래졸래 따라왔다.

"난 이상하게 부처들만 보면 흥분되더라. 핏속 호르몬들이 장난치나봐. 옥시토신과 바소프레신의 수치가 팍팍 오르는 게 느껴져. 선배 나 어떡하냐. 더는 못 참겠어."

불상들을 지나치며 제풀에 얼굴이 벌게진 유정호가 은영의 귓속에 뜨거운 숨을 불어넣었다. 농담인지 진담인지 노상 헷갈리게 하는 인간이지만 그 말만으로도 불경의 극치를 향해 치닫고 있는 셈이었다.

"저 금동보살좌상 앞에서 선배랑 함 하면 안 될까. 대자대비하신 부처님의 공덕 아래 우리 한 번만 하자, 응?"

유정호가 가리킨 금동보살좌상은 불상실 한쪽 구석에 있었다. 번쩍거리는 수많은 금불상 중 그것만 시커멓게 녹이 슬어 꾀죄죄한 몰골이었다. 녹 제거를 위해 보존과학실로 옮기려고 대기중인 불상이었다. 예나 지금이나 유정호의 취향은 기괴망측했다.

"미쳤어! 공과 사도 구분 못 하니. 여기가 어디라고, 내 밥줄까지 끊고 싶어?"

"너무 그러지 마. 내가 부단히 몸을 닦아 선배 몸에 길을 내면 혹 알아. 천문이 좌악 열려 중박(국립중앙박물관)에서 못 푼 석가탑 중수기 비밀 푼다고 나설지. 난 순전히 국가적이고 대승적인 차원으로다……"

"중박에서 퍽이나 반가워하겠다. 중박 문턱도 못 넘고 쫓겨올 주제에."

"킬킬킬."

말은 그렇게 했지만 웃느라 밑으로 촉 처진 유정호의 눈을 보자 은영의 몸이 탄소동화작용을 일으킨 듯 푸릇푸릇해졌다. 이러면 안 되는데. 거듭 제어장치를 가동시켜도 그를 향한 갈망이 덩굴손처럼 뻗어나갔다. 사랑의 충만함을 다스리는 호르몬이 감정 뒤에 숨어서 수렴청정을 시작한 모양이다. 은영은 이 조짐이 떠난 몸의 감각이 되돌아오려는 반가운 신호라고 생각했다. 유정호는 하루 먼저 전주에 내려가 있겠다고 했다. 국가적이고 대승적인 차원의 거사는 전주에서 진하게 치르자는 농담도 잊지 않았다. 못 본 지 겨우 사흘인데 유정호가 그립다. 짜글거리는 그 기묘한 웃음소리도.

고향집을 보는 건 그 사람의 속살을 들여다보는 것과 같다. 그런 이유로 이번 전주행은 은영에게 기대가 반이고 근심이 반이다. 전주 고속버스 터미널에 내리자 희고 동그란 유정호의 얼굴이 먼저 보인다. 그런데 뭔가 좀 달라졌다.
"이 대명천지에 웬 머슴인가 했어."
"선배, 이 옷 어때? 나한테 어울리지?"
"아니, 엄청 웃겨."
천연염색을 한 생활한복이라니. 게다가 구색 맞춰 흰 고무신까지 신었다. 수염을 기르고 댕기머리를 하면 예술가를 지향하는 문화애호가 행색이 나올 것도 같다. 지금이라도 인사동 네거리에 서 있으면 이런 복색을 한 남자들이 적어도 십 분에 한 명씩은 지나갈 것이다. 낮은 건물들이 어깨를 잇댄 한적한 구시가지를 지날 즈음 은영이 창밖으로 손을 내민다. 비 온 뒤에 나온 희끗한 햇살이 은영의 손바닥에 서름하게 내려앉는다. 서름하긴 옆에 앉은 유정호나 전주천도 마찬가지다. 일 때문에 몇 번 왔는데도 전주가 초행길처럼 낯설다. 공적인 일과 사적인 일로 가는 길의 차이가 그런 건가보다. 비슷해 보여도 맛이 다른 비빔밥과 볶음밥의 차이처럼. 유정호는 전주 한옥마을 앞에서 택시를 세운다. 남은 이벤트가 또 있나보다.

"집부터 가야지, 어딜 들렀다 가려고."

은영이 뒤에서 구시렁거리는데도 유정호는 짐을 들고 내처 걷더니 좁은 골목으로 들어간다. 한옥 보존지역으로 지정된 후 이 동네를 전부 버려놨다. 너도나도 함부로 집을 지어 조잡한 티가 폴폴 난다. 공장에서 막 찍어낸 싸구려 기와에 황토로 담을 쳐서 올리긴 했지만 서툰 미장 솜씨가 봄볕에 확연히 드러난다. 새로 리모델링하는 집이 있어 넘겨다보니 인부 셋이 마루와 대청의 나무기둥에 달라붙어 검게 그을린 세월의 때를 쇠칼로 북북 긁어내고 있다. 저만치 앞서가던 유정호가 골목길에 서서 은영을 기다린다. 키가 허리께에 닿는 조팝나무가 울타리 대신 늘어선 골목의 끝머리, 유정호의 등뒤론 세 칸 솟을대문이 보인다. 적벽돌로 촘촘하게 쌓아올린 담의 윗면엔 지푸라기 섞인 흙벽에 네모진 나무판자가 박혀 있고, 날아갈 듯이 솟은 팔작지붕의 처마가 솟을대문 너머로 은근슬쩍 걸렸다. 가짜 속의 진짜를 보는 기분이랄까. 날림으로 지어 한옥 흉내만 낸 주변 집들과 대조적이어서 그 집은 한결 위엄 있어 보였다.

"여기가 어딘데?"

"우리집이야."

"오오, 그래. 우리집에 비하면 새 발의 피군. 경복궁이 우리집이

거든."

 웃음을 깨문 은영은 목을 길게 빼고 유정호가 등으로 가린 표지판을 읽는다. 이 집은 전북 민속자료 제8호로, 조선 말기에 한국 전통 건축기술을 전승받아 지은 상류층 주택으로 대지 152평에 건평 69평. 일류 도편수와 목공 4280명이 동원되어 이 년 육 개월에 걸쳐 지었고, 공사 비용만 백미 사천 석을 들인 칠량가구 곱은자집이다. 남유당의 현판은 당시 명필 김돈희가 썼으며 택호는 고종에게 하사받았다고 씌어 있다.

 "들어가지."

 유정호가 제집처럼 솟을대문을 밀자 비스듬히 열린 문으로 기역 자형 집이 눈에 쑥 들어온다. 수막새와 암막새로 된 기와며 처마가 맵시 있게 들린 부연추녀와, 배의 선창 같은 이국풍의 삼각형 창문이 지붕 위로 세 개나 뚫린 팔작지붕의 우람한 위세만으로도 은영의 기가 꺾인다. 팔작지붕을 일별한 은영이 처마 밑, 활달한 필체로 쓴 남유당의 현판을 훑고 있는데 유정호는 대문 옆 사랑채로 성큼성큼 걸어간다.

 "형수님."

 유정호는 이 집 주인과도 형제처럼 지내는 모양이다. 워낙 유들유들하고 비위가 좋아 은영이 아는 유정호의 형수님만도 한 다스가 넘는다.

 "어머나, 도련님 오셨네."

 사십대 후바이나 오십대 초반쯤 되어 보이는 여자가 나오더니 유정호의 가방을 받아든다. 순간 일이 야릇하게 되어간다는 생각과 함께 불길한 예감이 은영을 덮쳤다. 다행히 사랑채는 전통찻집으로 꾸며져 있다. 마음이 놓인다.

"오느라 힘들었죠? 편하게 앉아요."

여자 역시 회색과 황토색의 천연염료로 물들인 생활한복을 입고 있다. 여자가 입은 생활한복은 치마가 아닌 바지여서 편해 보이고 오래 입어 그런지 몸에 착 붙는다. 이 동네는 생활한복을 입는 게 유행인 모양이라고, 옷 입은 꼴로 봐선 유정호네 집도 근방 어디쯤일 거라고 짐작한 은영은 그제야 실내를 둘러본다. 찻집은 한지 바른 벽에 나무탁자와 화각장 같은 고전적인 집기들로 장식되었고 축음기가 구석자리를 차지하고 있다.

"저 축음기는 육십 년쯤 된 거야."

"이런 집에서 그쯤이야. 근데 이 집 참 대단하다."

유정호가 입은 생활한복도 수상하고 하는 짓도 전에 없이 낯설어서 은영은 차나 마시고 어서 집으로 갔으면 싶었다. 그런데 여자가 차를 내오며 이상한 말을 한다.

"도련님, 차부터 마시고요. 식사는 어머님이 일어나시면 하죠."

여자의 말에 은영이 입술만 움직여서 "뭐야?" 하고 유정호에게 항의하는데, 찻잔을 탁자에 내려놓던 여자가 "내가 유정호씨 형수예요" 한다. 이 찻집만 세를 냈나, 하는 생각이 은영의 머리를 스칠 때쯤 "여긴 우리집이고요, 도련님이 태어난 생가이기도 하고요" 눈을 내리깐 여자가 야물게 제 할 말을 다 한다. 그러고는 차와 곁들일 다식 접시도 잇따라 내려놓는다. 투박한 도자기 접시에 노란 송화다식들이 나란나란 놓여 있다. 그림 같다.
"일부러 만든 거니까 먹어봐요."
은영은 형수가 안 보는 틈을 타, 이따 보자는 투로 유정호에게 눈을 흘긴다.
"어머님과 저, 여자 둘만 여기 살아요. 도련님과 아가씬 가끔 내려오고요."
"아…… 예."
"우리집은 민속자료로 지정은 됐지만 내부 개방을 안 해서 비교적 조용해요. 차 마시러 오는 손님들도 많지 않고요. 내년엔 전부 개방하려고 합니다. 도련님 결혼을 서두르는 것도 그 때문이고요. 종가는 쇠해도 향합은 남는다는 말이 있지요? 한 집안의 영고성쇠는 무상해도 전통이나 가풍은 길이 전해진다는 뜻이에요. 은영씨라고 했나요. 결혼을 하게 되면 주말마다 여기 내려와야 할 거예요. 어머님과 난 이 집을 지키는 사람에 불과하고 엄연히 십사대 종손은 도련님이니까요. 집을 개방하면 일주일에 하루 정돈 종손 노릇 해야죠."
"어?…… 그런 말은 차차……"
당황한 유정호가 형수를 막아선다.
"형수, 은영 선밴 아무것도 몰라요."
"그래서 미리 말해두는 거예요. 어머님이 깨시면 바로 들이댈 텐데 그보단 나한테 듣는 게 낫지 않겠어요?"

남은 해도 되지만 내가 하면 안 되는 것들의 목록 199

"그렇긴 하지만서도……"

유정호는 난처한 얼굴로 은영을 보더니 괜스레 입맛을 다시며 "엄만 무슨 낮잠을 이리도 길게 주무시나. 또 반주 드셨어요?" 형수에게 묻는다. "어련하시겠어요." 미간을 좁히며 말을 받은 형수는 은영의 아래위를 뜯어본다. 몇 그램이나 나가나, 저울 눈금을 읽는 듯한 저 눈길. 카페에서 은영을 훔쳐보던 정호 누나의 눈과 비슷하다. 은영은 단체로 짜고 치는 고스톱 판에 영문도 모른 채 홀로 들어와 앉은 것 같다. 옆에 앉은 유정호도 은영이 알던 그 촉새 같은 남자가 아니다. 유정호, 너 죽었어.

"이 집이 자기 집이었어?"

안에서 형수가 듣거나 말거나 뒤따라 나오는 유정호에게 쏘아붙인다. 지금 은영은 형수에게 체면을 차릴 기분도, 그럴 형편도 아니다.

"그래 봤자 일개 아전 집이야."

"그 말을 하는 게 아니잖아. 날 속였잖아. 뭐? 가난한 빈농의 자식이라고?"

"선배, 우리가 가난한 건 맞아. 집만 멀쩡하지 완전 빈털터리야. 형수가 전통찻집을 해서 근근이 생계를 꾸리니까."

"니 말은 안 믿어. 가난한데 사랑채의 주추가 호박주추냐? 호박주추는 창덕궁에나 놓인 거야. 일개 아전이 궁궐에서 놓던 주춧돌을 놓고 살았다는 게 말이 된다고 생각하니? 안채의 저 등내리문*

하며, 보면 볼수록 늴리리 기와집이다 야."
 남유당의 사랑채에서 안채로 건너가려면 정원을 지나야 한다. 정원 한가운데 작은 동산이 조성되어 있다. 동산에는 둥치가 휜 소나무들이 어른어른 호랑이 무늬의 그늘을 드리우고 소나무 아래 그늘진 곳엔 키 작은 관음죽들이 자란다. 바람이 불면 양지에 선 줄기 가는 나무들이 팔랑팔랑 잎을 뒤집으며 사방에 빛을 흩뿌린다. 그늘은 깊고, 햇빛 비치는 쪽은 명랑하고 나른하다. 은영은 답사를 통해 수많은 고택들을 두루 봤지만 남유당처럼 호화로운 집은 처음이었다. 아무리 개인 소유의 주택이라 한들 민속자료로 지정까지 되었는데 어떻게 남유당을 몰랐을까. 왜 문헌에서 본 적도 없었을까.
 "동학혁명이 일어난 갑오년, 그해 우리 증조부는 전주 감영의 아전이었어."
 그러고 보니 유정호에게선 아전 분위기가 물씬 풍기는 것도 같다. 종가는 쇠해도 향합은 남는다는 형수의 말은 맞다. 백 년이 지났어도 아전의 촐싹거림을 벗어나지 못하다니. 아전의 이미지가 호도되거나 폄하된 구석이 없진 않지만, 어쨌거나 한번 경망한 핏줄은 대대로 경망하구나. 은영은 새삼 핏줄이 무섭다는 생각이 든다.
 "아전이었지만 전라감사의 인사권을 쥐고 있을 만큼 세력이 대단했지. 대원군은 충청도 양반과 평양 기생, 전라도 아전이 조선의 세 가지 큰 병폐라고 했지만 고종의 생각은 달랐어. 남쪽에서 믿을 만한 자로는 유씨 성을 가진 아전이 유일하다고 공공연히 말할 정도였으니까. 그래서 남유당이란 택호도 고종이 직접 지어준 거고. 그렇게 되기까지 궁궐에 갖다 바친 재물이 얼마겠어. 내 증조부가 어떤 방법으로 축재를 했냐 하면 돈 많은 지주나 토호 들을 불문곡직 잡아들여 물고를 내. 그러곤 당신도 농민군과 한패지, 그들 뒤를 봐줬지, 그 말 한마디면 곡식과 피륙이 바리바리 들어와. 그랬으니 진짜 농민군은 얼마나 잡아다 죽이고 가뒀겠어. 이재에 밝은 증조부는 농민군과 지주, 양쪽에서 재물을 뜯어낸 거야. 동학혁명이란 틈새시장을 제대로 활용한 케이스지."

무더기로 핀 영산홍 옆에 좁쌀을 엎지른 것처럼 희끗희끗한 게 눈에 띈다. 자세히 들여다보니 자잘한 잡풀들이 막 꽃망울을 터뜨리려 하고 있다. 물에 불린 엿기름을 체에 문지르면 빼질거리며 나오는 녹말분처럼, 반쯤 눌린 흰 꽃망울들이 연두색 줄기에 매달려 있다. 꽃은 꽃대로 풀은 풀대로 이렇게 예쁜 5월인데, 유정호 저 인간은 낯빛도 붉히지 않고 백 년 전으로 거슬러오르고 있다.

"저기 우물 보이지? 요즘도 저 우물로 돌멩이가 날아들어."

안마당에 우물 있는 집이 흔치 않은데 남유당의 안마당엔 아주 깊고 넓은 우물이 있다. 우물 속 물이 고인 곳까지 사람이 걸어들어갈 수 있게끔 돌계단이 나선형으로 놓여 있어 위에서 보면 우물이 아니라 로마 시대에 지어진 지하 동굴 같다. 선대가 백 년 전에 경치 삼아 저런 우물을 안마당에 파놓고 살았을 정도면 후손된 도리로 그깟 돌멩이 세례쯤 받는다 한들 크게 억울할 건 없겠다, 싶다.

"최제우가 세운 천도교는 서울로 터전을 옮겨 간신히 명맥을 잇는 정도지만, 전주 모악산 밑 구릿골에서 강증산이 일으킨 후천개벽사상인 증산도는 그 세가 날로 번창하고 있어. 물론 두 종교의 뿌리는 동학이고. 그게 농민군의 후손들이 눈 시퍼렇게 뜨고 여기 살고 있다는 증거야. 내 조부와 아버지는 그들에게 돌멩이를 맞아가며 이 집을 지켜냈어. 백 년도 더 된 세월을 일러 사람들은 과거나 흘러간 역사라고들 하지만 과거가 현재인 사람도 있어. 흘러간 이전의 시간으로 되돌아간 게 아니라 그때 그 시간에서 한 발도 나아가지 못한 사람들, 빼도 박도 못하고 한자리에 붙들려서 빠르게 흐르는 현재를 망연자실 바라만 보는 사람들. 종택을 지키는 종손이나 종부 들이 그렇고, 나 역시 그렇고, 지금도 심심하면 돌멩이가 날아오는 이 집도 그런 셈이지."

"그래서? 나란히 돌 맞아가며 같이 살자고? 백성들의 고혈을 쥐어짜 지은 이 집에서? 학예관 서은영이 남유당의 종부가 되면 어물쩍 덮을 것도 있을 것 같았어? 옳아, 그래서 나한테 의도적으로 접근한 거구나. 여덟 살이나 어린 네가 결혼하자 그러면 내가 입이 해발쪽 벌어져갖고 칠렐레팔렐레 미친년처럼 덥석 결혼할 줄 알았니?"

은영의 강펀치에 식식거리며 대들 줄 알았던 유정호는 뜻밖에도 차분하다. 풀이 죽을 대로 죽은 유정호를 보자 모성애와 흡사한 그놈의 측은지심이 또 발동하는 걸 느낀다. 언제 눈에 불을 켰던가 싶게 은영은 오지랖을 넓디넓게 펼친다.

"넌 왜 역사학도가 됐니? 엔지니어나 항공기 조종사, 청과물 경매사나 남자 미용사, 뭐 그런 직업을 택했으면 골치 아픈 이 집에서 도망칠 수도 있었을 텐데."

"기억하려고. 내 나라, 내 집안, 지금까지 이어지는 이 모든 걸. 옳은 것만 역사인 건 아니잖아. 남유당의 내부까지 완전 개방하려는 건 이곳에서 대대손손 살아온 농민군의 후손들에게 되돌려주기 위해서야. 본래 그들 거니까. 자 봐라, 중요한 문화재적 가치를 지닌 이 집이 온전한 형태로 여기 남아 있다, 라고. 그때쯤이면 엄마와 형수는 뒤꼍 별채로 들어가실 거고."

삶이란 까발리면 황량하기 이를 데 없으니 내 알고 지 알고 하늘이 알지만 살짝 속아줄 수 있는 틈을 여투는 것, 지금 유정호가 하는 말의 고갱이는 그런 것이다. 그 틈을 여투는 데 은영을 보태고 싶다는 뜻이 내포된 거라고 나름대로 해석했다. 어지러운 마음도 다스릴 겸 다리쉼을 하려고 우물 턱에 걸터앉는 은영, 벌써부터 이 집에서 하룻밤을 지낼 일이 걱정이다.

"불을 끄시오…… 부르을……"

녹슨 칼을 사포에 문대는 듯한 뻑뻑한 쇳소리가 누마루 쪽에서 날아왔다. 형수가 빠르게 형광등을 끈 사이, 먹빛 어둠 저편에서 한 아름 가량 되는 풀뭉치 같은 게 돌돌돌 굴러온다. 그게 사람이라는 걸 어둠이 눈에 익고 나서야 알았다. 꽉 쥐어짠 행주처럼 주름진 얼굴과 궁상맞게 옹송그린 등, 가슴에 접어 붙인 빼빼 마른 다리. 사람의 형상이 어째 저럴까 싶어 은영은 벌린 입을 다물지 못한다.

"안채에선 밤에도 전등을 못 켜요."

형수는 공처럼 굴러온 노인의 겨드랑이 속으로 양팔을 집어넣고 번쩍 안아올리다시피 해서 자리에 앉힌다. 노인을 다루는 형수의 손놀림이 익숙해 보인다. 대청에서 유정호가 켜든 초의 둥근 불빛이 흔들리며 이쪽으로 다가오고 있는데도 안방 문이 이중으로 된 갑창**이어서 방은 여전히 어둡다. 누가 집에 불을 지를까봐, 식구들이 실수로 불을 낼까봐, 불이라면 기겁을 해서 밤에도 전등을 켜지 못하고 평생을 살았다는 노인이 빛바랜 단추 같은 눈으로 은영을 쏘아보고 있다. 이건 은영이 머릿속으로 그렸던 남유당 종부의 모습이 아니다. 경주 최부잣집을 비롯해 은영이 아는 여러 종가의 종부들과 달라도 아주 많이 다르다.

밤엔 불단속을 하느라 풋잠을 잔다는 노인의 낮잠은 그래서 더욱 깊었다. 이른 저녁을 먹고 설거지가 끝나도록 노인이 깨질 않아 은영은 형수와 남유당 안채를 둘러보러 나섰다. 유정호는 흰 고무신의 뒤꿈치만 잘라낸, 희한하게 생긴 슬리퍼를 신고 은영을 따라다녔다. 여러 방들과 대청, 누마루를 연결하는 미로처럼 복잡하게 얽힌 골마루를 걷다보니 남유당에선 왜 저런 슬리퍼를 신는지 이해가 되었다. 슬리퍼의 바닥이 골마루에 착착 붙으면서도 소리가 전혀 나질 않았다. 남유당의 구조나 역사에 관해 설명하는 형수의 얼굴은 자랑스러움으로 넘쳐났고, 유정호는 형수가 말하는 족족 옆에서 판을 깼다.

"조부 때부터 내려오는 남유당의 가훈이 있는데 그게 뭐냐면 돈 벌지 마라, 야. 이 집 뒤로도 만 평가량 되는 후원이 딸려 있었어. 울 아버지 대에 이르기까지 야금야금 죄 팔아먹었지."

"아이 은영씨, 왜 그거 있잖아요. 가진 사람들을 배척하는 우리나라 특유의 분위기. 그래서 가훈도……"

안색이 변한 형수가 방과 마루의 모든 천장에 다락 형태의 통로가 있고 그 통로는 팔작지붕으로 뚫린 삼각형 창문과 연결된다는, 이 집을 지은 증조부의 과학적인 아이디어에 찬사를 보내며 천재지변에 대한 대비라고 설명하면 유정호는 시니컬한 표정으로 인재에 대한 대비, 라며 형수의 말을 끊었다.

"언제 농민군이 쳐들어올지 몰라, 빨리 내뺄 수 있는 비상통로를 천장에 만들어둔 거라고. 생각하면 불쌍한 양반이지."

은영은 두 사람의 말다툼을 귓등으로 들으며 다락으로 올라갔다. 과연 툭 트인 비상통로가 보였다. 다락에서 비상통로로 연결되는 나무계단과 벽은 매일 누군가의 손길이 닿은 듯 반들반들했다. 은영은 날마다 이 집의 구석진 곳까지 닦는 손이 궁금해졌다. 유정호도 유정호지만 형수도 대단하다. 무슨 말을 하려고 하면 사사건건 옆에서 훼방놓는 유정호에게 열을 받았는지 이번엔 음식을 들고 나왔다. 대대로 내려오는 남유당의 밤떡이란다. 삶은 밤을 절구에 찧어 소금과 설탕을 친 것으로 접시 가운데 무로 심지를 박아 탑신처럼 쌓아올린 것이다. 모양부터가 예사롭지 않았다.

"먹어봐요."

형수는 스푼을 쥐여주며 느긋하게 은영의 평을 기다렸다. 한 스푼 입에 떠넣자, 혀에 닿기 무섭게 사르르 녹는 달콤하고 고소한 맛이 별미였다. 슈크림 같기도 하고 굳기 직전의 초콜릿 같기도 했다. 그때 은영은 후각과 미각이 소리 소문 없이 돌아왔다는 걸 모르고 있었다. 떠난 것은 귀신같이 알아도 돌아온 것에 대한 반응은 그토록 느린 모양이다. 득의에 찬 형수의 얼굴을 보며 은영은 밤떡을 만든 손이 궁금했다. 딱딱한 껍질을 까고 물에 불린 밤의 속껍질을 일일이 벗긴 그 손의 임자는 누구인가.

"엄마, 막둥이 색싯감이 왔는데 무슨 낮잠을 그렇게 자. 어디 아파?"

안방으로 들어온 유정호가 초를 촛대에 꽂으며 응석을 부리자 노인의 입이 흐물쩍 벌어진다.

"난 암시랑토 안 혀. 샥시 이리 가차이 와 앉거이."

형수가 가져온 저녁상을 찌그렁한 눈으로 보더니 노인은 은영을 손짓해 부른다. 은영과 유정호, 형수가 저녁 반찬으로 먹었던 것 중 고기와 생선을 뺀, 나물로만 이루어진 간소한 밥상이다. 노인은 무른 나물을 밥에 얹어 쪼물쪼물 몇 숟가락 떠먹곤 숭늉으로 남은 배를 채우고 상을 밀어낸다.

"종부는 하늘이 낸다지만 시방 시상엔 얼척도 없는 얘기여. 이것저것 개릴 것도 없이 우린 기양 토종이면 되야. 암만 그리도 동남아 샥시를 십사대 종부로는 못 들잉게. 내 봉께…… 샥시는 장딴지도 조선무시겉이 뚜껍고 허리도 절구통마냥 튼실한 거이 종부로는 딱이어야."

유정호가 모처럼 살판난 얼굴로 킥킥 웃고, 형수는 고개를 푹 숙인 품이 웃음을 참는 눈치다. 노인이 손을 들어 형수를 가리킨다.

"쩌기, 쩌것은 유씨 집안 십삼대 종부여. 손맵씨도 있고이 아조 음전한 거시 태생이 양반이여."

그때야 비로소 은영은 노인의 손을 본다. 은영이 궁금했던 그 손은, 앙상하게 마르고 안으로 오그라들 듯이 굽어 이젠 손이라고 말할 수도 없는 손이다. 그 손으로 밥풀이 묻은 주름진 턱을 쓸어내리더니 웅얼웅얼 말을 이어간다. 바짝 웅크린 몸 안에 무슨 이야기가 그리도 쌓여 있는 것인지, 노인의 얘기는 끝이 없다.

"숭이 있다문 허리가 얍실하게 뒷심이 부족햐. 뭘 한나 하면 대간한지 주둥이가 부르터서 똑 표시를 내. 그 숭만 빼면 종부로야 일등인디 끝꺼정 종부 할 팔자는 못 되는갑만. 자석도 없이 이태 전에 서방마저 저시상으로 보냈응게. 삼신할미가 무심치 앉아 끝물에 우리 쟁호, 저거 하나 건진 거이 천운이여. 막둥이라 철이 쪼깐 없어 글치. 그랴도 쟈가 대학선상 아니여. 샥시 생각은 으쩌? 여기꺼정 니러온 걸로 봐선 생각이 있제이? 날 잡자. 더 볼 것도 없당게. 조선무시겉이 뚜껍은 다리 한나만 봐도……"

왈칵 비애가 밀려온다. 사람들은 왜 장딴지가 두껍고 허리통이 튼튼한 여잔 꿈이나 장래희망도 겸손할 거라고 착각하는지 모르겠다. 편견이나 착각인 줄 알면서 빠지는 늪이, 허방인 줄 알면서 빠지는 허방이 인생의 가장 큰 위험요소 아니던가. 깃털처럼 보드라운 신부든, 풀 먹인 옥양목처럼 뻣뻣한 신부든, 신부의 꿈은 같다는 걸 왜 모르는가.

"본시 우리 문중은 손이 귀햐. 그거이 묏자리 탓이여. 증조부 묏자리가 자손은 영달허지만 손이 귀한 속칭 '날나리 자리'여. 샥시, 날나리가 뭔중은 알제? 남으 새끼 데려다가 날 닮어라, 날 닮어라, 헌다는 빌어묵을 새 말이여. 그것도 해필 고종으로부터 하사받은 사패지(賜牌地)여서 이날 입때 우리가 옴짝달싹 못허고 요러코롬 살고 있제이. 시방 생각하마 그건 영광이 아니라 업인 텍이여. 영광과 업은 언제나 팔짱끼고 함께 온당게."

노인은 편하게 앉으라고 했지만 무거운 공기에 눌려 무릎을 꿇은 채로 얘기를 듣던 은영은 날나리 묘지고 뭐고, 한시바삐 이 집을 벗어나고 싶다. 어둠의 그늘이 짙게 깔린 이 집도 싫고, 허리끈을 질끈 졸라 묶질 않아 벙벙하게 부푼 한복바지가 옆으로 빙 돌아가서 하체가 비틀린 것처럼 보이는 유정호도 싫고, 그런 유정호가 형수와 팽팽하게 설전 벌이는 걸 지켜보는 것도 싫고, 남유당의 그 모든 날랄랄, 들이 은영은 싫다.

꿈자리가 뒤숭숭했다. 포스터 속 불꽃 같은 인줏빛 불길에 휩싸인 남유당이 훨훨 타오르고 있었다. 타닥타닥 불티가 튀는 소리, 나무 타는 소리가 문 가까이에서 들리고 뜨거운 화기가 느껴져서 은영은 다락을 통해 비상통로로 탈출했다. 삼각형 창문 앞까지 무릎걸음으로 오긴 했는데 창문의 고리가 말썽이었다. 여러 번의 도

전 끝에 녹슨 고리를 풀고 기어나오니 팔작지붕 꼭대기다. 이젠 살았구나 싶은데 이번에는 발에 밀린 기왓장이 지붕 아래로 투둑, 떨어져내렸다. 불은 지붕까지 넘보며 기세 좋게 타오르고 맞은편 지붕은 널름거리는 불길에 기우뚱 주저앉고 만다. 은영은 하늘을 나는 따위의, 현실과 동떨어진 꿈은 꾸지 않는 터라 별수 없이 지붕에서 뛰어내렸다. 그러니까 꿈속에서도 꿈이란 걸 알았던 셈이다.

불꿈이 좋은 징조인지, 포스터 작업 때문에 꾼 개꿈은 아닌지 혼란스러워진 은영은 우물물에 얼굴을 담근다. 안마당의 우물물은 생각했던 것만큼 차갑지 않다. 은영이 하루 동안 관찰한 바에 의하면 노인과 형수, 유정호는 삼각형의 꼭짓점을 이루며 남유당을 흔들림 없이 지키고 있다. 냉소적인 유정호는 주로 남유당의 비리를 까발리고 형수는 남유당의 영광만을 말한다. 노인은 집이 잿더미가 될까봐 평생 불을 멀리하며 해태처럼 남유당을 지킨 사람이다. 꼭짓점이 아니라 변으로 본다면 마땅히 삼각형의 밑변이 노인의 자리다. 그럼에도 남유당에 가장 어울리는 사람은 노인이 아니라 형수다. 집과 사람이 서로에게 젖고 스미어 꼭 맞는 옷처럼 편안해 보인다. 형수보다 남유당과 더 잘 어울리는 종부는 찾기 힘들 것이다.

노인은 아침에도 무른 나물을 얹어 밥을 먹고는 막걸리를 숭늉 삼아 마시더니 잠자리에 들었다. 유정호는 어딜 갔는지 보이지 않는다. 형수가 시장을 보러 나간 뒤 은영은 가방을 챙겨들고 안채를 나왔다. 이런 식의 작별 인사도 나쁘지 않다고 생각했다. 길고

긴 봄날의 특별한 하루였으니.

"어이, 은영 선배."

솟을대문을 나서려는데 유정호의 목소리가 뒤통수에 딱 달라붙는다.

"갈 땐 가더라도 인사는 하고 가야지."

어디로 사라졌나 했더니 기껏 사랑채의 전통찻집이다. 반쯤 열린 사랑채 문으로 목을 자라처럼 뺀 유정호가 빙글거리며 웃고 있다. 정말, 반갑지 않다.

"특별전 때문에 바빠서……"

말하고 보니 속이 빤히 보이는 것 같아 은영은 유정호를 따라 웃고 만다.

"유정호, 남유당 버리고 나한테 올 수 있어?"

무안해진 은영은 곧장 본론으로 치고 들어간다. 예상했던 대로 유정호는 고개를 외로 꼰다.

"선배…… 꽃은 말이지…… 나무째 봐야지 꺾으면 사흘도 못 가……"

그 동안 은영이 알게 모르게 유정호에게 끌린 데는 분명 남유당의 몫도 있었을 것이다. 유정호 말마따나 경망이 발랄 경쾌하게 보이는 데는 다 그만한 이유가 있다. 그런데도 은영은 남유당이 싫다. 종부로 폼 잡는 덴 단 십 분이요, 그 십 분의 폼을 위해 평생 허리 한번 펴지 못하고 산다는 걸 은영은 안다. 폼도 윗종부나 잡지, 아랫종부는 폼은 고사하고 시제나 제사에 비해 일도 아니라는 설날 아침에도 쫄바지나 입고 떡국을 이백 그릇씩 끓여내야 한다는 것도 은영은 잘 안다.

"드라이플라워도 있잖아. 말려두면 오래갈걸."

유정호는 말이 없다.

"너무 잘 알아서 못 하는 것도 있는 거야. 남유당? 포기하긴 아까운 집이지. 요즘 전원주택이 대세인데……"

유정호야, 세상을 살다보면 남은 해도 되지만 내가 하면 안 되는 것들의 목록도 꽤 생기는 법이란다. 너도 아깝고 집도 아깝지만 어쩌겠냐. 주말마다 전주에 내려와 무수리를 연상시키는 저 괴상한 생활한복을 입고 남유당의 밤떡이나 전수받는 내 모습, 상상하고 싶지도 않아. 그게 내 일이 아니라 남의 일이라면 보기 좋다고 말하겠지. 하지만 보기 좋으라고 인생을 사는 건 아니잖냐.

가짜 한옥들이 즐비하게 늘어선 골목에 이르자 은영은 비로소 안도한다. 조악하고 싼 티가 폴폴 나는 골목에서 숨다운 숨을 깊게 들이쉰다. 진짜가 주는 기괴함과 무서움, 숨통을 죄는 듯한 불안한 마음은 간곳없이 스러지고 은영은 빠르게 현실감을 회복한다. 이 골목으로 들어선 게 불과 하루 전인데 그새 십 년은 흐른 것 같다.

---

* 등내리문: 문살의 등이 볼록하게 되도록 대패로 밀어 만든 창살.
** 갑창: 미닫이 안쪽에 덧끼우는 미닫이.

난징의 아침

두두두, 모래바람이 분다.

열차 소리처럼 가까이 다가온 말발굽 소리가 집을 울리고 주원의 중심을 울린다.

이윽고 달마풍의 굵고 뭉툭한 선 하나가 힘차게 지면을 가로지른다.

비릿한 강물 냄새가, 주원의 손끝을 따라온다.

9월 초순인데도 날은 덥고 끈끈했다. 어디에도 가을이 올 기미는 보이지 않았다. 창문을 열고 잔 지 사 개월이 지났으며 안방의 침대를 버리고 이불도 요도 없는 거실 맨바닥에서 잔 지도 어언 사 개월이 지났다. 아침에 일어나면 거실 바닥의 축축한 물기와, 한 사흘 양치하지 않은 사람과 밀폐된 공간에 단둘이 있을 때 날 법한 냄새가 주원을 반겼다. 문을 열고 잤으니 냄새의 진원지가 안인지 밖인지도 알 수 없었다. 아침이고 밤이고 바람 한 점 불지 않은 날들이 여러 날 흘러갔다. 한낮엔 도시의 인도가 텅 비었고 다들 무언가를 참는 표정으로 이를 깨물고 버텼다.

잎이 배배 말라비틀어진 가로수와 이젠 꽃으로 불리는 것도 귀찮다는 포즈로 가로공원에 추저분하게 핀 꽃들이 상한 냄새를 풍기는 거리로 나가 주원은 빵을 사고 이십사 시간 문을 여는 김밥

천국에서 김치찌개나 갈치조림 따위로 아침을 먹었다. 에어컨을 계속 켜두는 낮에도 일하지 않고, 밤새 뒤척이느라 축이 난 잠을 보충하며 늘어져 지냈다. 간혹 정신이 들면 이인용 식탁에 앉아 아침에 사온 빵을 뜯어 먹거나 물도 없이 생쌀을 오독오독 씹었다. 일하지 않으니 당연히 식욕이 없었고 그 무렵 잇몸이 자주 간지러웠다. 생쌀을 씹을 때만 잠깐 잇몸의 간지러움이 진정되었다. 음식을 조리하지 않아 바싹 마른 개수대에 붙어서서 생쌀을 씹고 있노라면 주원은 자신이 폭삭 늙은 가망 없는 노파처럼 생각되었다. 칩거하던 여름내 주원의 핸드폰은 울리지 않았다.

키우던 개에게 내 이름을 붙여 하루에 한 번씩 발로 차는 사람이라도 있었으면.

거울을 보던 주원이 맥을 놓고 중얼거렸다. 혼잣말이라기엔 목소리가 크고 발음이 또렷해 누가 봤다면 실성기가 있는 사람이라고 했을 것이다. 가만 보니 눈 밑에 못 보던 주름살도 두 개나 늘었다. 인상이 심술궂게 변한 것 같다. 그날 오후 시큰거리던 이 때문에 치과엘 갔더니 오른쪽 어금니 끝부분이 깨졌다고 했다. 무슨 배짱으로 생쌀을 오독오독, 그토록 활기차게 씹어 생니를 부러뜨리냐며 젊은 의사가 혀를 찼다.

그 덕에 돈이나 벌면 됐지 젊은 것이 혀까지 찰 건 또 뭔가.

주원은 모든 게 날씨 탓이라고 생각했다. 찜통더위에 꼬박꼬박 치과에 다니는 일도 고역인데 어금니 치료가 끝나고 스케일링까지 마쳤는데도 하루 더 나오라고 했다. 칫솔질을 세게 해서 곳곳에 파인 잇몸도 손봐야 한다는 것이다. 의사는 급한 건 아니라고 하면서도 파인 잇몸을 방치하면 훗날 이가 시릴 공산이 크다는 말을 덧붙였다. 주원은 시린 이보다 혹시 키스라도 하게 되면 상대의 혀가 자신의 잇몸을 훑을 때 파인 부분의 우둘투둘한 촉감 때문에 놀랄 것만 같아 냉큼 치료를 받았다. 언제 어디서 일어날지 짐작할 수 없는 게 교통사고 아니던가. 만사 불여튼튼, 상대에 관한 배려는 아무리 지나쳐도 나쁘지 않은 것이다.

지열이 훅훅 끼치는 인도를 패잔병처럼 어깨를 늘어뜨리고 걸을 때, 더위에 녹은 검은 아스팔트가 구두 밑창에 찐득하게 달라붙는 횡단보도를 지날 때 주원은 알고 있었다. 앞으로 키스할 기회는 오지 않으리라는 걸. 그럼에도 그 열기를 뚫고 급하지도 않은 잇몸 치료까지 받으러 다닌 건 어쩌면 주원의 심통 때문인지도 모르겠다. 세상을 살아가는 데는 심통쟁이보단 푼수가 편할 텐데.

하지만 어쩌겠는가. 어쩌겠는가, 말이다. 키스가 없는 일상이란 제값을 지불하고도 전채와 후식이 빠진 코스 요리를 먹는 것과 다름없지 않은가. 달콤한 치즈케이크나 향긋한 커피가 없는, 오로지 뚝배기에 담긴 장국밥만 줄기차게 퍼먹어야 하는 노후. 그런 노후를 기다리는 사람의 약간 해괴한 심통쯤은 참아줘야 미덕이 아니겠는가.

이런 주원과 달리 사람들은 임계압력을 잘도 참는다 했더니 기어코 사달이 일어났다. 주원이 사는 아파트에서 입시를 앞둔 여고생이 투신자살했다. 소식을 듣자마자 그간 어디에 숨어 있었는지 얼굴도 보이지 않던 주민들까지 슬리퍼를 짝짝이로 신고 뛰쳐나왔다.

그깟 일로 죽을 것 같으면 난 열 번도 더 죽었어.

일제히 복도에 늘어서서 고개를 빼고 저 아래 까마득히 내려다보이는, 노란 폴리스라인이 둘러쳐진 아파트 광장에 대고 한마디씩 말을 보탰다. 그때 한탄 같기도 하고 어찌 들으면 신음이나 중얼거림 같기도 한 소리가 여러 큰 목소리에 묻어 들렸다.

복 터진 년.

들릴락 말락 할 정도로 작은 소리여서 집중력이 떨어지거나 가는귀가 먹은 사람은 듣지 못했을 소리가 그날따라 주원의 귀에 쏙쏙 들어왔다. 주원은 말의 임자를 단박에 알아보았다. 복도 끝 집에 사는, 삼 년째 미대 입시를 준비한다는 학생이었다. 무심결에 뱉곤 제풀에 놀라 고개를 숙이는 삼수생의 눈과 주원의 눈이 마주쳤다. 누가 먼저랄 것도 없이 찰나에 두 눈이 빠르게 엉기며 불꽃을 뿜었다. 불꽃의 순간온도를 측정하자면 대략 삼백 도 이상의, 철과 쇠를 삽시간에 녹일 만한 열기라 하겠다. 사랑이나 질투의 감정일 때만 발생 가능한 열기였다.

어찌하여 산 자도 아닌 죽은 자를 향해 그처럼 뜨거운 열기를 내뿜을 수 있단 말인가. 자신에게 실망한 주원은 자신을 보듯 삼수생을 한심한 눈으로 봤다. 그 어머니가 입버릇처럼 달고 다니는, 거지도 저런 상거지가 없다는 말을 증명이라도 하듯 삼수생의 몰골은 말이 아니었다. 청바지와 티셔츠 세 개로 일 년을 나는 눈치인데 그마저도 옷에 물감이 여기저기 튀어 꼭 분리수거함을 뒤져 남의 헌옷을 주워 입고 나온 것 같았다.

전 죽을 기운도 없는걸요.

삼수생의 눈은 주원에게 그렇게 말하고 있었다. 질투에 휩싸였던 좀 전의 눈빛이 아니었다. 초점이 풀린 눈으로 아파트 광장을 더듬는 삼수생은 얼굴이 노란 게, 정말 죽을 기운도 없어 보였다.

십사층 베란다에서 떨어져 죽은 여학생은 전교에서 일, 이등을 다투는 재원이라고 했다. 게다가 미모까지 받쳐주는 통에 반 아이들의 시기와 질투를 꼬리표처럼 등에 붙이고 다녔다. 여학생이 자살한 것은 최근 반에서 구등으로 떨어진 성적이 표면적인 이유이고 아이들의 시기와 질투도 한몫했을 거라는 게 아파트 부녀회원들의 공통된 의견이었다.

하여간 잘난 것들은 여러 가질, 부지런히도 하셔요.

누군가 발 빠르게 움직이며 현장을 치운 사람을 탓하는 건지 죽은 학생을 탓하는 건지 모를 말로 오금을 박고 나섰다. 뇌수와 피의 흔적으로 보이는 한 바가지의 거무죽죽한 물기만 엎질러져 있을 뿐인 그곳에 폴리스라인마저 없었다면 사건 현장인지 몰라볼 뻔했다. 액션 영화를 많이 본 탓에 상상력이 발달할 대로 발달한 주민들은 낭패한 기색을 굳이 감추지 않았다. 찢어지고 뭉개진 살점, 파열된 내장, 작은 시내를 이루고도 남을 흥건한 핏물, 돌출된 안구 따위를 기대하고 잽싸게 뛰쳐나왔건만. 목청을 뽑아 신명껏 지르는 비명이나 어깨를 떨며 흐느끼는 예의바른 울음으로, 먼저

간 자에 대한 애도를 표할 준비를 단단히 하고 나왔는데 몹시 아깝다는 얼굴들이었다. 뭐가 그리도 바빴어. 주민들은 짝짝이로 끌고 나온 슬리퍼를 제각기 노려보는 것으로 분풀이를 대신했다.

사실 죽고 싶었던 건 주원이었다. 죽고 싶은 마음이 미대 입시를 삼 년째 준비한다는 삼수생만큼 간절했는지는 알 수 없다. 서로 눈빛을 교환하며 끈적하게 엉겨들었을 때, 그 간절함의 수치를 계량해서 비교 분석하지 않았달 뿐 죽고 싶은 마음은 똑같이 가지고 있었을 것이다. 주원과 삼수생처럼 아파트 주민들도 남모르게 그런 눈빛을 교환했는지 모른다. 그렇지 않고서야 물속에 지은 집처럼 사람 소리 하나 들리지 않던 아파트가 하루아침에 그처럼 생생하게 깨어날 수 있었겠는가. 아파트 벽과 벽 사이에서 들리는 낭자한 욕지거리. 정확히 여섯시면 중간층에서 올라오는, 번번이 한두 음씩 틀리는 피아노 소리. 이런 일상의 소리를 들으며 주원도 서서히 깨어났다. 죽는 것도 힘이 있어야 죽는다. 주원은 꺼진 핸드폰을 되살리고 저장된 번호를 찾아 전화를 걸었다. 그간 손 놓고 있던 일거리를 맡기 위해서였다.

정말 할 거야? 진짜, 자기가 하는 거다.

거듭 확인하는 편집장에게 약속 날짜에 시안을 넘길 테니 표지 발주서를 이메일로 보내달라고 했다. 주원은 한때 잘나가던 표지 디자이너였다. 편집장은 책의 제목이 '난징의 아침'이라고 했다. 뿌옇고 눅눅하고 오래된 아침이 활짝 입 벌려 주원을 맞았다.

베란다에 쌓인 쓰레기와 묵은 신문부터 치우기 시작했다. 발 디딜 곳 없이 가득 찬 쓰레기를 들어내야만 일이 손에 잡힐 것 같아서였다. 보지도 않고 쌓아둔 신문을 나일론 끈으로 묶다가 투신자살한 여학생의 기사를 발견하는 행운도 누렸다. 어? 우리 아파트가 나왔네, 반가운 마음은 잠깐이었고 주원은 어질러진 베란다 구석에 쭈그리고 앉아 누구에게랄 것도 없이 무차별적으로 화를 냈다. 처음엔 그 기사를 쓴 기자에게 무작정 화가 났고 다음엔 기사를 게재한 신문사에, 마지막엔 이런 기사가 돌아다니게끔 허용한 세상에 화가 났다. 주원이 화난 이유는 사고가 발생한 지 열흘 후에 나온 기사여서도 아니고 잘못된 교육정책을 비판하기 위한 사례로 쓰인 기사여서도 아니다. 지난여름 자살한 고교생들을 한데 뭉뚱그린 기사여서는 더더욱 아니다. 극단적인 선택을 한 사람의 심정을 어쩌면 이토록 간명하게 판단할 수 있는 것인지에 대해 화가 났던 것이다. 고교생이라고 해서 전부 입시 스트레스에 시달려 죽음을 선택했다고 생각하는 단순한 기사에 화가 났고, 그 단순성 화법에 질려버렸다. 물증이 제시되긴 했다. 피곤하다, 공부하기 싫다고 낙서하듯 휘갈긴 학생의 일기가 증거였다. 그렇지만 지금껏 씌어졌고 앞으로도 씌어질 무수한 일기들을 누가 진실이라고 말할 수 있겠나. 우리는 얼마나 많은 거짓말들을 알게 모르게 일기에 써왔나. 쓰다보면 진실은 거짓말처럼 보이고 거짓말은 진실처럼 보이는 게 일기다.

아, 또 이러네. 그만하자, 박주원.

난장의 아침 221

주원은 신문과 쓰레기를 버리고 베란다 바닥을 닦고 손자국이 찍힌 유리창도 꼼꼼히 닦았다. 치우고 나니 눈앞이 훤한 게 베란다가 실제 넓이보다 넓어 보였다. 사람도 이런 식으로 청소를 한 번씩 해야 한다. 점토를 이겨 그릇을 만들고 문과 창을 내어 방을 만들지만 정작 그릇이나 방을 쓸모 있게 하는 건 빈 공간이다.

주원은 늦봄에 한 남자와의 연애를 끝냈다. 그 남자와의 관계 청산을 청소의 개념으로 보는 건 좀 곤란하다. 그와의 관계를 연애라고 표현하기에는 애매한 감이 있다. 처음부터 주원에겐 결혼이 딴 동네 얘기처럼 들렸고 그 역시 한 번의 이혼만으로도 멀미를 느껴 결혼을 염두에 두지 않는다는 점에서, 그와 주원은 죽이 잘 맞는 동지라고 할 수 있겠다. 그와 주원의 관계는 연애와 우정과 동료애가 섞인, 뭐라고 딱 맞아떨어지는 말로 표현하기 어려운, 일테면 짠맛이 살짝 빠진 사이라고 보면 된다.

아무튼 그는 여러 개의 직함을 지닌 사람이다. 이 말은 그 나이 되도록 제대로 된 직장이 없다는 뜻이기도 하다. 시간강사는 젊어서부터 줄곧 해오던 일이었고, 환경단체에서 비중 있는 일을 맡기도 하고 신문에 칼럼을 싣거나 때론 이러저러한 진보잡지에 열성적으로 글을 쓰기도 했다. 그런데도 용케 남들만큼은 먹고살았다. 연애를 끝내던 날, 그는 주원에게 새로 바꾼 명함을 내밀었다. 그의 직업처럼 명함도 다양해서 이번 것은 얼마나 쓰려나, 염려스러운 눈으로 주원은 명함을 빼들고 멀찌막이 내려다봤다. 노안이 오기 시작해서 글씨가 아물아물 흐리게 번져 미운 사람 보듯 명함을 잔뜩 째려봐야만 했다. 그건 그도 알았을 것이다.

과거사 청산 위원회? 바뀐 직장이 여기야?

어…… 그건 왜?

그는 무슨 문제가 있느냐는 얼굴이었다.

과거를 어떻게 청산해?

……?

그렇잖아. 이게 말이 된다고 생각해? 빗자루로 마당 청소하듯이 조금이라도 걸리는 게 있음 마구잡이로 막 쓸어내?

어라…… 이러려고 한 건 아닌데. 마음과 다르게 안면근육이 굳고 눈빛이 꼿꼿해지기 시작했다는 걸 주원은 느꼈다. 술기운 탓일 수도 있었다. 늘 가던 종로통의 익숙한 호프집이 아니라 역삼동 룸살롱으로 자리를 옮긴 탓일 수도 있었다. 저녁을 먹고 나자 그가 취직 턱을 낸다며 기어이 택시를 불러 타고 한강을 건너는 호기를 부린 탓일 수도 있었다.

과거를 청산하다니. 그럼 현재는? 더불어 따라올 미래는 어쩌고. 과거만 달랑 떼어내 청산한다고 그게 없는 게 되냐 그 말이지.

야, 야…… 야아! 그런 말 듣는 것도 지겹다. 너까지 정말 왜 이래?

주원에게서 말고도 어디서 많이 들은 모양이다. 그는 스트레이트로 잔을 빠르게 비웠다. 위스키 잔을 테이블에 내려놓을 때마다 딱딱, 귀에 거슬리는 소리가 났지만 주원은 하던 말을 멈추지 않았다.

견디고 견디다가 해방되기 하루 전날에 변절한 사람은 어쩔 건데? 없을 거라고 생각해? 있어. 한 명씩은 꼭 있어요. 해방이 되고 나서 그 사람이 뭐라고 했을 것 같아? 하루만 참을걸, 이러며 얼빠진 얼굴로 중얼거렸을 것 같지? 아마 아닐걸. 개 같은 놈의 세상, 이 정답일 거야.

너 지금 나한테 주정하는 거지? 그렇지?

그가 주원을 빤히 봤다. 주원은 어디서 된통 설움받고 온 사람처럼 울컥해서, 거의 일러바치는 분위기로 뜨겁게 치미는 감정을 고스란히 발산하고 말았다.

아냐, 진심을 말하고 있는 거라고. 또 이런 경우도 있겠지. 일본에 붙어먹고 싶어 죽겠는데 기회를 안 줘서 변절도 못 한 케이스. 그건 어쩔 건데? 그것도 가려내야 하잖겠어? 그걸 어떻게 판난할 거냐고!…… 으응? 이 생에 대한 배려가 있어야 할 것 아냐. 다양한 형태의 삶에 대한 섬세한 배려…… 그런데…… 그걸 덮어놓고……

주원은 허공에 손가락질을 하다가 막판엔 주먹질까지 하고 있었다. 그의 얼굴이 눈에 띄게 일그러졌다.

그럼 판사는 어떻게 사건을 처리하냐?

현행범이니까 가능한 거지. 과거는 그런 식의 잣대를 들이대고 보면 곤란하다 그거야. 알아? 사람들이 말이야, 다 알고 있으면서 그러는 게 아니지이…… 적어도……

꺾인 수수 모가지처럼 흔들리는 고개를 간신히 받치고 있던 주원은 취했어도, 그는 취하지 않았다. 그런데도 취한 체 비틀거리며 어깨를 몇 번이나 후르륵 떨어대더니 주원에겐지 누구에겐지 썅……이라고 상욕을 하며 떠나갔다.

 그의 욕을 듣고 있던 주원의 어깨도 떨렸을 것이다. 약속 시간에 맞추려고 사람들이 늘어선 에스컬레이터를 타지 않고 한달음에 지하철 계단을 뛰어오르던 순간이며, 그가 기다릴까 마른 입술을 축일 생수를 살 짬도 없이 구불구불 이어지는 지하 통로를 달리고 또 달리던, 심장이 터질 것만 같던 순연한 시간 들이 오직 썅, 이라는 욕설로 규정되는 마당에 어찌 어깨를 떨지 않고 견딜 수 있었겠는가. 주원은 썅, 이라는 욕을 욕으로 듣지도 않았고, 모두에게 한 것이지 자기에게만 한 게 아닌 줄 알면서도 그 욕이 매개가 되어 두 사람은 젓가락으로 배추김치 찢듯이 참 쉽게도 찢어졌다. 주원이 억지 쓰듯 대들었던 건 단순히 그 문제가 아니었다. 엄밀히 말하면 주원 자신의 문제였다. 주원도 답하듯이 욕을 하며 세상을 향한 모든 문을 닫아걸었다.

 주원이 여름내 잠수를 탄 건 그와의 결별 때문만은 아니었다. 짠맛이 살짝 빠진 관계란 건 암암리에 헤어질 것을 전제로 한, 둘이 동시에 같은 지점에서 자전거를 멈추자는 무언의 약속이 포함된 관계이기도 했다. 쓰린 마음이야 얼마간 있을지는 몰라도 새삼 상처를 받을 건 없는 일이었다. 이런 일에 어디 한두 번 예방접종을 했겠는가. 모든 일에 별것이 없어진 지 오래였다. 사랑마저도 하품이 나올 정도로 소소해졌지 않은가. 그러니 적당한 선에서 예의를 지켜 산뜻하게 멈추면 그만인데, 그도 주원도 그러질 못했다. 소리 없이 자전거를 멈춘다고 멈췄는데 공교롭게도 끼익, 뭔가를 잔뜩 깎아먹는 쇳소리를 내지르며 두 대의 자전거 바퀴가 빠르게 공회전을 한 것이다. 미련이 있어서는 아니었다. 떡 본 김에 제사 지낸다고, 핑곗김에 엎어진 것뿐이었다. 가을은 그렇게 더디 왔다.

한 계절을 쉬었으니 손이 뜨면 어쩌나.
십수 년을 해온 일인데 설마, 하는 쪽으로 주원의 마음이 기울었다. 표지가 뭔지도 모르고 무턱대고 참견하는 안목 낮은 저자들은 그렇다 쳐도 알 만한 편집자까지 나서서 눈에 띄는 걸로 뽑으라고 간섭하면 죽을 맛이었다. 시안을 새로 짜가면 이건 키워라, 저건 죽여라, 트집 잡히기 일쑤이니 지금 내가 뭘 하고 있나, 저절로 자괴감에 사로잡혔다. 이 바닥에도 룰이라는 게 있는 건데, 매대에 진열될 책 중 가장 튀게 뽑으라는 편집자의 요구대로 가다보면 조화롭게 녹아들어야 할 구성요소들이 저마다 나서서 시끄럽게 떠드는 것이, 차마 낯 뜨거워 내밀 수 없는 표지도 여럿 생겨났다. 점점 조잡하게 변해가는 표지를 내려다보던 주원은 어느 날 마지노선을 정했다. 작정하고 정한 거였다. 그 선은 누구의 침범도 허용하질 않았다. 명색이 디자이너이니 그 정도 자존심은 지켜져야 마땅했다.
자네 예술 하려고 여기 온 줄 아나!

울고 싶은데 때려줄 사람이 없어 두리번거리던 참에 사장이 제대로 걸려들었다. 늙은 사장은 절묘하게 때를 맞춰 그 말을 날렸고, 대판 싸움이 붙었고, 주원은 짐을 싸서 출판사를 아주 나와버렸다. 그와의 관계까지 정리한 마당이어서 아예 대문 걸어잠그고 드러누웠던 것이다.

한판 붙었다며?

수화기 저쪽에서 편집장이 큭큭대는 소리가 들렸다.

우동은 우동 맛으로 먹어야 하는 건데 단무지 맛으로 먹자고 하니, 우동보단 단무지에 포인트를 주라고 하니 내가 안 덤비고 배겨?

아무튼 자긴 그 성질 좀 죽여야 돼. 그래도 우린 오래 버텼다. 거기서 같은 밥 먹은 게 얼마야.

주원보다 한 해 먼저 출판사를 나온 편집장은 독립해서 자기 회사를 꾸려가고 있다. 엄밀히 말하면 사장인데도 주원은 그녀를 편집장이라고 불렀다. 그 회사 소속이 아닌 이상 한번 각인되면 처음 부르던 대로 계속 부르게 된다. 호칭이란 그런 것이다.

이번 책은 신경 써서 기획한 거야. 표지 좀 아리까리하게 뽑아줘.

아리까리하게 가려다 누리끼리해지면 어떡해.

그것도 나쁠 건 없지.

왜 이리 널널해지셨어? 벌써 배부른 거야?

나 소식하잖어. 조금씩 먹는 사람은 배고픈 것도 배부른 것도

난징의 아침 227

모르는 법이야.

편집장이 만든 책이 제법 팔린다는 소문이 있었다. 소규모 출판사치곤 출발이 좋은 편이다. 그래도 그렇지, 메이저급 출판사들도 어렵다고 난리 치는 마당에 인건비도 간신히 건진다고 징징거려야 옳거늘.

요샌 복고가 뜨잖아. 한 바퀴 돌아서 제자리로 온 이유가 뭐겠어. 근본이 중요하단 거겠지. 근본만 지키면 누리끼리하게 가도 좋아. 표지발주서 이메일로 보냈으니 살펴보고 전화 줘. 미팅 날짜 잡게.

편집장은 본인의 성격처럼 일도 시원하게 처리했다. 이제 간판 올린 회사가 어쩌려고 저러나. 오너가 태평하게 나오니 주원이 긴장된다. 복고 운운하는 걸로 봐선 역시 시인 줄 알았는데 건축 관련 에세이라고 했다. 편집장에게 전화로 얻어들은 정보는 그게 다였다.

거실에 설치된 복합기에서 편집장이 보낸 표지발주서가 빠른 속도로 뽑히고 있다. 주원은 커피를 만들어 들고 안방으로 건너갔다. 주원이 사는 아파트는 역과 붙어 있어서 안방 창으로 역사가 보였다. 지하철공사에서 세운 소음방지벽 덕분인지 주원은 그다지 시끄러운 줄 모르고 살았다. 교통이 편리하다는 이점이 소음의 고통을 상쇄하고도 남았다. 고층이어서 열차가 지나가면 천장과 문이 조금씩 떨리다가 바닥까지 울리긴 했어도 남들이 생각하는 것만큼 못 견딜 정도의 소음이 있는 건 아니었다. 오히려 주원은 집의 울림을 즐겼다.

문과 창을 열고 지내던 지난여름. 열차가 다가오면 집이 흔들리고 거실에 누운 주원의 몸도 따라 지그르르 울렸다. 머리가 울리면 내장과 가슴도 울렸다. 한참을 그러고 있노라면 주원도 열차에 실려 어디론가 떠밀려가는 것 같았다. 그곳은 집어등을 환하게 밝힌 오징어배가 떠 있는 남태평양의 밤바다일 수도 있고, 일 분만 서 있어도 비위가 확 뒤집히는 이상야릇한 향신료를 넣어 구운 해물꼬치가 즐비한 에스파냐 뒷골목일 수도 있었다.

주원은 내심 열차가 지나가기를, 집이 흔들리고 열차의 떨림이 몸속으로 은은하게 퍼지기를 기다렸다. 가까이 다가온 열차는 근거리에 떨어진 뇌성처럼 주원의 중심을 울렸고, 그러면 딱 이쯤에서 생을 멈췄으면 하는 마음도 집과 함께 흔들리다 어느 결에 사라졌다. 생존의 본능이나 욕망이 사라진 자리에 검은 구멍이 생겨나고 구멍이 차츰 커지는 걸 보면서도, 주원은 그게 대수롭지 않게 느껴졌다. 흔들리며 어디론가 가다보면 모든 일이 하잘것없게 생각되었다. 먼지떨이 휘두르며 내부 청소에 들어간 자신도 잊고 지낼 때가 많았다. 아주 가끔은 눈물 한 방울이 볼을 타고 흐르기도 했지만, 내가 정말 울긴 운 건가, 신기해서 손가락으로 찍어 확인할 때도 있었지만, 지금 와서 생각해보면 규칙적으로 흔들고 가던 열차 때문에 주원은 지난여름을 무사히 보낼 수가 있었다.

거실의 복합기 앞으로 다가간 주원은 작가 약력과 줄거리가 요

약된 원고를 간추렸다. 두툼한 원고를 거머쥐고 한 장씩 넘기던 주원의 손이 표나게 떨리기 시작했다. 눈이 커지더니 불시에 가슴뼈가 왁작, 하고 벌어졌다. 그와 동시에 주원이 숨을 멈췄다. 주상도가 돌아왔다.

지금 주원이 보고 있는 성당 사진은 주상도의 초기 작품이다. 지하 일층, 지상 사층 규모의 이 건물은 원래 있던 기존 성당을 철거하고 새롭게 지은 것이다. 붉은 벽돌과 가공하지 않은 석재를 써서 울퉁불퉁 연출한 외벽이 눈에 띄고, 그런 탓에 여느 성당에 비해 건물이 다소 둔중해 보인다. 성당 안으로 빛을 끌어들이기 위해 벽마다 낸 원형의 작은 돌출창이 운치를 더하고 성당의 전면 중앙 벽에는 붉은 별 모양의 시계가 붙어 있다. 전반적으로 밋밋한 느낌을 주는 성당에 난데없는 붉은 별이라니. 그것도 이마 한복판에 달려 있다니. 붉은 별은 건물 옆에도 또하나가 붙어 있다. 몹시도 강렬하고 충격적인 붉은 별은 일종의 우물효과까지 유발한다. 어찌 보면 문화혁명을 주도한 마오쩌둥의 별 같기도 하고 또 어찌 보면 실용주의 시대를 연 덩샤오핑의 별 같기도 하다.

사진을 들여다보면 볼수록 성당 건물은 희미해지고 두 개의 별만 새빨갛게 도드라진다. 중앙의 붉은 별이 물고기처럼 뾰족하게 입을 내밀고 마오마오마오…… 하고 부르짖으면 옆댕이에 달린 붉은 별이 톡 튀어나와 샤오핑샤오핑샤오핑…… 경쾌한 소리로 답할 것 같다. 탁구대의 탁구공처럼 톡탁톡탁, 바쁘게 왔다갔다하면서.

주원의 식견이 모자란 탓일 수도 있다. 난생처음 발레를 관람하는 사람의 눈에는 발레리노의 동작은 보이질 않고 하체에 딱 달라붙은 타이츠만 보이듯, 민망할 정도로 불거져나온 살만 보이듯 주원의 눈도 그럴 수 있다. 그렇다곤 해도 주원은 붉은 별 모양의 시계에서 주상도의 심술을 읽는다. 그것은 주상도가 수십 광년 떨어진 과거의 어느 지점에서 미래의 주원에게 찍어 보내는 메시지 같다.

그뿐만이 아니다.

높은 곳에 자리한 성당으로 올라가려면 계단을 이용해야 하는데, 계단이 일직선이 아니고 빙빙 돌아 오르게끔 나선형으로 만들어져 있다. 거기서도 주상도의 심술이 느껴진다. 종교적 신성함을 표현하기 위해 일부러 동선의 불편을 조장한 게 아닌가, 하는. 보행이 불편한 노인들은 어쩌란 말인지.

종탑은 팔각 모임지붕으로 언뜻 보면 모스크 지붕 양식을 닮은 것도 같고, 가공하지 않은 석재로 만든 반원 형태의 주 출입구는 페르시아 양식의 한 귀퉁이를 잘라 붙인 듯도 하다. 그래서 주상도가 설계한 성당은 인도의 타지마할을 연상케 한다. 무굴 제국의 5대 황제였던 샤자한이 아내 뭄타즈 마할에게 바쳤던 거대한 무덤.

건축 분야에도 미술대전처럼 공모전이 있는 모양이다. 성당은 공모전에 응모하여 뽑힌 주상도의 첫 작품이다. 주원의 눈길이 원고 일 페이지, 하프 타이틀 옆에 있는 작가의 사진에 한동안 머문다. 프로필 위에 배치된 사진 속 주상도의 표정은 주원에게도 익숙한 것이다. 저 표정을 놓치지 않고 잡은 걸 보면 주상도와 친한 사람이 찍은 모양이다.

나중에 개집 예쁘게 지어줄게요.

건축사 시험을 앞둔 청년 주상도의 목소리가 한적한 국도변에 둥글둥글 풀어진다. 그런 날도 있었다. 나요, 나? 엄지로 자신의 가슴을 가리키며 웃던 주원. 여기 그대 말고 누가 또 있나. 바람품은 미루나무 잎들이 힘차게 흔들리던 여름날의 푸른 국도. 주원이 앞서 걷고 주상도가 뒤따라오던 그때로부터 얼마나 멀리 와버렸는지.

주원은 등뒤에 커다란 리본이 달린 원피스를 입고 있었다. 허리가 잘록하게 들어간 노란 원피스는 치마가 무릎까지 내려오는 거였다. 리본과 단추가 등뒤에 달린, 앞이 아니라 뒤로 벗고 입게끔 만들어진 옷이지만 스타일만은 꽤 단정했다고 기억한다. 신체 부위 중 가장 희고 여린 무릎 안 오금에 치맛단이 자꾸 감겼다. 주원은 자주 걸음을 멈추고 치마를 털었을 것이다.

리본이 풀렸어. 됐다고 하는데도 굳이 등뒤로 다가와 엉거주춤 무릎을 꿇고 멀쩡하게 잘 묶인 리본 매듭을 풀어버리던 주상도. 주원은 원피스 속에 브래지어와 팬티만 입고 있었다. 그날따라 속치마를 입지 않았다. 그가 마음만 먹는다면 차들이 지나다니는 국도에서 주원을 발가벗길 수도 있었다. 주원은 처음부터 리본이 풀리지 않았다는 걸 알면서도 그에게 등을 맡긴 채 어디까지 가나 보자 하는 심사로 서 있었다.

잠깐 동안의 침묵.

헛기침.

그의 손이 현저히 떨리는 걸 주원은 등으로 감지했다. 리본이 물음표처럼 생겼네. 의미심장한 주상도의 말에 꽈리처럼 연해 터지던 주원의 웃음소리. 타지마할까진 아니어도 개집 하난 폼나게 지어주겠다던 젊은 청년 주상도. 개집이 예뻐봤자 개집이지 뭐…… 주원이 등뒤의 수상쩍은 기척을 참으며 늠름하게 서 있을 수 있었던 건 국도변 미루나무의 시원한 그늘 때문이었나? 무성한 나뭇잎들의 흔들림, 그 출렁거림 때문이었나?

동숭동 가톨릭 학생회관.

그 건물도 주상도가 설계한 성당처럼 붉은 벽돌이 주재료였다. 그날 안개가 지독하게 끼어 호객을 하러 나온 극단 사람과 아코디언을 품은 할아버지만 안개 속에 떠서 어렴풋이 흔들릴 뿐 마로니에 공원이 거의 바다시피 했다. 젖은 낙엽이 양탄자처럼 깔린 광장을 지나는데 어디선가 몰려온 비둘기들이 주원의 머리 위로 푸드덕 날아올랐다. 주원은 비둘기떼를 피해 어깨를 옹송그리고 가톨릭 학생회관으로 들어갔다.

공사중인 회관 복도에는 건축자재들이 널려 있었다. 주원이 복도에 쌓인 철근을 밟고 지나가는 바람에 공중에 들린 철근 하나가 뒤따라 들어오던 주상도의 발등을 쳤다. 어? 둘은 당황한 얼굴로 상대방을 바라봤고, 주원은 주상도의 발등이 아플 거라는 걸 알았지만 미안하다고 말하지 않았다. 어? 엉겁결에 지른 외마디는 공허한 메아리가 되어 좁은 복도를 따라 멀리 퍼져나가는 중이었는데도 주원은 시침 딱 떼고 303호 강의실로 들어갔다. 그도 따라 들어왔다. 주원은 그가 항의하러 온 줄 알았다.

매주 일요일 오후 세시가 되면 303호 강의실에선 조시인의 초현실주의 시론 강의가 있었다. 주상도 역시 조시인의 강의를 들으러 온 사람이었다. 그러고 보니 그의 손에는 알랭 로브그리예의 소설 『관음증 환자』가 쥐어져 있었다.

아름다운 상표가 붙은 통조림통이 아직 부엌에 있는 동안은 그 의미를 지니고 있으나 일단 쓰레기통에 던져져서 의미와 효용성을 잃어버렸을 때, 나는 비로소 그것이 아름답다고 생각한다, 라고 말한 사람이 누구였지?

브라크.

맞네. 브라크의 발상이 대단하다고 생각지 않나. 그 시절을 살았던 브라크의 외로움을 생각해봐. 20세기 초였어. 모자가 유행하던 시대야. 도롱이처럼 돌돌 말린 모자, 검은 베일을 늘어뜨린 챙이 넓은 모자, 구름 같은 모자를 쓴 여인들이 살았던 시절이라고. 길엔 온갖 모자들이 출몰했겠지. 얼마나 관능적이야. 나 같으면 모자만 볼 텐데 브라크는 쓰레기통을 봤다고.

상징주의부터 시작한 강의는 큐비즘으로 이어지고 있었다. 모든 존재들의 엉터리 같은 조건에 나라는 존재를 적응시키는 일만은 사절한다던, 사실주의와 실증주의를 단죄하던 앙드레 브르통이 쓴 초현실주의 일차 선언문이 강의실 안에 낭랑하게 울려퍼지기도 했다. 프로이트가 개발한 노이로제 치료법인 자유연상법과 초현실주의 시 이론인 자동기술법도 따라 나왔다.

　죽은 언어가, 별의 운행을, 올가미로 잡았을 때, 각적(角笛) 소리가, 우레의 염통을, 초를 쳐서 먹었다……

　문체가 잡박하기 짝이 없어 아름다운, 13세기에 지어진 작자미상의 이 시에 대한 길고도 지루한 논쟁. 논객들은 다양한 분야에서 모인 사람들이었다. 조시인의 제자이자 문단에서 활동중인 송시인이 모임의 좌장 격이었고, 프랑스로 유학 가면서 한국에서 물감을 한 보따리나 사가지고 등에 지고 갔다던 김화백도 있었고, 부산에서 생물 교사로 근무하다가 그림을 그리고 싶어 집과 학교엔 말도 없이 훌쩍 밀항선을 타고 일본으로 도망간 박선생도 있었다. 아…… 말도 마, 로 박선생은 일본생활 십 년을 간단하게 정리했다. 그 때문인지 주원에게 남은 박선생의 이미지는 '편도 승차권만 가진 남자'다. 그 외에도 시나 소설을 쓰던 젊은 학생 몇 명과 전위 연극을 하던 송린도 생각난다.
　그즈음 송린은 가늘고 긴 몸을 최대한 이용하는 퍼포먼스를 하고 있었다. 저승사자처럼 검은 옷을 입고 흐느적흐느적 무대로 걸어나오던 송린. 조명이 꺼지면 검은 옷에 감싸인 송린의 몸은 온데간데없고 희게 분칠한 얼굴과 손, 발만 허공에 남아 세트 없는 빈 무대를 기괴하게 흐르며 떠다녔다. 무대에 서면 늘 몸이 사라지곤 해서인지 아무도 그를 이해하지 못했고 모두가 그의 존재를 묵과했다. 외로운 송린. 그들 아홉 명은 훗날 지하비밀결사대원이자 오브제 회원이 된다.

  강의가 끝나면 샘터 앞 '밀다원'으로 자리를 옮겼다. 그때도 할아버지였던 조시인은 창가 자리에 앉아 꼭 당신처럼 생긴 작은 전용 잔에 커피를 담아 쪼작쪼작 마셨다. 조시인이 워낙 커피를 좋아했기 때문에 술 생각이 간절한 남자 회원들은 불만스런 기색을 감추고 찻집으로 가야만 했다. 이차 강의는 찻집에서 놀면서 했다. 우아한 시체는 새로운 포도주를 마실 것이다. 일명 아시체 놀이.

  손에 가위를 쥐고 신문지를 들어라. 하나의 기사를 오려낸 다음 그 기사를 형성하는 각각의 단어를 잘게 쪼개라. 그것을 봉지에 넣고 흔들어 나오는 순서대로 끄집어내라. 그러면 여러분은 독창적인, 속세에선 이해되지 않으나 참으로 매혹적인 작가가 되는 것이다, 라는 다다(dada) 선언처럼 회원들은 서로 다른 단어로 문장을 이어갔고, 낯선 문장들의 충돌을 즐겼다. 원래 맥락에서 떼어내 흥미롭게 제작한 이미지를 불연속적으로 병치한 몽타주들.

  떼어버려.

  조시인을 생각하면 가차 없고 단호하던 이십오 년 전의 그 말이 떠오른다. 그 말 속엔 조시인의 모든 것이 함축되어 있다. 그러므로 조시인의 이미지는 '떼어버려'다.

사십대 후반의 박선생은 풍채가 좋고 성우 뺨치게 매력적인 목소리를 가져서인지 그의 주변에는 야릇한 분위기의 여자들이 포진해 있었다. 정상적으로는 보이지 않고 어쩐지 갓길의 인생을 살고 있는 듯한 그런 여성들 말이다. 인사동 화랑에서 박선생의 전시회를 마친 날 밤, 뒤풀이를 겸해 박선생의 집으로 몰려갔다. 박선생의 집은 안국동 뒤편에 위치한 처마 낮은 한옥이었는데 한눈에 봐도 가난한 살림이었다. 그 집의 정갈하게 닦인 마루 위에 한 여인이 서 있었다. 박선생이 소개하기를, 전엔 내로라하는 집안의 며느리였다고 했다. 수시로 바뀌는 여자들이 죄다 야릇한 분위기였기에 여인을 본 주원은 안심이 폭 되었다. 고요함이 깃든 사람이랄까, 모든 것이 조신해 보였다. 하다못해 여인의 치맛자락도 차분차분해 보였고 소맷부리도 고요해 보였다. 뭘 사러 여인이 밖에 나간 사이에 박선생은 금방 자신의 말을 뒤집었다.

저 사람은 주민등록도 없는 사람이에요. 주민등록증을 만들어주느라고 얼마나 고생했는지 압니까. 돈이 없는 와중에도 일본 『문예춘추』를 정기구독하는 심사는 뭔지. 보면야 누가 뭐라겠습니까. 없는 돈에 사놓곤 겉봉도 안 뜯어요. 내 생각엔 일본어를 모르는 게 아닌가 싶기도 하고요.

예끼, 이 사람아. 『문예춘추』는 그렇다 해도 주민등록증이 없다는 게 말이 돼? 내로라하는 집안의 며느리였다면서.

그건 저 사람의 주장이고 뭐가 진실인지는 알 수 없어요.

그러나 여인이 깎아 내온 사과는 예술, 그 자체였다. 주원은 지금껏 그 여인처럼 기품 있게 사과를 깎는 사람을 보지 못했다. 모서리마다 가도련이 된, 동글납작하게 깎인 사과를 집어 먹으며 주원은 정말로 저 여인이 과거에 내로라하는 집안의 며느리였다고 믿고 싶어졌다. 한옥의 낮은 벽에 걸린 그림을 죽 둘러보던 주상도는 먹던 사과를 내려놓고 그림의 위치를 바로잡아주었다. 그의 지시대로 바꾸어 걸자 죽었던 그림이 되살아났다. 역시 건축학도라 공간 개념이 남다르군. 그 말을 한 게 송시인이었나, 박선생이었나?

여인이 부엌에서 꼼지락거리며 정성껏 차린 밥상을 한 상 잘 받아먹고 나오던 길이었다. 앞서가던 조시인이 걸음을 멈추더니 배웅 삼아 따라 나온 박선생을 휙 돌아보았다. 그러고는 다짜고짜 치켜세운 검지를 박선생의 코앞으로 찌를 듯이 들이밀며 말했다. 떼어버려. 붙여주면 저런 것들이 꼭닥시리 본처 노릇 하려 든다구.

아무도 읽지 않는 초현실주의 시를 쓰고 초현실주의 시론을 정립하며 불모지나 다름없는 이 땅에 초현실주의 씨를 뿌리는 데 평생을 바친 조시인. 매정하기로는 그를 따를 자가 없다. 동인 '로만파'에 이어 1949년에 당신이 결성한 '후반기' 동인들에 대해서도 좋게 평가하는 걸 주원은 한 번도 들어본 적이 없다.

전쟁이 터지고 이중섭이 부산으로 피난을 왔어. 아, 이 친구가 밤낮 담배 은박지에 끄적끄적 그린 그림을 들고 찾아오는 거라. 술

값을 안 주면 가질 않아. 그땐 내가 부산의 한 대학에서 교수로 재직하고 있었거든. 서울의 예술가들이 전부 부산으로 피난을 왔어요. 그러니 이 친구 뒤만 봐줄 수 있어? 하루는 또 연구실로 은박지 쪼가리를 들고 왔길래 서랍에 가득 찬 은박지 그림을 전부 꺼내 중섭이 코앞에서 갈가리 찢어버렸지. 아주 패악을 부렸어.

이랬던 조시인도 박인환의 얘기가 나오면 달라졌다. 나이에 비해 동안인 조시인은 희고 동그란 얼굴을 발그레 붉히며 인환이는…… 하고 눈을 가느스름하게 떴다. 좋은 의도로 하는 말도 조시인의 입을 통하면 싸늘해지기 마련인데 박인환의 그 무엇이 매정하기가 칼끝 같은 조시인의 마음을 녹였던 것인지. 모던보이여서 그랬을까.

난 촌이 싫어, 촌것들의 세련되지 못한 감성이 싫어, 거침없이 말하던 조시인. 칠십 고령에도 주원과 같은 젊은 회원들에게 애, 애들아…… 속삭이듯 부르며 친구처럼 대하던 조시인은 죽어서도 촌스런 시골 선산으로 가질 않고 세련된 서울 근교에 묻혔다.

「꽃」이라는 시로 유명한 김시인이 조시인 돌아가시고 나자 우리는 조시인을 잊지 말아야 한다고, 그가 쓰던 초현실주의 시를 기억해야만 한다고 어느 지면엔가 절절하게 쓴 글을 읽은 적이 있다. 만약 조시인이 생전에 당신 욕을 얼마나 했는지 진작 알았더라면 김시인은 그 글을 썼을까. 조시인은 욕은 욕처럼, 칭찬도 욕처럼 하는 사람이었다.

이중섭의 은박지 그림만 모았어도 지금쯤 떵떵거리고 살았을 거라며, 저 성질은 늙어도 여전히 팔팔하다며 뒤에서 조시인 흉을 보던 사모님도 김화백만은 무서워했다. 남의 집 커튼에 몰래 그림을 그리고 다니는 게 김화백의 주특기여서 조시인 댁 커튼도 몇 개나 버렸는지 모른다. 머슴처럼 생긴 외모 때문에 아무도 자신을 프랑스 유학파라고 인정하지 않는다며 툴툴거리던 김화백이 조용해 찾아보면, 어느새 커튼 뒤로 숨어들어가 쉴새없이 붓을 놀리고 있었다. 김화백은 바위의 이끼나 손수 딴 꽃잎에서 추출한 천연색으로 눈을 쏘듯이 강렬하고 깊은 화풍의 그림을 그렸다. 그림이 지나치게 무거워 좀 뒤뚱거리긴 했다.

사유의 무관심한 유희에 빠져 지내던 그 시절, 주원은 탕기의 수평선과 키리코의 그림에 매료되었다. 텅 빈 광장과 눈먼 동상 사이로 마네킹과 모자와 고무장갑이 느닷없이 떠오르던 키리코의 불균형한 그림들. 당시 주상도는 에른스트의 콜라주와 뒤샹의 변기, 달리와 마그리트의 그림을 좋아했다.

문학이 그림이고 그림이 곧 문학이던 시기.

오브제 회원들은 파격을 향해 나아갔다. 명동 롯데호텔 십구층과 대전 중앙통의 카페, 부산의 모 극장을 오가며 송린이 선두가 되어 시낭송과 대본 없는 퍼포먼스를 했다. 회원들의 무의식 저변에서 길어올린 행위의 원시적인 표출. 1920년 파리의 유명 콘서트홀인 가보(Gaveau) 부인의 살롱에서 개최된 페스티벌처럼 바흐의 곡이 흐르던 피아노에서 갑자기 튀어나오는 새된 트로트 같은 파격은 있었어도, 다다이스트인 트리스탕 차라처럼 토마토를 던지거나 아라공처럼 퍼포먼스장 입구를 화장실로 사용하는 극단적인 행동은 하지 않았다. 오브제 회원들은 김화백을 '커튼', 주원을 '가만가만', 주상도는 '부득이하게'로 불렀다.

 원고를 주밀하게 살피던 주원은 십삼 페이지 하단에 포스트잇을 붙인다. 중구 정동 수사들의 집. 앞장의 성당에 비하면 이 건물은 성의 없고 일견 나태해 보이기도 한다. 수사들의 집은 원래 다른 건축가가 설계를 맡은 것이었다. 그러나 일을 진행하는 도중 성당 관계자들의 요구사항이 많아 난관에 봉착했다. 의견을 좁히지 못한 건축가는 결국 손 털고 나가고, 뒤에 주상도가 완공시킨 건물이다.
 계단을 건물 중간에 내라고? 좋다. 문을 사각의 여닫이로 하라고? 들어준다. 그렇게 완성된 작품이다. 중고등학교 본관도 아니고 별관처럼 생긴 그 건물을 주상도는 작품이라고 했다. 중구 정동 한복판에 우뚝 서 있는 수사들의 집은 주변 건물과 어울리지 못하고 혼자만 퉁겨져나와 버려진 듯 보인다. 그는 건물 사진 밑에 어떤 점이 잘못됐고 왜 주변 건축물과 화합하지 못하는지, 어디서부터 어그러졌는지를 고백하듯 자세히 적고 있다.
 어차피 건축은 순수예술이 아니다. 인간의 편리함을 추구하는 실용예술이다.
 그의 어조가 사뭇 가파르고 숨차다. 원고를 읽던 주원이 그만 눈을 감는다. 감은 눈 위로 무수히 생겨난 흰 점들이 축포처럼 팡 팡 터진다. 자네 예술 하려고 여기 온 줄 아나. 그도 이와 같은 말을 들었을 것이다. 과거에 충분히 한 예술 했거든요. 속으로 이 말을 짓씹으며 뒤도 돌아보지 않고 짐을 싼 주원과, 끝까지 협의한 주상도. 누가 더 힘이 센 걸까.

조시인이 돌아가시고 나자 포스트모던 시를 쓰는 시인들이 나타나 문단을 휩쓸었다. 그때도 칼을 갈며 초현실주의 시나 누보로망 계열의 소설을 쓰던 문학부 회원들은 날벼락을 맞은 표정이었다. 송시인은 어디서 나타난 곁가지들이냐며 소태 씹은 얼굴을 했다. 조시인이 가고 없는 중에도 초현실주의 시와 소설, 그림, 건축, 연극 이론을 담은 동인지 『전환』은 간행되었다. 어떤 출판사도 내겠다고 나서질 않아 자비로 출판한 동인지 5집을 스무 부씩 나눠 갖던 날 오브제 회원들은 필름이 끊기도록 술을 마셨다.

인간들이 말이야…… 야술을 몰라보고……

술집 탁자 위로 올라간 누군가가 울분이 섞인 목소리로 아무도 듣지 않는 연설을 장황하게 늘어놓기도 했다. 턱없이 격앙되어 '예술'이 '야술'처럼 들렸다. 그뒤 한 회원의 결혼식장에서 보고 마지막으로 연락이 닿은 회원들 몇 명을 김화백의 전시회에서 만났다.

어!……

김화백의 그림을 본 회원들의 입에선 탄식조의 감탄사가 새어 나왔다. 김화백의 화풍이 완전히 바뀌었다. 실제보다 더 실제 같은, 사진처럼 세밀하게 그린 극사실주의 그림 속에 김화백 특유의 누에가 거꾸로 기어가는 듯한 사인이 있었다. 그 사인만 아니라면 누구도 김화백의 그림인 줄 몰랐을 것이다.

뭘 그리 놀라나. 전엔 내 그림이 뒤뚱거린다고 하지 않았어요? 현재 내 관심은 어떻게 하면 사물을 눈에 보이는 것 이상으로 생생하고 현장감 있게 그리는가에 있어요. 말하자면 강 하나를 건넌 셈이지요.

달마의 선을 연상시키는 굵고 뭉툭한 선과 눈을 쏘듯이 강렬한 색조로 남의 집 커튼에 몰래 그림을 그리고 다니던 그는 간곳없고, 어울리지도 않게 웬 빵떡모자를 쓴 김화백이 술이나 한잔하자며 주원과 회원들을 붙잡았다. 아무도 김화백이 마련한 뒤풀이에 가지 않았다. 누가 볼세라 황급히 전시회장을 빠져나와 뿔뿔이 흩어졌다. 초현실주의에 사로잡혔던 칠 년 세월은 그렇게 결판났다.

그로부터 십 년쯤 흐른 뒤 길에서 우연히 마주친 송린은 목동의 입시학원 원장이 되어 있었다. 흐…… 송린의 명함을 본 주원이 입술을 깨문 채 웃었다. 회원들 중 가장 먼저 사라진 주상도의 소식을 물었지만 그는 오브제 회원 누구의 소식도 모른다고 했다.

요즘도 연극 보니?

주원의 말에 송린은 먹고살기 바쁜데 연극은 무슨, 하며 허허 웃었다.

그땐 왜 그랬는지 몰라.

송린은 그 시절을 까맣게 잊고 있었다. 무대 위의 그는 없었고 더이상 외로워 보이지도 않았다. 대신 배가 나왔고 말도 많아 사람이 헤퍼 보였다. 주원이 타고 갈 노선의 지하철 개표구까지 따라온 송린이 말했다.

주원이 넌 몇 평에 사니?

다른 사람도 아닌 송린의 입에서 나온 말이기에 주원은 슬펐다. 헤어지면서 전화번호를 주고받았지만 서로 연락하지 않았다.

동아시아 건축, 전환의 깃발을 꽂고 돌아가겠다. 이것이 『난징의 아침』 마지막 소제목이다. 전환. 주상도는 동인지 『전환』을 잊지 않고 있는 게 분명했다. 그는 중국 난징에 거주하며 한국과 중국, 일본의 현대건축을 비교하는 일을 하고 있다. 세 나라 건축 전반에 대해 통달하지 않으면 할 수 없는 작업일 것이다.

요즘 내가 관심을 갖는 것은 중국의 정원입니다. 정원 안에 사람이 만든 산과 강이 있을 정도이니 우리나라 정원과는 비교도 되지 않게 크지요. ……대체 사람이 만든 산과 강은 어떤 규모일까. 웅장하니까 이런 글도 썼겠지. 주상도가 본 인공 강도 금강만큼 푸르고 힘찰까. 주상도도 그때 그 금강을 자신만의 정원 안에 가두고 살았는지 모른다. 주원처럼 그도 그 강물 소리가 가슴에서 그친 적이 없었겠지.

조시인 살아생전 마지막으로 갔던 엠티. 태양은 뜨겁게 내리쬐고 대기의 공기는 달콤했다. 마을을 지나 우람한 둥치의 나무들이 빽빽하게 심겨진 숲으로 들어갔다. 태양과 나무 그림자가 엉켜 흐르는 숲은 낮인데도 어두웠고 그늘 틈으로 한 줄기 빛을 받은 나뭇잎들은 막 닦은 사파이어처럼 투명하게 흔들렸다. 숲길엔 붉은 활엽수 잎들이 더미로 쌓여 밟을 때마다 발밑이 폭신폭신했다. 계곡은 숲 뒤쪽에 숨겨져 있었다. 나무들의 숨소리까지 들릴 정도로 완벽한 침묵에 감싸인 채 일행을 기다렸다.

탁월한 선택이야. 신선이 따로 없구만.

박선생은 신이 나서 그중 큰 나무 그늘 아래 자리를 깔았다. 눈앞엔 탁 트인 백사장 너머 푸른 금강이 넘실거리고 있었다.

저저, 물빛 좀 봐. 내가 프랑스에서 따먹은 스웨덴 년들 눈깔 색 같네.

운동화를 샌들로 갈아 신던 김화백이 낄낄거렸다. 텐트를 치던 주상도가 에이, 비약이 심하시네요, 그 얼굴에…… 라며 밉지 않게 퉁을 주었다.

이래 봬도요, 이 얼굴이 유럽에서는 쫌 먹어주는 얼굴이에요. 프랑스 년들은 쭉 째진 내 눈만 보면 신비한 동양의 오리엔탈리즘이라고 환장을 해요.

회원들은 박장대소하며 마을 어귀에서 산 민물고기로 매운탕을 끓였다. 거, 입 좀 다물고 웃을 순 없나. 박선생은 삼겹살에 침이 튄다고 송린을 구박하면서도 구운 삼겹살을 상추에 싸서 입이 미어터지게 밀어넣곤 매운탕 국물을 떠먹었다. 옆에서 누가 죽어나가도 모를 만큼 맛있는 점심을 먹고 조시인과 박선생, 김화백은 그늘에 누워 잠이 들었다.

식곤증에 빠진 나른한 오후. 주원은 금강에 뛰어들어 물살을 가르며 앞으로 나아갔다. 수면은 은갈치 비늘처럼 반짝거렸고 주원을 지그시 감은 강물은 부드럽게 휘돌며 흘렀다. 물속에서 누군가 주원의 반바지를 잡아당겼다. 요것 봐라. 반쯤 벗겨진 바지를 끌어올리고 잠수해 들어갔더니 흔들리는 수초 사이로 주상도의 얼굴이 보였다. 위로 뿔뿔이 쳐들린 머리카락도 웃겼지만 숨을 참느라 찡그린 얼굴은 보기에 혐오스러울 정도였다. 금빛 모래와 자갈, 흔들리는 검푸른 수초 틈으로 단도처럼 날카롭게 들어오던 햇빛. 소음이 차단된 강 밑 풍경은 잡지의 화보보다 아름다웠지만, 물속 인간의 모습은 괴상하기 짝이 없었다.

이 사람이 그 사람인가. 두 팔을 번갈아 허우적거리며 다가오는 주상도를 진저리 치며 밀쳤다. 혼신의 힘을 다해 뿌리치는 동작도 물속에서는 나비의 날갯짓처럼 보였다. 부력 때문이었다. 물의 미는 힘에 의해 싫다고 거부하는 몸짓이 아양 떠는 것처럼 보였고, '싫어요'가 '좋아요'로 표현되는 순간 주원은 무서운 공포에 휩싸였다. 머리 위로 태양이 나팔 소리를 내며 툭 떨어졌다. 일시에 시야에서 총천연색이 걷히고 흑백필름 같은 풍경이 펼쳐졌다. 주원은 죽을힘을 다해 흑백의 금강을 헤엄쳐 나왔고 그 뒤 주상도는 모임에 나오지 않았다.

훗날 주원은 디자인회사 직원들과 그 계곡을 찾아 금강 일대 숲속을 이 잡듯 뒤지고 다녔다. 그러나 주상도와 함께 사라져버렸는지 계곡은 끝내 찾을 수 없었다. 그날 금강에서 주상도 역시 충격을 받았을 것이다. 물 밑 풍경 속에 또하나의 풍경으로 떠오른 주원의 다리는 어떤 무희의 다리보다 아름다웠을 것이다. 젊은 그는 자기도 모르게 주원의 바지를 잡아당겼겠지. 주원이 그를 봤듯 그도 주원을 봤겠지. 숨을 참느라 유리창에 문댄 것처럼 눌린 얼굴, 그를 뿌리치느라 악문 입, 하늘을 향해 쳐들린 귀신 같은 머리. 마귀의 얼굴도 그보단 낫겠지. 우아하게 하늘거리는 팔다리에 저런 얼굴이 붙어 있다니. 기절할 만큼 놀란 그는 다시는 모임에 오고 싶지 않았겠지. 그래서 사라졌겠지. 인간에겐 수만 가지 얼굴이 존재한다는 사실을 모르던 그때로 돌아간다면.

내가 한 인간을 이토록 완전하게 바라본 적이 있었나.
주원은 이제 그의 모든 것을 알 것 같다. 보다 깊게 주상도를 느낀다. 그는 빈 곳이 건축이라고 말한다. 건축물의 외형이 아니라 건축물이 만들어낸 빈 공간이 건축이라는 얘기다. 그도 출격 직전의 조종사들이 받는 강도의 스트레스를 받았을 것이다. 그러니 빈 곳이 눈에 들어왔겠지.
후학들이여, 중국을 잊지 마라. 중국에 오고 나서야 내 나이 지천명이라는 걸 깨달았다. 배움에는 나이가 없다며 건축에도 제2의 르네상스가 필요하다고 그는 주장한다. 눈가에 잡힌 주름살은 그를 전보다 다정해 보이게 하지만 반나마 덮인 흰머리는 좀체 받아들이기 힘들다. 애 늙은 게 노인이라더니. 그때 그들은 어디로 갔나. '떼어버려'와 '커튼'과 '가만가만'과 '부득이하게'와 '변도 승차권만 가진 남자'는.

 초현실주의는 기운이 쇠했고 필경 죽은 것이라고 진단했었다. 그런데 주상도가 백발을 휘날리며 전환의 깃발을 높이 치켜든 채 말을 타고 오고 있다. 제2의 르네상스를 외치며 중국 대륙을 횡단해오고 있다. 두두두, 모래바람이 분다. 열차 소리처럼 가까이 다가온 말발굽 소리가 집을 울리고 주원의 중심을 울린다. 주원은 이 영상이 사라지기 전에 표지 작업을 끝내려고 서두른다. 이윽고 김화백이 쓰다 버린 달마풍의 굵고 뭉툭한 선 하나가 힘차게 지면을 가로지른다. 비릿한 강물 냄새가, 주원의 손끝을 따라온다.

| 해설 |

초인의 윤리 vs 세속의 절망

정여울(문학평론가)

> 가장 멀리 떨어진 별빛이 인간에게 가장 늦게 이른다.
> 그 별빛이 이르기 전에는, 그곳에 별이 있다는 것을 인간은 부정한다.
> "하나의 정신이 이해되는 데는 몇 세기가 필요한 것일까?"
> ―니체, 『선악의 저편』 중에서

1. 세속의 밧줄에 묶인 초인의 우울증

샤먼의 운명을 타고난 사람이 세속을 떠날 수 없다면 어떻게 될까. 속(俗)에 몸을 두고 끊임없이 성(聖)과 접촉해야 하는 사람들은 어떻게 일상을 견딜 수 있을까. 신앙에 관련된 직업을 갖기에는 너무 질긴 속세와의 인연을 끊을 수 없는 사람들. 그들은 추한 것과 싸우거나 추한 것을 비난하지 않는다. 그들은 추한 것과 어우러져 그 무리에 섞인 듯 보이지만 무리로 하여금 그들 스스로의 추함을 대면하도록 한다. 그들은 의사처럼 그들의 고통을 치유할 수도 없고 성인처럼 그들의 지혜를 전수하지도 않는다. '속'의 밧줄을 끊을 수도 없고 '성'의 동아줄을 포기할 수도 없는 이들은 기꺼이 초인과 속인 사이에 놓인, 위태로운 인간 사다리가 된다. 이현수의 소설은 바로 이런 사람들, 초인과 속인 사이에서 보상 없는 방황을 자처하는 사람들의 이야기다.

작가 이현수가 사랑하는 인물들은 초인(Übermensch)이 될 수 있는 충분한 능력을 지녔지만 초인의 영광을 누리기를 스스로 포기한 사람들이다. 괴물과 싸운답시고 우리 안의 가장 소중한 괴물들마저 죽여버린 근대인에게 보내는 관능적인 연애편지. 그것이 이현수의 소설이다. 문명과 합리의 언어로 설명하기 어려운, 현대사회가 폐기처분한 샤먼의 광기와 우울. 그들의 분열적 웅얼거림, 알아들을 수 없는 비명과 넋두리로 가득한 상형문자들을 이현수의 주인공들은 문명의 언어로 번역한다. 이현수의 인물들이 복원해내는 이 샤먼의 가능성들은, 때로는 세속의 먼지에 쓸려가고 때로는 세속의 고통에 침식당하기도 하며 때로는 목숨이 다할 때까지 그 광기의 방황을 멈추지 못한다. 그들은 세속의 간섭이 싫어 세속의 쾌락을 포기하기도 하고, 소시민적 개인의 일상만으로는 만족할 수 없어 영혼의 고통을 자처하기도 한다.

이현수의 소설에서 가장 압도적인 캐릭터 중 하나는 바로 「추풍령」에 등장하는 어머니다. 주인공 권미란을 낳았지만 딸을 먼산바라기 하듯 무심한 얼굴로 바라보는 이 어머니에게 딸은 애착을 느낄 수 없다. 권미란은 할머니는 물론 엄마와 고모들까지 한 집안에 모여 사는, "과부와 과부로 대를 이어온 집안" "여자는 승하고 남자는 안 되는 집"의 '호주'다.

이건 비밀인데 말야, 난 우리집 호주야.

비밀은 아니었다. 권씨 집안이 유명해진 건 여자가 호주이기 때문이다.

너 사생아냐?

사생아는 엄마를 따라 외가의 호적에 오르니까 외할아버지나 외삼촌이 호주가 되겠지.

그럼 뭐야.

남자가 없어서 그래. 딸도 나뿐이고.

(……)

남자가 없다는 건 말이지. 엄마가 없고 아빠가 없는 그런 단순한 없음, 상실이 아니야. 존재의 증명 자체가 힘든 거지. 한 세계가 이유 없이 문밖으로 밀어내고 죽을힘을 다해도 닫힌 문은 열릴까 말까 하는 것. 남자가 없는 건 그런 거야. 겪어보지 않은 사람은 몰라.

사춘기의 나로서는 더이상 설명이 불가능했다. 친구들이 고무줄을 할 때 난 장황한 기제사에 참석했었다고, 친구들이 1년, 2년, 왁자지껄 공기를 하고 놀 때 부동자세로 서서 '유세차'로 시작하는 길고도 지루한 축문을 듣거나 코를 찌르는 향냄새를 맡으며 고사리 같은 두 손을 모아 신위 앞으로 술잔을 건넸다고, 여자이면서도 남자 맞잡이로 살았던 내겐 유년기가 없었다고, 많고도 많은 제삿날 허벅지를 꼬집으며 초저녁잠을 쫓던 유년기의 내가 있을 뿐이라고 어떻게 말할 수가 있겠는가.(「추풍령」, 49~51쪽)

남자는 있어도 불편한 존재이며 거추장스러운 운명의 짐은 온통 여자가 짊어져야 하는 집, 추풍령 권씨 집안. 그 집안의 호주로 살아온 권미란에게 집안에 남자가 전혀 없다는 것보다 더 큰 고통은 도무지 이 세상 사람이 아닌 것 같은 어머니의 기행(奇行)이었다. 어머니가 앓고 있는 '벌떡증'은 치료도 불가능하며 병명을 붙이기도 어려운, 몇 달간 풍찬노숙을 하며 싸돌아다녀야 가라앉곤 하는, 일종의 무병(巫病)이다. 신기한 것은 어머니의 이런 기이한 행각을 집안 사람들이 전혀 부담스러워하지 않는다는 것, 마치 어머니는 처음부터 그렇게 살아야만 온전한 사람인 듯 대해 준다는 것이다. 사람들은 그녀가 산발한 거지꼴로 나타나도 기꺼이 그녀를 반긴다. 어머니는 벌떡증이 도질 때마다 며칠이고 걸어서 추풍령을 넘어 친척들 집을 전전한다. 세속의 기준으로는 도저히 용납할 수 없는 그녀를 모두가 인정하는 이유. 그녀가 몇 달 동안 가출했다가 귀가할 때마다 끓여내는 감자탕에 그 비밀이 있다.

감자탕은 처음부터 끝까지 어머니 혼자 끓였다. 살점을 발라낸 돼지등뼈를 뭉툭한 식칼로 내리칠 때, 허공에 떠 있던 어머니의 눈동자도 그때만은 제자리에 박혀 푸르스름한 빛을 냈다. 이른 아침 추풍령 산비탈에서 캔 투실투실한 감자의 껍질을 벗겨 넣고 핏물을 뺀 돼지뼈와 파랗게 데친 무시래기를 넣어 시남시남 한나절을 고았다. 이윽고 국물이 잘박하게 졸면 새빨간 고추와 금방 간 들깨 같은 향이 짙은 양념을 넣어 당면과 함께 한소끔 끓인 것을 뚝배기에 담아 집집마다 돌렸다. 우리집 여자들은 물론이고 동네의 과부란 과부는 모두 뚝배기에 든 감자탕을 바닥까지 알뜰히 긁어먹고는 이튿날 해가 중천에 뜰 때까지 절절 끓는 아랫목에서 땀을 비지처럼 흘리며 몸을 지졌다. 그러곤 힘 좋은 남자와 한바탕 정사라도 치른 양 노골노골해진 얼굴을 하고 나와 다들 살 풀었다고 했다. 우리집에서 감자탕이 끓는 냄새가 나면 동네 과부들은 느이 엄마 왔는갑네, 활짝 반기곤 땀이 쏟아붓는 염천에도 안방에 군불을 넣고 기다렸다. (……)

고백건대 추풍령 엄마가 감자탕 끓이는 걸 몰래 숨어서 훔쳐본 적도 있었다. 어머니가 별안간 저고리 섶을 헤치고 뭉툭한 식칼로 자신의 가슴 한쪽을 쓰윽 도려내는 것은 아닐까, 핏물이 뚝뚝 듣는 가슴살을 감자탕 속에 집어넣고 같이 끓이는 건 아닐까, 아니면 마지막 남은 해가 하혈을 하듯 서산이 온통 핏빛으로 낭자하게 물들 때쯤 갑자기 어머니가 가랑이를 벌리고 솥 안에 아기를 낳는 건 아닐까, 아기 낳은 흔적을 없애기 위해 어머니는 집에 오자마자 감자탕부터 끓이는 게 아닐까, 혼자서 온갖 억측을 다 했으니까. 물론 내가 상상하던 일은 일어나지 않았다. 감자탕은 그냥 순수한 감자탕일 뿐이었다.

혜련도 몇 번인가 어머니가 끓인 추풍령 감자탕을 얻어먹었는데 자기가 먹어본 음식 중 최고라고 했다. 나는 혜련이네 부엌을 떠올리곤 지금 네 입에 무엇인들 맛있지 않겠냐, 싶었다. 감자탕을 두 그릇이나 게 눈 감추듯 먹고 나서 덧붙이는 혜련의 평이 인상적이었다. 혀가 얼얼하도록 지독히 맵고 뜨거운데 먹고 나면 어쩐지 비릿한 슬픔이 느껴지는, 뒷맛이 미끌한 음식이라고 했다. 너 시 쓰냐? 구박하면서도 나도 내심 혜련의 말에 동의했다. 진저리를 치며 안 먹는다고 해놓곤 식구들 몰래 훔쳐낸 감자탕을 뒤란에 주저앉아 정신없이 퍼먹곤 했으니까. 시도 때도 없이 솟구치는 사춘기의 신열을 감자탕으로 가라앉히곤 했으니까. 감자탕을 먹는 동안은 호주라는 무거운 짐도 내려놓을 수가 있었고, 슬픔과 분노, 원인을 알 수 없는 노여움, 삿된 기운일 수도 있는, 몸 안에 떠도는 대책 없는 열기 들을 이상하리만치 고요하게 잠재울 수가 있었다.(「추풍령」, 59~61쪽)

어머니가 감자탕을 끓이는 모습은 주술사가 수백 가지 재료를 도가니에 넣어 연금술적 기적을 실험하는 신비를 연상시킨다. 어머니가 어디서 어떻게 살아가는지 당최 알 수 없는 딸은 감자탕을 끓이는 어머니의 모습을 훔쳐보며 당혹과 신비, 분노와 매혹을 동시에 느낀다. 어머니의 감자탕은 흩어진 마을 사람들을 불러모아 축제를 벌이게 하는 감각의 촉매다. 이 감자탕은 마을 사람들의 신산한 세상살이의 고통을 잊게 해주는 망각의 치유제이기도 하고, 어린 시절부터 '호주'라는 무게에 짓눌려 스위트 홈의 행복을 맛보지 못한 '나'의 분노와 고독을 잠재우는 마취제이기도 하다. 어머니는 평범한 주부의 일상으로 만족할 수 없는 사람, 자식에게

푼푼한 모성의 정을 나눠줄 수 없는 사람이다. 그러나 "거품을 물고 쓰러지거나 눈을 부릅뜨고 뒤로 넘어가는 사람이 있으면 어머니는 몸에 지니고 다니는 침으로 막힌 기운을 신통하게 잘 뚫었"으며 "싱겁게 담가 곰팡이가 핀 간장이나 탈이 난 된장도 어머니의 손이 가면 언제 그랬냐는 듯 금세 다스려졌다". 아무런 공식 면허 없이 사람의 병든 마음과 몸을 치유하고 공동체의 범상한 일상과 동떨어져 보름달을 이불 삼아 동가식서가숙하는 어머니의 삶은 원시사회의 샤먼과 크게 다르지 않다. 그녀는 '좋은 어머니'는 아니었지만 '유능한 샤먼'이었던 셈이다. 어머니의 내면을 이해할 수 있는 사람은 없었지만 어머니의 권능은 사람들을 행복하게 했던 것이다. 비공식적인 사제 역할을 했던 추풍령 어머니의 권위는 "그 자신의 심리적 경험에서 비롯되는 것이지 사회가 부여한 성직의 권위에서 오는 것이 아니"[1]었던 것이다.

이현수의 주인공들은 초인의 윤리를 간직한 채 세속의 분진에 찌들지 않는 영혼의 자존을 찾는 사람들이다. 그 존엄은 단지 유지하기 위한 것이 아니다. 그들이 결코 놓을 수 없는 이 자존은 매 순간 새로 만들어야 할 영혼의 존엄성이다. 세속의 피비린내에 영혼을 잠식당하지 않기 위해서는 잠시도 세속의 전투, 욕망의 전쟁을 쉬어서는 안 된다. 이현수의 주인공들은 그 고통을 이미 내재화한 사람들이다. 초인이 되기 위해 세속의 쾌락을 단절한,

---

[1] 조셉 캠벨·빌 모이어스 대담, 『신화의 힘』, 이윤기 옮김, 이끌리오, 2002, 190쪽.

고통과 자신을 이미 분리할 수 없는 사람들은 무리의 고통과 자신의 고통을 구별하지 않는다. 그들은 무리 속에서도 기꺼이 은둔한다.

2. 모성의 모범답안을 찢어발긴 어머니들

이현수의 캐릭터 중 유난히 빛을 발하는 존재들은 '모성'이라는 단어가 주는 전형적인 뉘앙스를 벗어나는 어머니들이다. 근대적 합리성의 세계가 억압한 어머니의 존재, 자본주의의 첨단화가 초래한 '슈퍼맘(풀타임 직장을 다니면서 자녀 양육과 가사 등 일인 삼역을 소화하는 여성)'의 이상형에 자신을 끼워맞출 수 없는 어머니들 또한 '초인'과 '속인' 사이에서 서성이는 존재들이다. 그녀들은 모더니티의 세계에서는 '괴물적 존재'들이지만, 원시적 양성성을 지닌 신화적 이미지에 가까운 존재들이기도 하다. 「추풍령」의 어머니는 물론이고 「남의 정원에 함부로 발 들이지 마라」에서도 모성의 친밀성을 온화하게 표현하는 법과는 거리가 먼 어머니가 등장한다. 「추풍령」의 어머니는 광기가 극에 이르러 일상적인 모성을 실현할 수 없는 경우이며, 「남의 정원에 함부로 발 들이지 마라」의 '개봉동 빠가사리'는 아니무스가 극대화되어 여성성이 거의 은폐된 초인적 여성상을 구현한다. 「남의 정원에 함부로 발 들이지 마라」에 등장하는 '개봉동 빠가사리'라는 초유의 캐릭터에는

'조폭'과 '어머니'라는 공존하기 어려운 정체성이 폭발적인 이미지로 형상화되어 있다.

어떤 어머니는 빨래할 시간도 요리할 시간도 없이 하루 종일 재봉틀을 돌려 돈을 버느라 머리 감을 시간이 없어 머리에 터번을 두르고 살며(「추풍령」), 어떤 어머니는 벙어리 할머니 대신인 듯 귀를 넷이나 달고 태어난 딸을 견딜 수 없어 기꺼이 계모의 존재를 용납한다(「남의 정원에 함부로 발 들이지 마라」). 그런가 하면 어떤 어머니는 남편이 바람나는 것보다 '어설픈 바람' 때문에 홧김에 이혼하자고 할까봐 가슴 졸이며 기러기 남편을 만날 때마다 부부싸움을 하고(「태중의 기억」), 어떤 어머니는 남편 없이 세 딸을 키우느라 평생 여자이기를 포기했으면서도 남편이 만든 애물단지 목가구를 태우는 날 목놓아 울며 남편을 애도한다(「장미나무 식기장」). 이현수의 인물들은 어머니의 모범답안을 제시하거나 고생한 어머니를 연민하지 않는다. 이현수의 작품은 어머니의 삶을 한 톨의 동정 없이 수많은 타인의 운명 중 하나로 직시한다. 이현수의 소설에서는 아버지의 존재가 거의 전면적으로 드러나지 않는데, 그것은 어머니들이 항상-이미 아버지의 존재를 대체하고 있기 때문이다. 「장미나무 식기장」에는 아버지가 살아 있을 때엔 '비실댁'이라 불릴 정도로 미미한 모성을 보여주다가 아버지가 세상을 떠난 후에야 본연의 에너지를 마음껏 발휘하는 어머니가 등장한다.

아버지가 만든 책상 겸 쌀통을 이끌고 폭격 맞은 얼굴로 귀향한 어머니는 내리 다섯 달 동안 잠만 잤다. 그 결과 몸엔 엄청나게 살이 올랐고 목소리도 우렁차게 변했다. 마른 것보다 살이 찐 게 어울리는 사람이 있는데 어머니의 경우가 그랬다. 살이 찌면서 인물도 좋아졌고 뱃심도 붙는 눈치였다. 남 말하기 좋아하는 사람들은 서방 잡아먹고 사람 됐다고 했지만 어머니는 끄떡도 하지 않았다. 잠으로 보낸 다섯 달이 어머니를 완전히 다른 사람으로 바꿔놓은 것 같았다. 잠에서 깨어난 어머니는 단단히 감춰둔 날개를 펼치고 세상을 향해 마음껏 날아올랐다.
　(……) 이렇듯 딸들은 수단껏 어머니를 뜯어먹었고 어머니는 기꺼이 뜯어먹혔다. 언니들이 다니기 편하게 학교 담과 바싹 붙은 집을 구한 어머니는 신바람이 나서 서울에 들락거렸다. 집 안팎을 둘러보고 밑반찬을 가지가지로 만들고는 언니들의 학교를 들렀다. 대학총장을 중고등학교 교장쯤으로 알았던 어머니는 심심하면 총장실에 인사를 하러 갔다.
　"내는 이 학교에 딸을 둘이나 보내고 있심더. 학부모가 되어가꼬 인사가 없으마 도리가 아니지예. 딸들이 사는 집도 바로 요 옆이다 아입니꺼. 이거는예, 우리 고향 특산물인데 한분 잡사보이소."
　어머니는 들고 간 호두나 곶감 보퉁이를 총장에게 전하고 보무도 당당하게 집으로 돌아왔다. (……)
　두 언니들은 비명을 지르며 동시에 눈을 질끈 감았다. 호두나 곶감도 문제지만 어머니의 차림새가 눈에 걸렸기 때문이다. 탤런트 강부자와 비슷하게 생긴 어머니는 옷도 절의 보살처럼 입고 다녔다. (……)

"선물은 지한테 질로 소중한 걸 남에게 주는 기, 그기 바로 선물이라 카는 기다. 우리 호두와 곶감이 우때서? 옛날에는 임금님께 진상하던 물건이다."

어머니도 지지 않았다. 눈물을 글썽이며 항의하는 딸들의 등을 방 빗자루로 냅다 내리쳤다. 그런 어머니의 행동이 훗날 복을 불러올 줄 아무도 몰랐다. 성적이 좋은 큰언니가 모 연구소에 들어간 건 당연한 일이지만, 졸업도 간신히 한 작은언니가 화장품회사 홍보실에 취직한 건 순전히 어머니 덕분이었다. 총장이 특별히 추천했던 것이다.(「장미나무 식기장」, 87~97쪽)

영화 〈안토니아스 라인〉의 어머니처럼 한 식구는 물론 마을 공동체 전체도 지휘할 듯한 초인적 어머니. 이현수의 소설이 그리는 어머니들은 하나같이 '교양'이나 '교육'과는 거리가 멀지만, 그들은 누구보다도 '대지 모신'의 가이아적 이미지와 가까운 강력한 에너지를 발산한다. 아버지의 부재 혹은 무능으로 인해 생계를 책임질 뿐 아니라 딸들의 인생에 무한한 영향력을 발휘하는 그들은, 가부장적인 가치관이 건재하던 시대를 살아냈지만 개별 가정 내부에서는 기꺼이 '모계 공동체'를 이끌어가는 존재들이다. 그녀들은 지위 지향적인 인간들이 아니라 관계 지향적인 인간들이기에 타인과 관계를 맺는 일에 유난히 민감하다. 새로운 인간관계에 대한 그녀들의 열정은 초인을 찾고자 하는 무의식의 모험으로 나타난다.

　이현수 소설의 주인공들은 고상하고 상냥한 관계를 지향하지 않는다. 그들은 애정이 아닌 우정의 대상에조차도 격렬한 열정을 요구한다. 그녀들에게 우정은 애정과 다른 것이 아니다. 우정은 때로 애정보다 압도적이고 치명적인 관계의 에너지다.「남의 정원에 함부로 발 들이지 마라」에서 '개봉동 빠가사리'에 대한 주인공의 태도는, 사려 깊은 우정도 열정적인 동성애도 아니지만 우정과 애정의 상식을 깨뜨리는 기묘한 집요함이다. 이름은 모르지만 오 년이나 마음을 나누며 지내던 그녀가 기별도 없이 세상을 떠나자 '나'는 마치 연인에게 배신당한 듯한 절망을 느낀다.

　이름도 모르는 그녀, 아줌마라고도 할머니라고도 부를 수 없는 기묘한 매력을 풍기던 '남의 정원'의 주인은 일상의 탈출구 그 이상이다. '남의 정원에 함부로 발을 들이지 마라'는 역설적 제목은 오히려 남의 정원에 함부로 발을 들여야만 간신히 그 희미한 초인의 실루엣이라도 엿볼 수 있음을 암시하는지도 모른다. 우리는 남의 정원에 대한 관심을 끊고 삶으로써, 일상의 범속함을 다만 지탱할 뿐이다. 우리는 점점 타인에 대한 진정한 관심을 끊음으로써 자신에 대해서도 무지하게 되어간다. 그런데 이현수의 주인공들은 남의 정원에 사는 여성(다가갈 수 없는 타인)에 대한 광폭한 호기심을 숨기지 못한다. '개봉동 빠가사리'의 죽음 앞에서 애도나 놀라움 보다는 묘한 배신감을 느끼는 것도 그 '과잉'의 열정 때문이다. 우정이나 사랑으로 통칭할 수 없는 기묘한 끌림, 그것은 자신의 결여를 비추는 거울로 타인을 바라보는 열정에서 우러나온다. "행여 전실 자식 눈에서 눈물 빼면 내 손에 죽을 줄 알어"라고 외치며 딸을 시집보낸 어머니의 말이 가슴에 박혀 "그때부터 밥은 나의 신조였고 목표였으며 모든 것"이라고 믿어온 '나'에게, 계모로서 살아가는 일이 매일매일 살얼음 밟듯 조심스러운 그녀에게, '개봉동 빠가사리'는 가족의 정의를 이렇게 사뿐하게 내려준다.

큰일을 하려고 팔 걷어붙이고 나서면 누가 먼저 쑤시고 나오는 줄 아니? 가족이야. 그래서 영웅들은 옥좌에 오르자마자 형제들 목부터 따는 거라고. 누군 따고 싶어 따는 줄 아냐. 옆에서 깔짝깔짝, 무슨 일을 못 하게 사사건건 가로막고 나와요. 신하들이 죄 인정을 해도 형제들은 영웅의 능력을 인정하지 않아. 한솥밥 먹고 한 이불 속에서 뒹군 사이라고 자신과 비슷할 거라 착각하는 거지. 영웅은 고향에서 대접받기 힘들다는 말이 그래서 생긴 거라고. 힘들 때 가장 많이 도와주는 것도 가족이고, 곧 물에 빠질 듯 위태로울 때 제일 먼저 등 떠밀어 물속에 빠뜨리는 것도 가족이야.(「남의 정원에 함부로 발 들이지 마라」, 115~116쪽)

한 남자의 두번째 아내, 전처의 아들을 키우는 계모로서 살아가야 하는 그녀는 자신이 마음껏 펼치지 못하는 내면의 남성성, 억압된 아니무스를 '개봉동 빠가사리'에게 투사한다. 가족의 중력에서 자유롭지 못한 그녀의 나약함이 '개봉동 빠가사리'에게서는 전혀 느껴지지 않는다. '정상적인 가족'을 만드는 것이 생의 절대적 과제처럼 느껴지는 '나'에게 '개봉동 빠가사리'는 가족을 멀리 떨어져 바라볼 수 있는 냉엄한 시점을 던져준다. 이현수 소설에 등장하는 여성들은 스위트 홈의 안주인으로서의 근대적 여성상에 부합하는 것을 거부한다. 이현수의 여성들은 자신보다 박물관의 유물을 더 사랑하는 남자에게 질려 아무 말 없이 집을 떠나기도 하고(「녹」), 재테크와 부동산 투자로 집을 장만하려는 꿈을 미련 없이 포기하며(「장미나무 식기장」), 결혼을 염두에 두고 있던 남자의 집안 사정을 알게 되자 사랑을 포기하기도 한다(「남은 해도 되지만 내가 하면 안 되는 것들의 목록」). 가족제도 내부에 견인될 수 없는 존재로 평생 살아야 했던 「추풍령」의 주인공은 '호주제 폐지'라는 파천황의 뉴스에 정작 무감하다. 이현수 소설의 주인공들의 삶을 들여다보면 호주제로 상징되는 가부장적 사회는 이미 오래 전에 파괴된 것처럼 보인다. 그들에게 가장은 이미 딸 혹은 어머니였으며 세속의 풍파를 견디는 정신적 위안 역시 여성들 내부에서 자급자족되는 것이었다.

 그러나 모성의 탐구는 단지 부성의 비판에서 끝나는 것이 아니다. 부성의 존재 의미는 그 남성적 능력에 있는 것이 아니다. 이현수 소설 속의 아버지들은 자신의 목소리를 거의 내지 않으며 모성에 모든 것을 위임한 것 같지만, 그럼에도 불구하고 부성의 자리는 남는다. 이것을 가장 잘 보여주는 작품이 「장미나무 식기장」이다. 몽상가이며 경제력이 없었던 아버지가 남기고 간 '책상도 아니고 쌀통도 아닌 애매한 가구'는, 남겨진 엄마와 딸 셋이 느끼는 '부재함으로써 비로소 현존하는 부성'의 다른 이름이다.

그토록 눈을 흘기던 책상을 어머니는 끝내 버리지 못했다. 하여 애물단지 책상은 우리 가족이 거쳐온 여러 집들과 주야장천 역사를 같이했다. (……) 우리가 설움에 겨워 흐느낄 때 말없이 자신의 옆구리를 내주었고 화가 나서 똥개 차듯 발로 차도 무식할 정도로 튼튼하게 생겨서 흔들리지도 않던 그 물건. 방 안이 자기 자리임에도 언감생심 방엔 들어갈 생각도 못 하고 현관 앞에 내박쳐진 채로 새로 칠한 페인트가 벗겨지고 나무판자가 틀어질 때까지 문지기요 수문장 노릇을 착실히 했던 것이다. 그러던 것이, 들이치는 비와 눈에 삭아 그즈음엔 금방이라도 허물어질 듯한 몰골을 하고 있었다. 세월 앞에 장사 없다는 말은 맞는 말이었다.
"갖다 버리자. 돈 꿔가선 안 갚는 가난한 친척 같잖아."
큰언니가 책상을 발로 툭툭 차며 말했다.
"아무도 안 볼 때 살짝쿵 갖다 버리자. 평생 골골하며 등골만 빼먹는 가족 같잖아."
작은언니가 귓속말로 속닥거렸다. 그토록 반대하던 어머니도 책상의 비참한 몰골 앞에선 별 도리가 없었던가보았다. 생각보다 쉽게 항복했다.

"버리느니 차라리 내 눈앞에서 불에 태우고 말거라."

어머니는 무슨 일이든 당신의 손을 떠난 일은 절대로 돌아보는 법이 없는 사람이다. (……) 그런 어머니가 눈물을 보였다.

"책상이 탄다, 타아……"

그날의 어머니는 목이 긴 장화를 신고 나무막대로 마대 옆구리를 툭툭 치고 다니던 헌헌 여장부가 아니라 영락없는 그 옛날 비실댁이었다.

(……) 그것이 책상이라면 단 한순간이라도 온전한 책상이었던 적이 있었던가? 그것이 쌀통이라면 단 한순간이라도 온전한 쌀통이었던 적이 있었던가? 아무리 생각해봐도 세상의 모든 아버지 같은, 요령부득의 그 물건.

"아이, 책상이 탄다. 책상이 타아!"(「장미나무 식기장」, 99~101쪽)

그녀의 주인공들은 아버지를 증오하거나 원망하지도, 연민하거나 두려워하지도 않는다. 아버지는 저렇게 책상인지 쌀통인지 그 '용도'를 알 수 없는, 거대하지만 쓸모없는 가구처럼 존재하지만, 그 존재보다는 부재를 통해 모습을 드러내는 그림자의 존재다. 그리하여 모성의 그림자는 부성이다. 부성의 부재 위에 꽃을 피운 모성은 '부성이 필요 없는 모성'이 아니라 부성과 모성의 경계를 해체시키는 제3의 윤리, 제 생명을 게워내어 타자의 생명을 키워내는 대지의 모성이다. 그것은 핏줄로 맺어진 부모 자식의 울타리를 벗어나는 타자에 대한 사랑이며, 여성성과 남성성의 경계 너머 존재하는 타자에 대한 사랑이다. 현대인은 부모가 있어도 자신의 등을 토닥여줄 또다른 꿈속의 부모를 열망하며, 그들의 부모들 또한 이 세상에 없는 또다른 부모들을 열망한다. 그것은 혈연과 공동체의 경계를 넘어 존재하는 '샤먼'에 대한 열망이 아닐까. 그리하여 현대사회에도 우리는 여전히 '샤먼'을 필요로 하는 것이 아닐까.

3. 아직 극복하지 못한 세속의 장벽들

그렇다면 우리를 초인에게서 끊임없이 멀어지게 하는 장애물은 무엇일까. 이현수의 소설들은 단지 초인의 자질을 갖춘 특별한 사람들의 이야기가 아니다. 이 세계 안에서의 내재적 초월, 고통을 치유하는 영혼의 교감은 누구나 꿈꿀 만한 이상이다. 너도나도 '멘토(mentor)'를 찾는 사회적 분위기, 심리 치유 에세이의 폭발적인 인기는 과학과 자본의 힘이 극대화된 현대사회의 이면이다. 이현수의 작품들은 모든 이에게 존재하는 샤먼적 가능성에 대한 이야기, 모든 이에게 존재하는 초인적 가능성에 대한 이야기다. 동시에 그녀의 소설은 우리를 이 세계 내에서의 초월과 치유의 에너지로부터 멀어지게 하는 장애물의 카탈로그이기도 하다.

철저히 속물적 가치에 올인하는 존재보다 오히려 위험한 것은 스스로를 초인으로 착각하는 존재들이다. 「녹」의 주인공인 국립 중앙박물관 포장 학예사는 스스로를 초인으로 착각하는 대표적 캐릭터다. 그는 동거녀가 말없이 떠난 후에도, 자신이 초인이 아님을, 범속한 세속의 남자보다 훨씬 못한 존재라는 점을 끝내 깨닫지 못한다. 그에게 삶은 영원한 반복, 무의미한 반복일 뿐이다.

> 그는 손을 믿는다. 눈속임은 할 수 있어도 손을 속이기는 쉽지 않다는 게 그의 생각이다. 그는 자신이 만진 것들은 무엇 하나 잊지 않고 낱낱이 기억한다. 그의 손등과 손바닥은 아득한 시간의 저편, 음습하고 소소한 기억의 작은 편린조차도 그냥 지나치는 법이 없다. 아무리 오랜 시간이 지나도 손이 닿았던 사물의 질감과 두께와 넓이, 그 성질까지 오롯이 되새김질해낼 수가 있다. 눈으로 본 것은 시간이 지나면 희미하게 바래거나 잊혀지기도 하지만 손으로 스친 것들은 그 자리에서 불도장이 찍혀 머릿속에 고스란히 저장된다. (「녹」, 15~16쪽)

그는 어떤 것도 자신의 손만은 속일 수 없다고 믿는다. 그가 없으면 우리나라 국보는 움직이지 못한다. 모든 유물은 그의 손을 거쳐야만 국내외로 안전하게 이동할 수 있다. 물론 그는 그 분야에서 명실공히 독보적인 존재다. 그의 손은 모든 사물의 역사를 감촉할 수 있는 극한의 예민한 감각을 지녔다. 그러나 그는 자신의 욕망과 자신의 운명만은 매만지지 못한다. 그는 그렇게 제 운명에 속는다. 그녀는 아무리 그를 사랑해도 그의 손으로 자신의 삶이, 꿈이, 만져질 수 없음을 깨달았기 때문에 쪽지 한 장 없이 떠난다. 그것을 독자는 알지만 주인공만은 모른다. 그녀는 그의 손에 매혹된 '대상'일 뿐이므로 그에게는 그녀가 영원히 주체가 될 수 없다. 그에게 그녀는 다만 그의 완벽한 손에 팩제를 고루 펴 바르는 서비스를 시행하는 동거녀일 뿐이었으므로.

　팩만 열심히 해줘. 밥이나 빨래는 대충 해도 돼. 내게 손이 얼마나 중요한지는 당신도 잘 알잖아.
　말이 끝나기도 전에 그녀가 손에 들고 있던 숯팩을 힘껏 집어던졌다. 순식간의 일이었다. 튜브에 든 숯팩은 무서운 속도로 날아 키 낮은 장식장의 유리를 들이받고는 핑그르르 허공을 돌다 바닥으로 떨어졌다.
　손, 손, 그놈의 손! 할 수만 있다면 당신의 손목을 분질러놓고 싶어.
　그녀의 눈에 불이 붙는 줄 알았다. 그녀가 그토록 표독한 얼굴로 덤빈 적은 처음이었다.
　내가 이렇게 사는 줄은 아무도 모를 거야.
　(……) 한쪽으로 기울어진 그녀의 등을 망연히 바라보고 있으려니, 그녀와 처음 만나던 날이 떠올랐다.
　이백 년 전의 먼지가 묻은 손입니다. 보실래요?
　그가 더러운 손을 활짝 펴서 코앞에 들이밀었을 때 다른 여자들처럼 발딱 일어서서 나갔더라면 그녀와 엮이지는 않았을 것이다.
어머나, 크고 힘찬 손이네요. 이백 년이라구요?
이백 년이 아니라 이천 년을 묵었어도 먼지는 한낱 먼지일 뿐인데 그녀는 경이로운 눈으로 그의 손을 바라보았다. 그녀의 눈동자가 심하게 출렁거리는 걸 보는 순간, 그는 이 여자와 같이 살게 되리라는 걸 알았다. (……) 그녀가 손만 보고 결정했건 그의 전부를 보고 같이 살기로 작정을 했건 어쨌거나 그건 그가 상관할 바는 아니다.(「녹」, 22~23쪽)

그는 수천 년 전 유물을 생명처럼 대하는 재주를 가졌지만, 살아 있는 사람을 화석처럼 대하는 어리석음을 실천한다. 그는 죽은 유물을 만지며 죽은 유물보다 오히려 자신의 손을 사랑함으로써, 모든 것을 만지지만 아무것도 느끼지 못하는 무감각한 신체로 화석화되어간다. 「태중의 기억」에서 기러기 아빠로 살아가는 주인공은 그에 비해 자신의 한계를 명확히 인식하고 있다. 기러기 아빠인 그는 아내가 미국에 가서 한국식으로 사는 것이 꼴 보기 싫지만 아내가 미국에서 너무나 잘 적응하는 것을 견딜 만한 배포는 없다. 그는 기러기 아빠의 꼬깃꼬깃한 와이셔츠나 구멍난 양말을 부끄러워하지만 자신의 매무새를 깔끔하게 관리할 부지런함도 없다. 그는 부끄러운 과거와 결별하기 위해 고향이 수몰되기까지 바라지만, 고향은 홍수가 나도 미처 다 떠내려가지 않고 그의 비겁한 과거를 기억하는 친구들은 여전히 고향에 건재하다. 그를 도저히 과거의 올가미로부터 벗어나지 못하게 하는 사건은 중학교를 졸업한 직후에 일어났다. 고향 전체가 영웅처럼 떠받들던 친구 김석모의 총명함에 밀려 언제나 이등이었던 그는, 석모와 함께 스케이트를 타러 갔다가 얼음이 깨져 목숨을 잃을 위기에 처한다.

차가운 물속에 빠지는 순간 가슴뼈가 갈라지는 것 같았고 귓속이 먹먹했다. 세상의 음이 모두 소거되었다. 취이이익…… 필사적으로 달려오는 스케이트 소리만 들렸다. 취이이익…… 얼음 위에 엎드린 석모가 손을 내밀었고 나는 사력을 다해 붙잡았다. 한 손으로 석모의 손을 잡고 다른 손으로 석모의 어깻죽지를 붙들고 얼음 위로 올라왔지만, 내 스케이트 날에 부딪힌 석모가 구멍 속으로 휩쓸려 들어갔다. (……) 허겁지겁 얼음 위에 엎드려 석모가 그랬던 것처럼 나도 손을 내밀었다. 맹세코 얼음이 깨지는 건 두렵지 않았다. 악귀처럼 내 손을 붙잡고 늘어지는 석모의 손아귀 힘이 두려웠다. 내 손을 잡은 석모가 올라오고 다시 내가 물속으로 빠질까봐, 석모와 나의 위치가 원상태로 바뀔까봐 그게 몹시 두려웠다. 진정 그뿐이었다. (……)

석모는 서울의 명문 고등학교 입학을 앞두고 있었다. 고향마을이 생긴 이래 처음 있는 일이었다. 명문대와 고시 합격, 석모를 축하할 현수막이 앞으로 삼거리에 두세 번은 더 내걸릴 거라고 믿었던 고향 사람들은 왜 네가 살아왔냐, 는 표정을 굳이 숨기려 들지 않았다. 소식을 듣고 달려온 석모 엄마는 짐승처럼 울부짖었다. (······) 번들거리는 얼음 밑에 반듯하게 누운 석모가 눈을 번히 뜨고 노려보는 것만 같아 밤이면 이불을 덮어쓰고 울었다. (······) 강이 녹은 뒤 하류까지 샅샅이 뒤졌지만 석모의 시신은 찾을 수 없었다. 석모네는 서둘러 고향을 떴다. 맞춰두고 입지 못한 석모의 교복을 친구들이 강둑에서 태웠다. 나는 거기에 가지 못했다. 석모를 죽이고 내가 살았으니까. 친구들은 석모의 손을 내가 놔버렸다고, 이등만 했던 한이 골수에 맺혀 살려달라고 애원하는 석모의 손을 내가 매정하게 뿌리쳤다고 믿고 있었다.(「태중의 기억」, 170~172쪽)

만년 이등이었던 자신이 일등인 석모를 '살리지 못한' 것은 '만년 이등이 일등을 죽인 사건'으로 해석되어 일생 동안 그를 괴롭힌다. 그는 자신을 용서할 수 없기에 다른 이를 온전히 사랑할 수도 없게 된 불구의 운명을 껴안고 뒹군다. 그는 언제까지 기러기 아빠의 외로움과 생활고를 견딜 수 있을지 가늠하며 하루하루를 자신에 대한 불만과 가족에 대한 원망으로, 나아가 영원히 따라잡을 수 없는 친구 김석모에 대한 열패감으로 버텨나간다. 그는 그런 자신의 모습이 고향으로 영원히 돌아가지 못하는 난민처럼, 땅에 뿌리박지 못하는 잡초처럼 부유하고 있음을 알고 있으면서도 그 어떤 결단도 내리지 못한다.

아내와 아이들을 데리고 미국 서부지역에 있는 사막엘 다녀온 적이 있었다. 팔 차선 도로 양쪽으로 바싹 마른 들판이 끝도 없이 펼쳐졌다. 그 들판 가운데 풀뭉치 하나가 데굴데굴 구르고 있었다. 아내는 그걸 굴러다니는 잡초, 회전초라 부른다고 했다. 돌아와 사전을 찾아보니 명아줏과에 속하는 식물로 학명이 텀블위즈였다. 가을이 되어 뿌리가 마르면 그래도 살겠다고 마른 뿌리에서 떨어져나온 줄기가 바람에 이리저리 불려다니며 살고, 그렇게 사는 주제에 씨까지 퍼뜨리는 식물이라고 했다. 사막의 기후 때문에 생긴 식물이겠지만 내 눈엔 그게 꼭 내 신세처럼 보였다. 홍콩 지사에서 운이 좋으면 뉴욕 지사로 옮기고, 그러고 나면 나도 명퇴를 당하겠지. 교포들이 모여 사는 곳에서 작은 슈퍼나 하며, 옆집 백인 영감이나 질투하며 남은 날들을 쪼잔하게 살아가겠지. 텀블위즈처럼 길 위를 굴러다니며. 돌아갈 고향이나 조국이 없는 난민처럼, 그렇게. 더러 좀팽이 짓도 해가면서 난 또 어찌어찌 살아가겠지. 그러니 석모야, 너도 이젠 편안히 잠들어라.(「태중의 기억」, 174~175쪽)

초인이 되기 위해서는 엄청난 영혼의 세금을 물어야 한다. 그 세금을 물 수 없는 사람은 초인이 되기 위한 꿈을 포기하거나 범속한 삶에 만족해야 한다. 그는 자신의 진짜 죄책감은 자신의 자존을 방치하고 스스로의 꿈을 방기한 것에서 비롯된 것임을 인정하지 않는다. 단지 "평생 이등일 수밖에 없는 자의 비애"로부터, "근소한 차가 아닌 현저하게 차이나는 이등의 비애"로부터 벗어나지 못한다. 그것은 단지 죽은 친구 김석모를 향한 감정에 그치는 것이 아니라 자신을 평생 무언가의 아류로 인식하게 하는 그 무엇에 대한 열패감이다. 지금-여기가 아닌 그 어딘가에 완전한 삶이 존재한다는 확신과 '나'의 능력은 결코 그 이상을 충족시킬 수 없다는 패배감이 지속되는 한, 이 영혼의 악순환은 끝나지 않는다.

"유정호, 남유당 버리고 나한테 올 수 있어?"

무안해진 은영은 곧장 본론으로 치고 들어간다. 예상했던 대로 유정호는 고개를 외로 꼰다.

"선배…… 꽃은 말이지…… 나무째 봐야지 꺾으면 사흘도 못 가……."

그 동안 은영이 알게 모르게 유정호에게 끌린 데는 분명 남유당의 몫도 있었을 것이다. 유정호 말마따나 경망이 발랄 경쾌하게 보이는 데는 다 그만한 이유가 있다. 그런데도 은영은 남유당이 싫다. 종부로 폼 잡는 덴 단 십 분이요, 그 십 분의 폼을 위해 평생 허리 한번 펴지 못하고 산다는 걸 은영은 안다. 폼도 윗종부나 잡지, 아랫종부는 폼은 고사하고 시제나 제사에 비해 일도 아니라는 설날 아침에도 쫄바지나 입고 떡국을 이백 그릇씩 끓여내야 한다는 것도 은영은 잘 안다.

(……)

"너무 잘 알아서 못 하는 것도 있는 거야. 남유당? 포기하긴 아까운 집이지. 요즘 전원주택이 대세인데……."

유정호야, 세상을 살다보면 남은 해도 되지만 내가 하면 안 되는 것들의 목록도 꽤 생기는 법이란다. 너도 아깝고 집도 아깝지만 어쩌겠냐. 주말마다 전주에 내려와 무수리를 연상시키는 저 괴상한 생활한복을 입고 남유당의 밤떡이나 전수받는 내 모습, 상상하고 싶지도 않아. 그게 내 일이 아니라 남의 일이라면 보기 좋다고 말하겠지. 하지만 보기 좋으라고 인생을 사는 건 아니잖냐.
 가짜 한옥들이 즐비하게 늘어선 골목에 이르자 은영은 비로소 안도한다. 조악하고 싼 티가 폴폴 나는 골목에서 숨다운 숨을 깊게 들이쉰다. 진짜가 주는 기괴함과 무서움, 숨통을 죄는 듯한 불안한 마음은 간곳없이 스러지고 은영은 빠르게 현실감을 회복한다.(「남은 해도 되지만 내가 하면 안 되는 것들의 목록」, 211~212쪽)

「남은 해도 되지만 내가 하면 안 되는 것들의 목록」은 초인이 될 수 없다면 속인에 머물러야 한다는 가치관에 충실한 은영의 이야기다. 남이 하면 아름답고 위대해 보이지만 막상 내가 하면 부담이고 고통일 수밖에 없는 일들이야말로 우리를 이 세계에 끝내 주저앉게 만드는 영혼의 수화물이다. 남은 해도 되지만 내가 하면 안 되는 것들의 목록이 늘어날수록 우리의 삶은 초인과 멀어져간다.

4. 아름다운 괴물-되기의 윤리

　이현수의 주인공들은 가끔 '사람들의 줄이 가장 긴 곳'에서 인생역전을 꿈꿔보기도 하지만 자기 차례가 오기도 전에 그 줄서기의 기다림을 포기해버리곤 한다. 가끔 세속의 환락을 꿈꾸긴 하지만 그것이 자신의 꿈은 아님을 알고 있다. 그들이 이 흐벅진 세상과 노는 법 중 가장 확실한 스트레스 해소법은 바로 여성적 수다가 아닐까. 이들의 여성적 연대는 돈을 빌려주거나 사업을 같이하는 동업적 연대가 아니라 사회적 필요나 교훈의 요구 없이 그저 서로의 넋두리를 풀어놓는 '무용한, 그러나 이 세상 모든 쓸모가 부럽지 않은' 수다의 향연이다. 이 여성적 연대는 조직적이지도 낭만적이지도 않지만, '초월'을 향한 불가능한 꿈을 공모하는 은밀한 감각의 연대이기도 하고 우리 내면의 속물적 비애를 남김없이 까발리는 정직한 고해의 연대이기도 하다.

　그 동안 나는 얼마나 많이 저기요, 를 부르며 정원 안으로 들어섰던 것인지. 그 걸음 일일이 셀 수 없을 것이다. 내가 산책을 핑계 삼아 정원 안으로 들어설 수 있었던 것은 그녀의 품이 넉넉해서도 너그러워서도 아니었다. 오히려 반대였다. 넉넉한 척 받아주어도 그녀의 내면엔 타인을 온전히 품지 못하는, 천성적으로 타고났다고밖에 할 수 없는 차갑고 까탈진 면이 면도날처럼 도사리고 있었다. 감추려고 해도 면도날은 어디선가 튀어나와 반짝, 몸체를 뒤집으며 햇빛을 새파랗게 쐬고 가곤 했다. 난 그 점이 좋았다. 내 슬픔과 괴로움을 일일이 겪지 않아도 알 것 같은 성품이, 그녀에게 결여된 그 무엇이. 실체를 안 지금에 와선 그 무엇이 대체 무엇인지, 그게 몹시 궁금하지만 어쨌거나 내 안의 시름을 쓰다듬어주던 유일한 사람이었다.

그녀는 나의 어찌해볼 수 없는 이 도저한 슬픔과 괴로움을 계모의 슬픔과 후처의 괴로움이라고 포크로 찍듯이 콕콕 집어 얄밉게 말한 사람이다.(「남의 정원에 함부로 발 들이지 마라」, 114~115쪽)

그녀는 '개봉동 빠가사리'와 아무런 실용적 목적이 없는 수다와 넋두리로 오 년 동안의 유대를 이어왔지만, 애써 서로를 위로하려 노력하지 않음으로써 서로를 진심으로 껴안는 절묘한 감각의 균형점을 찾아낸다. '개봉동 빠가사리'는 '정상적인 가족'을 얻기 위해 분투하는 '나'를 위로하거나 충고하지 않고, 다만 그녀가 스스로의 고통을 직시하도록 사유의 공간을 마련해준다. 연민과 낭만이 아닌 냉혹과 명랑으로 자신을 둘러싼 관계를 직시하도록 충동질한다. 이현수의 주인공들은 고통을 우상화하거나 무기로 삼는 것을 경계하며 고통 자체가 생존의 조건임을 무심하게 긍정한다. 그들은 도피하기 위해서가 아니라 서로의 고통을 좀더 정확하게 투시하기 위해, 교양인의 완곡어법을 버리고 낯선 욕설과 날것의 잡담으로 수다의 향연을 벌인다.

우리 아이만 해도 그래요. 그 아인 내 앞에서 현관문을 발로 차질 못해요. 아무도 안 보는 데 가서 혼자 주먹을 부르르 쥐면 줠까. 믿는 구석이 없어서일까요. 우리 아이도 수틀리면 욕을 퍼붓고 덤벼들기라도 하면 좋겠어요. 그럼 미친 여자 소리를 들어도 벙글벙글 웃고 다닐 거예요.

새 신발도 처음엔 아픈 법이야. 뒤꿈치가 몇 번 까져야 발에 맞지. 물건도 그런데 하물며 사람이야. 설마 물과 물이 섞이듯 완벽하게 섞이길 바라는 건 아니겠지. 각자가 모래라고 생각해. 따로 또 같이 쌓이다보면 어느 결에 모래산이 되기도 하잖아.

그 위에 사상누각이라도 세우란 말씀인가요?

모래와 모래 사이엔 틈이 있잖아. 그 틈에 시멘트 가루와 물이 들어가면 어떤 것보다도 단단하게 엉기지. 내 보기엔 당신의 어찌할 수 없는 마음과 눈물이 훗날 시멘트 역할을 톡톡히 할 거야.(「남의 정원에 함부로 발 들이지 마라」, 119쪽)

이들은, 인간은 관계를 통해 삶을 일구지만 관계에 의존해서는 안 된다는 것을 일깨워준다. 서로가 서로에게 단지 아름다운 꽃이려고 노력하기보다는 서로가 서로에게 괴물일 수 있음을 정직하게 긍정하자는 것. 그것이 바로 이현수 소설이 속삭이는, 아직 초인이 되지 못한 초인들의 메시지가 아닐까. 초인이 되지 못하고 인간조차 될 수 없는 그들은 차라리 조금씩 괴물이 되는 법을 택한다. 소시민적 삶과 화해할 수도 없고 샤먼의 광기를 표현할 수도 없는 그들은 조금씩 자신만의 아우라를 지탱할 수 있는 최소한의 공간을 찾는다. 세속의 중력에 타협하지도 않고 초인의 영광을 향유하지도 않기 위해 그들은 스스로를 늘 아슬아슬한 '과정'의 문턱에 놓아두려 한다. 우리는 이런 위험한 존재의 이미지를 차라투스트라에게서 발견하곤 했다. "저편으로 건너가는 것도 위험하고, 건너가는 과정, 뒤돌아보는 것, 벌벌 떨고 있는 것도 위험하며 멈춰 서 있는 것도 위험하다. 사람에게 위대한 것이 있다면 그것은 그가 목적이 아니라 하나의 교량이라는 점이다. 사람에게 사랑받아 마땅한 것이 있다면, 그것은 그가 하나의 과정이요 몰락이라는 점이다. 나는 사랑하노라. 몰락하는 자로서가 아니라면 달리 살 줄을 모르는 사람들을. 그들이야말로 저편으로 건너가고 있는 자들이기 때문이다."[2]

24시간 편의점에서 산 삼각김밥을 데워 벽을 보고 먹은 뒤 신문지를 펴놓고 발톱을 깎는데 호주제가 곧 폐지된다는 뉴스가 텔레비전에서 흘러나왔다. 가부장제의 상징으로 통하던 호주제라는 높은 장벽을 허물고 마침내 양성 평등의 첫걸음을 떼게 되었다고 말하는 한 여성계 인사의 흥분한 얼굴이 텔레비전 화면에 클로즈업되었을 때도 나는 발톱을 깎고 있었다. 뒤이어 갓을 쓴 유림 대표의 못마땅한 얼굴이 화면을 스치고 지나갈 적에도 발톱 깎던 손놀림

---

2) 니체, 『차라투스트라는 이렇게 말했다』, 정동호 옮김, 책세상, 2000, 20쪽.

을 멈추지 않았다. 조금 전에 먹은 삼각김밥이 목으로 치받고 올라올까봐 마른침만 자꾸 삼켰다.

　너들이 알아? 이미 여자가 호주였던 집안도 있었다는 것을. 어떻게 당신이 호주냐고 차마 묻지는 못하고 꺼림칙한 눈으로 쳐다보는 게 싫어서, 호적등본을 제출하기 싫어서 취직조차 포기한 사람도 있었다는 걸. 그러다가 어느 순간 헛웃음을 흘리고 말았다. 죽기 살기로 좋아한 사람이 있었는데 보내버리고 말았다고 외쳐본들 그게 이제 와서 무슨 소용인가. 피비린내 나는 전쟁만 전쟁이 아니었다. 끝없는 총알과 포탄을 온몸으로 받으며 시뻘건 불길과 연기 속을 헤쳐온 집안이, 그렇게 해서라도 뿌리를 내리려고 발버둥을 친 한 집안의 호적이 사라지는 게, 그 집 피붙이가 엄연히 살아 숨을 쉬고 있는데도 그 집안의 호적은 먼지 쌓인 창고에 죽은 기록으로만 남아 있어야 한다는 게 도무지 납득이 되질 않아 결혼마저 포기했다면 그 누가 믿어주겠나. 자신의 삶 깊은 결을 타인이 어찌 헤아리겠는가.(「추풍령」, 62~63쪽)

"남자가 사정한 의자에 앉아 영화를 보면, 보는 동안 쌀뜨물 같은 정액이 자궁 속으로 스며들어 난자와 결합해서 아기가 생길 수도 있다"(「추풍령」)고 믿던 1970년대의 한국에서, 아들도 남편도 아버지의 울타리도 없이 온전히 세계를 감내해야 했던 한 여성의 사투. 「추풍령」의 어머니는 어떤 씻김굿으로도 씻어내리지 못한 분노를 다스리기 위해 휘적휘적 추풍령을 넘어 비바람과 밤길을

마다치 않고 영혼의 방랑을 떠나야 했다. 제도의 억압과 광기가 폭격한 개인의 삶을 그들은 어디에서도 보상받지 못했다. 그러나 그들은 우리 안의 가장 어두운 그림자로부터 우리가 의식하지 못하는 가장 아름다운 희망이 태어날 수 있음을 보여준다. 그들에게는 아버지도 울타리도 남편도 돈도 없었지만 고통을 어루만지는 만병통치약, '추풍령 감자탕'이 있었다. 추풍령 감자탕은 바로 우리가 알지 못하는 에너지로 우리 자신을 비로소 자신일 수 있게 하는 가이아적 치유의 힘을 상징하는 것이 아닐까.

현대인은 일상이 망가지지 않을 정도로만 초인을 동경하고 초인의 고통을 감내하지 않을 정도로만 초인이 되기를 열망하며 살아간다. 그러나 우리는 우리가 그리워하는 초인의 또렷한 이미지를 너무 잘 알고 있다. "나는 사랑하노라. 스스로를 낭비하는 그런 영혼을 갖고 있는 자를. 누군가가 그에게 고마워하기를 바라지 않고, 그 고마움을 되갚지도 않는 자를. 그런 자는 선사할 뿐, 자신을 보전하려 하지 않기 때문이다."[3] 이현수가 그려내는 딸들과 어머니들은 바로 그 위태로운 초인의 문턱에서 서성이는 자들이다. 그들은 아무도 등 떠밀지 않는 미궁 속으로 스스로 들어가는 사람들이며, "삶 자체가 이미 동반하고 있는 위험을 천 배나"[4] 부풀리는 사람들이며, 어설픈 적보다는 위대한 적수와 상대하고자 하는,

---

3) 니체, 같은 책, 21쪽.
4) 니체, 『선악의 저편』, 김정현 옮김, 책세상, 2002, 57쪽.

이 세계의 두려운 실재와 기꺼이 맞설 준비가 된 자들이다. 이현수의 여인들은 자신의 미덕 때문에 분명히 받게 될 처벌을 두려워하지 않는 사람들, 그들과 함께 여전히 끝나지 않은 초인의 오디세이를 시작할 친구들을 기다린다. 그들에게 상처는 구원이며 고독은 자유 그 자체이다.

| 작가의 말 |

한 권의 책이 나오기까지

　발문 좀 없었으면 좋겠다. 실컷 본문 써놨는데, '작가의 말'이라고 꼬리표를 붙인 발문을 또 써야 되니 이게 무슨 조홧속인지 모르겠다. 이십대 청춘처럼 서정적인 단어를 골라 알쏭달쏭 쓰는 것도 징그럽고, 눈 또록또록 뜨고 뼈를 가는 각오로 이 한 몸 문학에 바치겠다고 선포하는 건 더 징그럽다. 삼사십대 뼈는 갈면 가루가 제법 되지만 오십대 뼈는 갈아봤자, 나오는 가루도 별반 없어 보탬이 되질 않는다.
　한 작가의 전화를 받았다. 이 책의 표제작인 「장미나무 식기장」이 자전소설이 아니냐는 것이다. 얼마나 궁금하면 평소 친하게 지내지도 않는 사람에게 이런 전화를 했을까 싶기도 하고 궁금한 독자도 있을 듯해 여기에 밝힌다.
　「장미나무 식기장」을 읽다보면 책상이 나오는 부분만 허구고 나머지는 실제인 것처럼 씌어 있지만, 사실은 책상만 실제고 나머지는 허구다(하지만 소설들 하나하나 세밀히 따지고 들면 또 자전 아닌 게 없다). 그런 게 소설이다. 내가 어머니의 뱃속에 들어 있을 때 아버지가 책상을 손수 만들었다고 한다(아버지는 목수가 아니다). 그 책상은 십삼 년 전 불에 타서 없어졌다. 그때 써야지, 했던 것이 이제야 소설로 나온 것이다. 그렇게 오랜 시간을 필요로 하는 소설도 있다. 나는 지금껏 그토록 아름다운 책상을 본 적이 없고, 아마 앞으로도 그런 큰 책상은 가지지 못할 것이다. 결론부터 말하자면 아내의 뱃속에 자식을 둔 사람이 쓰지도 못할 커다란 책상이나 만들고 있으면, 그 자식은 자라나 책상 앞에서 평생을 전전긍긍하며 사는 팔자가 된다. 그러니 그러지 말라는 얘기다.

이 책에서 굳이 자전적인 걸 꼽는다면 마지막 소설 「난징의 아침」이다. 그 소설 절반이 자전이라고 보면 된다. 나는 한창 연애할 나이에 연애도 안 하고 초현실주의에 폭 빠져 칠 년을 보냈다. 지금은 그때 쓴 초현실적인 시들을 누가 귀신같이 찾아내어 읽을까 봐 걱정이지만, 당시엔 열렬했다. 그 친구들 대부분이 교직에 있고 나 혼자 이 길을 간다. 친구들은 너 하나 남았으니 좀 잘 써보라고 한다. 나는 좀 잘 쓰는 게 아니고 할 수만 있다면 아주 잘 쓰고 싶다.

해서 바깥세상 멀리하고 집 안에 틀어박혀 면벽수도(서성거리거나 빈둥거리는 것 포함)하길 어언 십육 년. 정신 집중을 위해 벽에 먹으로 그린 동그라미가 구멍 뚫릴 지경이지만 여전히 소설이 뭔지 잘 모르겠다. 소설은 살아낸 만큼 쓴다고들 하는데 내가 보기엔 딱히 그런 것도 아니다. 그렇다면 보낸 시간만큼 사람이 철이라도 들어야 하는데, 어떻게 된 게 그나마 있던 철도 점점 더 없어지는 것 같다.

그때 아나키즘에 매료되었던 한 친구는 고심 끝에 스님이 되었다. 괜찮은 선승이 나올 거라고들 했다. 풍문에 듣자니 산문에 든 지 십 년 만에 내려와 고추장 양념한 삼겹살을 한 접시나 구워 먹고 갔다 한다. 그 친구에게도 한 소식 듣기는 틀린 일이다.

이 책에 실린 일곱 편의 단편은 오래 곁에 두어 눈독이 새파랗게 올랐다. 첫 소설집 『토란』을 낼 때는 조사 하나하나를 가지고 씨름했다면, 이번엔 조사도 조사지만 단편 한 편을 넣느냐, 빼느냐로 고민했다. 원고를 넘길 때 이 소설집에 실린 소설들과 맞지 않는다는 이유로 단편 하날 뺐다가 교정 볼 때 그걸 추가할까 망설이기도 했지만, 역시 다음 소설집에 넣는 게 낫겠다는 생각이 들었다. 이 책 한 권의 문을 여는 것과 닫는 것. 두번째, 세번째로 들어갈 소설들. 즉 목차도 많은 고민 끝에 순서를 결정했다. 각각 다른 내용의 소설들이지만 잘 읽어보면 유기적으로 맞물려 있다. 늘 느끼는 거지만 이 책도 나오기까지, 뭐 하나 쉬운 게 없었다. 그러니 책값 비싸다고 하지 마시라.

2009년 6월
이현수

| 수록작품 발표지면 |

녹 …… 『작가세계』 2004년 가을

추풍령 …… 『세계의 문학』 2006년 봄

장미나무 식기장 …… 『문학수첩』 2006년 여름

남의 정원에 함부로 발 들이지 마라 …… 『내일을 여는 작가』 2006년 겨울

태중의 기억 …… 『현대문학』 2007년 3월

남은 해도 되지만 내가 하면 안 되는 것들의 목록 …… 문장 웹진 2007년 7월

난징의 아침 …… 『한국문학』 2008년 봄

문학동네 소설집

장미나무 식기장

ⓒ 이현수 2009

| 초판인쇄 | 2009년 6월 19일 |
| 초판발행 | 2009년 6월 25일 |

지은이 이현수
펴낸이 강병선
책임편집 조연주 최유미 서현아
마케팅 장으뜸 정민호 한민아 김정민 정소영
제작 안정숙 서동관 김애진

펴낸곳 (주)문학동네
출판등록 1993년 10월 22일 제406-2003-000045호
주소 413-756 경기도 파주시 교하읍 문발리 파주출판도시 513-8
전자우편 editor@munhak.com | 전화번호 031)955-8888 | 팩스 031)955-8855

ISBN 978-89-546-0840-4 03810

* 이 책의 판권은 지은이와 문학동네에 있습니다.
  이 책 내용의 전부 또는 일부를 재사용하려면 반드시 양측의 서면 동의를 받아야 합니다.
* 이 책은 (재) 서울문화재단 문학 창작활성화 지원을 받아 발간되었습니다.
* 이 도서의 국립중앙도서관 출판시도서목록(CIP)은 e-CIP 홈페이지(http://www.nl.go.kr/ecip)에서 이용하실 수 있습니다.(CIP제어번호: CIP2009001817)

www.munhak.com